Monique Feltgen

Todesfalle ***Knuedler***

Monique Feltgen

Todesfalle *Knuedler*

Kriminalroman

éditions
SAINT PAUL

Luxembourg 2009

saint-paul luxembourg

Danksagung

Ich danke allen, die mich bei der Entstehung dieses Buches unterstützt haben, sei es durch Verständnis, Geduld, konstruktive Kritik, Liebe oder bedingungslose Freundschaft.

Ein spezieller Dank geht an Barbara, Kirsten und Linda, die sich bereit gefunden haben, in der Schlussphase das Manuskript nochmals zu überlesen.

ISBN: 978-2-87963-725-9

Wie alles begann

Die Erfüllung eines Traumes, Ankunft am Ziel! Es begann alles so harmlos. *Vermeintlich* harmlos!

Eva May und Sarah Peters hatten es geschafft! Ihr gemeinsamer Traum von einer eigenen Kunstgalerie war in Erfüllung gegangen. Die „Galerie um Knuedler“ befand sich in Luxemburg-Stadt auf dem „Place Guillaume II“. Bei den Einheimischen war der Platz besser bekannt als „Knuedler“. Dort war fast immer etwas los. Um das Reiterstandbild Wilhelms II. herum fanden Konzerte statt, wurden Märkte abgehalten und Weinfeste veranstaltet. Im Sommer reihten sich gemütliche Terrassen aneinander, im Winter liefen Kinder Schlittschuh auf einer Eiskunstbahn. Der „Knuedler“ war einfach beliebt und vielbesucht, die Lage der Galerie zentral, geradezu perfekt! Für Eva und Sarah nicht nur ein Sechser im Lotto, sondern ein Sechser mit Superzahl!

*

Seit etwas mehr als zwei Jahren waren sie nun stolze Eigentümerinnen dieser renommierten Kunstgalerie. An Künstlern fehlte es ihnen nicht, und die Galerie hatte bereits ihren festen Platz in der Szene. Den beiden Frauen war tatsächlich etwas gelungen, woran so mancher sein Leben lang bastelte. Sie hatten nämlich ihre Leidenschaft zum Beruf gemacht. Dies bedarf einer kleinen Erklärung: Sarah arbeitete als Kunstlehrerin auf einer Hochschule, so richtig Freude hatte der Job ihr allerdings nie bereitet. Der Hauptgrund war sicherlich der, dass sie sich nicht gegen ihre Studenten durchzusetzen vermochte. Ihre schönste Zeit im Jahr waren die Ferien, in denen sie sich in ihrem Atelier vergrub und sich die Seele aus dem Leib zeichnete.

Eva hingegen *wollte* unterrichten. Obschon sie nach einer Anstellung an einem Gymnasium suchte, hatte sie sofort nach ihrem Abschluss an der Universität den Job in der „Galerie um Knuedler“ angenommen, um sich ein Einkommen zu sichern. Die Arbeit in der Galerie machte ihr allerdings so viel Spaß, dass sie sich nichts draus machte, als sie für das anstehende Schuljahr keine Anstellung an einem Gymnasium fand. Ihr Job erlaubte es ihr sogar, ihre eigenen Bilder zu malen. Als Marie-Claire Delvaux, die damalige Eigentümerin, ihr eine Übernahme der Galerie in Aussicht stellte, zögerte Eva zuerst.

„Ich? Das ist unmöglich! Ich habe nicht die finanziellen Mittel dazu.“

„Es dauert ja noch einige Zeit, bis ich heiraten werde, und dann suchen Sie sich einen Teilhaber.“

„Sie wollen heiraten? Das ist ja wunderbar! Aber das Eine schließt das Andere doch nicht aus?“

Marie-Claire Delvaux lächelte selbstzufrieden. „Mein zukünftiger Mann ist ein italienischer Industrieller. Er ist Eigentümer eines großen Konzerns in Perugia und möchte, dass ich mit ihm in der Toskana lebe. Ich soll nicht mehr arbeiten. Nur für ihn da sein. Er besitzt eine Villa mit allem Pipapo! Sie wissen, wie das ist, in besseren Kreisen: Empfänge organisieren, Gastgeberin sein …“

Schön für sie!, dachte Eva.

Diese Zukunftsaussichten passten perfekt zu der eleganten und überaus gepflegten Marie-Claire. Sie würde diese Aufgabe ganz sicher zur vollsten Zufriedenheit ihres Gatten erfüllen. Eva hatte Marie-Claire oft dabei bewundert, wie gewandt, charmant und selbstsicher sie ihren Gästen und Kunden entgegentrat. Als Gegenleistung musste der Gatte sicher öfters die Kreditkarte zücken. Marie-Claire gab offensichtlich ein kleines Vermögen für Kleidung und Accessoires aus, und sie stellte es gerne zur Schau.

Die Aussicht, gemeinsam mit einem Teilhaber Eigentümerin der Kunstgalerie zu werden, war natürlich sehr verlockend. So begann Eva ihr Geld bewusster zusammenzuhalten und so viel wie möglich auf die hohe Kante zu legen. Der Verkauf ihrer eigenen Bilder tat sein Übriges, und so stand dem Erwerb der Galerie nichts mehr im Wege, als Marie-Claire Delvaux ankündigte, dass es nun soweit wäre. Die Hochzeit war für Juni geplant. Natürlich sollte sie in der Toskana stattfinden – mit allem *Pipapo*.

„Das ist ja wunderbar!“, freute sich Eva für Marie-Claire.

„Ich hätte dich so gerne eingeladen, Eva. Leider sind zur Hochzeitsfeier nur Familienmitglieder geladen.“

„Und das sind nicht wenige in Italien“, entgegnete Eva schmunzelnd.

„Das stimmt. Wir kommen so auf die zweihundertfünfzig Gäste.“

„Wir stoßen einfach hier auf dein neues Leben an“, meinte Eva entgegenkommend.

Marie-Claire sah sie freundlich an. „Das hast du schön gesagt. Genau darüber hatte ich bereits nachgedacht. Ich würde gerne für meine Luxemburger Freunde und Bekannte einen kleinen Empfang in der Galerie organisieren. Natürlich nur, wenn du einverstanden bist, Eva. Bis dahin bist du schließlich hier der Boss.“

„Es wäre mir eine Ehre. Aber mir fehlt trotzdem noch der perfekte Teilhaber."

„Den werden wir finden."

„Kennst du jemanden, der in Frage kommt?"

„Anwärter gäbe es genug: Künstler, Maler, andere Galeristen aus der Stadt. Mir persönlich wäre es lieber, wenn es niemand aus der Szene wäre."

„Also über eine Anzeige?"

„Chiffre!"

Eva nickte zustimmend. „Gute Idee!"

Sarah Peters zögerte keine Sekunde, als sie die Anzeige *Teilhaber(in) für Kunstgalerie gesucht* las, und schrieb ihre Bewerbung.

Eva spürte die Begeisterung dieser jungen Frau in jeder Zeile und lud sie gleich zu einem Gespräch ein. Die beiden trafen sich und der Funke sprang sofort über. Die Formalitäten waren schnell und reibungslos erledigt.

Über der Kunstgalerie befand sich ein Appartement. Eva hatte noch nie jemanden dort gehört oder gesehen. Sie fragte Marie-Claire, ob es zu mieten oder zu kaufen wäre.

Amüsiert lachte Marie-Claire auf: „Das kannst du dir abschminken, Eva. Ich habe jahrelang versucht, das verdammte Ding zu erwerben; unverkäuflich! Die Eigentümerin ist eine alte Dame. Das Appartement gehört ihr schon ewig. Sie wohnt im Ösling und verbringt ihre Wochenenden manchmal in der Stadt."

„Schade. Es wäre ideal für mich gewesen."

„Wem sagst du das!"

Die quirlige Eva und die ruhige Sarah entpuppten sich als perfektes Gespann. Gleich am ersten Tag ihrer Zusammenarbeit steckten sie die Köpfe zusammen. Sie entwickelten eine neue Geschäftsstrategie, Ausstellungskriterien, Künstlerporträts und stellten Arbeitspläne auf. Sie entschlossen sich, sowohl Gemälde als auch Skulpturen in die Ausstellungen aufzunehmen.

Drei Monate später fand die erste Vernissage statt.

Zwei Jahre später

„Galerie um Knuedler“.

„Guten Tag! Ich möchte gerne mit Frau May oder Frau Peters sprechen.“ Die Stimme am Ende der Leitung klang gebieterisch, kein unbekanntes Phänomen für Eva. Viele ihrer Kunden waren vermögend und manche ließen sie das spüren. Eva brachte dies freilich nicht aus der Fassung. Sie brauchte Geld, damit die Galerie funktionierte. Ob ihr jemand sympathisch war oder nicht, spielte keine Rolle, auch wenn sie jedes einzelne der verkauften Bilder lieber bei angenehmen Mitmenschen gesehen hätte.

„Sie sprechen mit Eva May. Was kann ich für Sie tun?“

„Comtesse Louise De Lacroix möchte Sie sprechen.“

Eva schluckte unmerklich. „Comtesse De Lacroix!“

Da erlaubt sich jemand einen Scherz, war ihr erster Gedanke.

„Bitte sehr“, antwortete sie.

„Nicht am Telefon“, meinte der Anrufer fast vorwurfsvoll. „Die Comtesse möchte Sie sehen.“

Eva griff zu Papier und Stift. „Wann und wo?“

„Das liegt ganz bei Ihnen. Wie schnell können Sie hier sein?“

„Bitte wo?“ *Diesem Schnösel muss man ja jedes Wort aus der Nase ziehen!*

„In der Provence.“

Provence, ein Name, der bei Eva Träume weckte: von Platanen beschattete Dorfplätze und mediterrane Lebensart, der Duft von Lavendel, Thymian, Rosmarin und wildem Knoblauch, das Zirpen der Grillen ...

„In der ... Provence?“

„In der Provence“, wiederholte der Mann am anderen Ende der Leitung monoton.

„Entschuldigen Sie, Monsieur. Ich bin keine Hellseherin. Sprechen Sie von der Tochter von *dem* Alphonse De Lacroix?“

„Sie haben es erfasst.“

„Die Comtesse möchte, dass ich mich in ihr Schloss in der Provence begebe?“

„Sie sollten nicht lange zögern. Die Comtesse möchte Ihnen ein fantastisches Angebot unterbreiten.“

„Ich zögere nicht, Monsieur. Geben Sie mir nur ein paar Stunden Zeit, damit ich das mit meiner Partnerin abklären kann. Ich rufe schnellstmöglich zurück, wenn es Ihnen recht ist.“

Als der Name *De Lacroix* gefallen war, hatte Sarah sich in die Leitung geschaltet und das Gespräch gespannt verfolgt.

„Rufen Sie spätestens heute Abend zurück! Sonst brauchen Sie sich überhaupt nicht mehr zu melden.“

Während Eva sprach, notierte sie sich die Telefonnummer vom Display. „Natürlich, Monsieur. Sie hören von mir.“

Es klickte in der Leitung. Eva sah verdutzt auf den Hörer in ihrer Hand. „Einfach aufgelegt! Es war der Sekretär von Louise De Lacroix. Sie möchte mich sprechen!“, sagte Eva aufgeregt. „In der Provence in ihrem Schloss. Ein ... ein Angebot hat sie.“ Freudig hüpfte sie hinter dem antiken weißen Schreibpult mit Goldbordüre hervor.

„Wann fahren wir?“

„Wir?“

„Ja. Wir! Wenn das kein Scherz ist, dann wird es taff; das spüre ich. Zu zweit sind wir gegen alles gewappnet.“

„Das ist ein Argument. Wer weiß, was sie will?“, meinte Eva nachdenklich.

„Das findest du nur heraus, indem du zurückrufst." Sarah flitzte zu Eva und drückte ihr den Telefonhörer in die Hand. „Vielleicht sollen wir eine Ausstellung mit den Gemälden ihres Vaters organisieren?"

Eva gluckste. „Ha! Davon träumst auch nur du! Er hat doch in seinem Testament vermacht, dass keines seiner Gemälde anderweitig als im Schloss ausgestellt werden kann. Und keines darf verkauft werden."

„Tja! Dann hab' ich keinen Schimmer, was anfallen könnte ..."

„Wir werden es herausfinden! Übermorgen ist Samstag. Lass uns am Morgen fahren. Am Sonntagabend sind wir wieder zurück." Eva setzte sich wieder hin. „Ob die Comtesse wohl damit einverstanden ist, dass du mitkommst?"

„Mach es diesem Sekretär schmackhaft! Zu zweit kommen wir besser voran. Wir könnten uns beim Fahren abwechseln. Wenn wir um vier Uhr losfahren, sind wir am frühen Nachmittag in der Provence."

„Ich würde auch lieber zu zweit fahren. Ich rufe den Sekretär gleich an. Fragen kostet ja nichts."

Samstag

„Schluck Kaffee?“ Sarah drehte am Deckel ihrer silbernen Thermoskanne.

„Gerne.“ Eva blinzelte. Regen prasselte auf das Autodach. Ein Laster auf der Gegenfahrbahn blendete sie. „Dieser verflixte Regen hat uns gerade noch gefehlt.“

Sarah reichte ihr einen Becher mit heißem, dampfendem Kaffee. „Typisch November. In einer Stunde geht die Sonne auf. Dann kommen wir besser voran.“

„Ich bin gespannt auf das Gesicht dieses *Privatsekretärs*. Muss eine Art Frankenstein im Frack sein.“

„Sei nicht zu hart zu ihm. Sekretär einer Comtesse zu sein, ist sicher auch kein Zuckerschlecken. Möglicherweise ist die Comtesse noch exzentrischer, als ihr Vater es war.“

Eva trank einen Schluck Kaffee. „Ich bin wirklich gespannt auf alles. Die Comtesse, den Sekretär. Ob es dort auch einen Butler gibt?“

„Keine Ahnung. Am neugierigsten bin ich auf die Gemälde von De Lacroix. Wir werden höchstwahrscheinlich die Ehre haben, uns die Gemälde wenigstens einmal anzusehen. Das ist spannender als ein Sekretär oder Butler.“

„Ja“, seufzte Eva ehrfurchtsvoll, „alleine das wäre die Strapazen dieser Reise schon wert.“

Langsam wich die rabenschwarze Nacht einem anthrazitfarbenen Himmel, der sich aber nur noch bis mausgrau steigerte. Die Fahrt blieb langweilig. Gleich wer fuhr, beide hatten ihre liebe Mühe, nicht einzunicken. Da die beiden Frauen keineswegs den gleichen Musikgeschmack hatten, unterstanden CD-Player und

Radio derjenigen, die gerade den Wagen steuerte. Die Beifahrerin hörte Musik aus einem MP_3-Player.

Sarah schaute auf das Navigationsgerät. „Wir kommen unserem Ziel näher. Dem Navi nach nehmen wir die nächste Ausfahrt. Dann geht es noch einige Kilometer landeinwärts."

„Lass uns an der Tankstelle da vorn rausfahren und uns etwas frisch machen."

„Unbedingt. Wer auf einem Schloss erwartet wird, muss sich das Näschen pudern!", lachte Sarah. „Ich genehmige mir noch einen Espresso, und dann auf zum Endspurt! Ich bin richtig aufgeregt."

Nach der Autobahnabfahrt verwandelte sich die Landschaft in ein rotes Blättermeer. Sie fuhren durch romantische, mittelalterliche Dörfer, eine vom Weinbau geprägte felsige Berglandschaft, in der sich Château Beauregard befand.

Für die Provence außergewöhnlich groß, erhob sich das Schloss vor Eva und Sarah wie eine in Würde gealterte Dame. Der Anblick war beeindruckend und ließ Gefühle von längst vergangenen Zeiten aufkommen. Hohe Zypressen säumten die lange, breite Auffahrt, die zum Schloss führte. Der gepflegte Rasen glänzte silbrig im Novemberregen, an einer Natursteinmauer rankte sich wilder Wein in die Höhe. Beete mit gestutzten Lavendelbüschen, Oleander und anderen Sträuchern ließen eine Ahnung davon aufkommen, wie schön es hier erst im Sommer sein musste.

Jede Radumdrehung, die sie dem Schloss näherbrachte, verstärkte die besondere Aura. Im Regen vermittelte es einen würdevollen, ja geheimnisvollen Eindruck. Der Wagen rollte gemächlich auf das Schloss zu. Die geteerte Straße verschmolz mit einem Kiesweg, der vor einem beeindruckenden Eingangsportal endete.

Eingeschüchtert von der Pracht und der geheimnisvollen Atmosphäre, stellte Eva den Motor ab.

„Ob wir hier wohl halten dürfen?“, flüsterte Sarah.

„Warum flüsterst du?“, krächzte Eva. Ihre Kehle war ausgetrocknet. Die Frauen schauten sich an und mussten lachen. Plötzlich klopfte eine Hand mit fünf langen, schmalen Fingern gegen die Fensterscheibe. Sarah ließ dieselbe hinuntergleiten und sah einen Mann in glänzend schwarzen Schuhen, einem perfekt gestreiften dunkelgrauen Anzug und einem bis zum Kragen zugeknöpften weißen Hemd.

„Gedenken die Damen auszusteigen?“, fragte der Mann mit englischem Akzent.

„Natürlich“, erwiderte Sarah.

„Das ist nicht der Sekretär“, flüsterte Eva, während sie wie Sarah aus dem Auto stieg. „Der hatte keinen Akzent.“ Der *Perfekte* schnippte einmal mit den Fingern und wie aus dem Nichts tauchte ein junger Page auf. Er lief zur Fahrerseite und reichte Eva galant die Hand, während der *Perfekte* Sarah seine behandschuhte Hand hinhielt und sie überaus wohlwollend ansah. Er schien Anfang bis Mitte vierzig. Sarah schenkte ihm ein ebenso freundliches Lächeln. „Danke, Monsieur ...?“

„Es ist mir eine Ehre, *Madame*. Nennen Sie mich einfach Orson. Ich heiße Sie willkommen auf Château Beauregard.“

Orson, dachte Sarah, *klingt nach Kuschelbär*.

„Koffer?“

„Eh ... ja. Aber wir wissen nicht, ob wir sie benötigen.“

„Ach so! Mir wurde mitgeteilt, Sie blieben über Nacht. Ihre Zimmer sind bereits hergerichtet.“

Eva und Sarah warfen sich einen einzigen Blick zu. Es bedurfte keines Wortes. Eine Nacht in einem Schloss, nicht irgendeinem

Schloss. Nein, dem von Antoine De Lacroix! Dem Schloss mit dem Namen *Beauregard*.

„Wir bleiben, Orson. Sehr gerne."

Ein Blick Orsons zu dem Pagen genügte und die beiden Koffer standen bereits auf dem Treppenabsatz. Der Page setzte sich in den Wagen und fuhr ihn hinter das Schloss.

„Ladys. Bitte folgen Sie mir."

Ladys! Eva und Sarah zwinkerten sich bedeutungsvoll zu. Mit einem kräftigen Ruck schob Orson die imposante Eingangspforte auf. Über einem riesigen Metallklopfer prangte ein Wappen, unter dem in goldenen Lettern *De Lacroix* stand.

Ehrfurchtsvoll betraten sie die prächtige Eingangshalle und gingen bedächtig über den wundervollen Mosaikfußboden. Steinerne Säulen stiegen vom Boden empor und wuchsen in Bogenform gegen das Dach, wo sie zusammentrafen. Mit Wappen und Inschriften verzierte Fenster leuchteten in den schönsten Farben. Orson schritt eine breit geschwungene, mit samtrotem Teppich ausgelegte Treppe hinauf.

„Genau wie in *Vom Winde verweht*", flüsterte Sarah. Eva nickte. Sie erinnerte sich an die Szene, als Scarlett die Treppe hinunterstürzte. Die Ähnlichkeit war verblüffend. Alle paar Schritte drehte Orson sich zu ihnen um und nickte freundlich.

„Bitte, meine Damen. Ihre Zimmer."

Für die Frauen aus der Moderne war es der Eintritt in eine andere Epoche. Prunk und Pracht in Großformat! Ihre weit aufgerissenen Augen entlockten Orson ein Lächeln. Sarah fing es ein und lächelte zurück. Er ging zum Fenster und öffnete die bodenlangen schweren Samtvorhänge. Der Akzent des Zimmers lag auf Gelb: gelbe Vorhänge, gelbe, feine Spitzenbettwäsche, gelbe, schwere Teppiche. Überall hingen Porträts von gestrengen, aufrecht stehenden Männern im schwarzen Frack neben sitzenden Frauen in bodenlangen, farblosen Röcken. Die Gesichtsausdrücke und Haltungen ließen keinen Zweifel an der Rollenverteilung. Anschließend öffnete Orson eine weitere Verbindungstür zu einem zweiten Schlafzimmer. Das Spiegelbild in Lila. Die gleichen geblümten Stofftapeten, die gleiche feine Spitzenbettwäsche, stilgleiche Porträts.

„Wir benötigen nur ein Zimmer, Orson."

„Ganz wie Sie wünschen, Ladys. Sehen Sie sich etwas um, dann können Sie sich entscheiden. Beide Zimmer sind bezugsfertig."

Sarah entdeckte auf dem Nachttisch eine wunderschöne, mit Gravuren versehene Karaffe neben der passenden Waschschüssel. Ein Stück lila Seife und ein Strauß Lavendel rundeten das Bild ab. Sarah nahm sich vor, diese Szene auf Papier festzuhalten. Sie hatte ihr Skizzenheft und das nötige Material dabei.

In der Zwischenzeit hatte der Page diskret die Koffer gebracht und in dem gelben Zimmer abgestellt.

„Wenn es Ihnen recht ist, hole ich Sie in fünfzehn Minuten zum Tee mit Comtesse De Lacroix." Ohne eine Antwort abzuwarten, verließ Orson das Zimmer.

„Tee mit der Comtesse! Oh, Eva! Lass es uns genießen. Das hier können wir uns mit keinem Geld der Welt kaufen."

Ein kräftiges Klopfen unterbrach das Gespräch. Es war noch einmal der Butler. „Die Waschgelegenheit befindet sich gleich gegenüber."

„Danke, Orson."

Waschgelegenheit schien leicht untertrieben. Eine Welle von Nostalgie überflutete die beiden Frauen, als sie das Bad betraten. Eine freistehende Wanne und Badezimmerutensilien aus längst vergangenen Zeiten schmückten den Raum. Das handbemalte Blumendekor in Blau zierte nicht nur die Badewanne, sondern Kacheln, Waschbecken, Handtuchhalter, Seifenhalter, Spiegel, Lämpchen, ja sogar die Toilette nebst Toilettenrollenhalter und Bürste. Eine besondere Zierde war die außergewöhnliche Wannenarmatur in Edelmessing. Salbendöschen und Haarbürsten verschönerten die Ablage. Eva öffnete ein Döschen und sog den fremdartigen, angenehm frischen Duft ein.

„Der Butler ist wirklich süß", schwärmte Sarah, während sie ihr volles, schwarzes Haar mit einem schlichten dunkelblauen Samtband bändigte.

Eva lächelte verschwörerisch. „Dass ihr beide das voneinander denkt, ist nicht zu übersehen."

Sarah wurde rot. „Ein kleiner Flirt ist doch wohl erlaubt."

„Natürlich", reagierte Eva belustigt, „ich freue mich sogar. In den letzten Jahren sind uns die Männer fast abhandengekommen."

„An Auswahl hat es uns nicht gefehlt, wir hatten nur andere Prioritäten. Erinnerst du dich noch an Sam?"

„Natürlich. Ein Engländer wie Orson, glaube ich", lachte Eva. „Der wollte dich vom Fleck weg heiraten und dir eine Galerie in *Great Britain* schenken."

„Inklusive *Mummy* und an jedem zweiten Wochenende fünf Kinder aus drei Ehen."

Kichernd huschten sie über den Flur zurück in ihr Zimmer. Wie der Butler es vorgeschlagen hatte, beschlossen sie, sich den Luxus zu leisten, zwei Zimmer zu belegen. Es kostete schließlich nichts. Eva nahm das gelbe, Sarah das lila Zimmer.

Exakt zehn Minuten später klopfte der Butler an Evas Zimmertür. Sie glaubte eine kleine Regung in seiner Miene erkannt zu haben. Das reichte ihr als Kompliment für ihr Outfit. Ein knielanges, dunkelgrünes Kleid aus geschmeidiger Wolle umschmiegte ihren Körper. Um die Taille trug sie einen dezenten Silbergürtel. Dazu helle Strumpfhosen und olivfarbene Pumps. Wie immer hatte sie Garderobe für jede Lebenslage eingepackt. Es hätte sogar schneien können. So war Eva nun mal. Alles, wirklich alles wurde einkalkuliert. In ihrem Koffer befand sich etwas für fast jede Gelegenheit, von Beerdigung bis Sylvesterparty.

Als Sarah auf den Flur trat, regten sich in Orsons Gesicht einige Muskeln mehr. Sie trug ein knielanges, dunkelblaues Kleid und eine weiße Bluse, dunkle Strumpfhosen und eng anliegende Stiefel. Ein von Blautönen dominiertes *Hermès*-Tuch hatte sie geschickt zur Krawatte geknotet.

Sarah und Eva waren es gewohnt, sich in besseren Kreisen zu bewegen, aber Tee mit einer Comtesse zu trinken war Neuland. Mit gemischten Gefühlen folgten sie Orson den langen Flur wieder zurück, die „Vom Winde verweht-Treppe" hinunter, quer durch die Halle durch einen weiteren Flur, an dessen Ende sich eine riesige Tür, besser Pforte, befand.

„Einen Moment, Ladys!" Orson griff nach zwei in den Türflügeln eingelassenen Ringen und drückte dagegen. Elegant schwangen die beiden Flügel auf. Das Teezimmer war in einer architektonisch kunstvoll gestalteten Bibliothek untergebracht, deren wuchtige Bücherschränke von gewundenen Holzsäulen eingerahmt wurden. In einem Kamin prasselte ein Feuer.

„Treten Sie ein, meine Damen."

Orson trat zur Seite und gab den Blick frei auf eine Frau, auf die der Name *Comtesse Louise De Lacroix* wie maßgeschneidert war. Sie trug ein fußlanges, pastellgrünes Kleid, an ihrem Hals glitzerte ein Collier in Regenbogenfarben. Unzählige Kämme hielten ihr hochgestecktes, hellblondes Haar. Eva und Sarah waren sofort beeindruckt von Louise De Lacroix' Erscheinung.

„Guten Abend, *Comtesse*“, sagte Eva.

„Ich danke Ihnen sehr, dass Sie so schnell gekommen sind, meine Damen. Es ist nicht meine Art, Menschen unter Druck zu setzen, aber ich bin in einer brenzligen Lage und brauche Hilfe. Je eher, desto besser.“ Ihre Stimme war leise und freundlich.

„Das klingt nicht gut, *Comtesse.* Wie können wir Ihnen helfen?“

„Lassen Sie uns erst mal eine Tasse Tee trinken. Sie sind sicher erschöpft von der langen Reise.“

Sie setzten sich in bequeme Sessel und beobachteten Orson, der elegant aus einer silbernen Teekanne Tee in kleine Tässchen aus hauchzartem Porzellan mit einem Goldrand goss. Nicht ein Tröpfchen ging daneben.

Auf einem passenden Teller lag Gebäck. Orson reichte der Comtesse die erste Tasse. „*Comtesse*.“

„Merci, Orson.“

Die zweite Tasse wanderte zu Sarah. Nachdem auch Eva bedient worden war und der Gebäckteller die Runde gemacht hatte, rückte Orson den Teewagen zur Seite, legte ein Holzscheit in den Kamin und verließ das Zimmer.

„Orson ist ein Juwel“, sagte die Comtesse in perfektem Deutsch.

„*Comtesse De Lacroix*, wie kommt es, dass Sie die deutsche Sprache so gut beherrschen?“

„Das verdanke ich meinem Onkel, Graf Hans von Seeberg. Er hat mir die Sprache beigebracht. Ich habe nicht viel Gelegenheit sie zu sprechen. Wenn Sie also erlauben, unterhalten wir uns auf Deutsch.“

„Wie Sie wünschen, *Comtesse*."

„Es interessiert Sie sicher brennend, weswegen ich Sie den langen Weg in die Provence habe zurücklegen lassen."

„Das lässt sich nicht leugnen, *Comtesse*", antwortete Eva.

„Ich möchte Sie nicht länger auf die Folter spannen, meine Damen. Die De Lacroix' sind eine sehr alte Adelsfamilie. Château Beauregard ist seit Generationen im Besitz unserer Familie. Der Unterhalt kostet natürlich sehr viel Geld. Seit *père* gestorben ist, habe ich fast nur Ausgaben, meine Reserven sind aufgebraucht. Ich brauche Geld. Mein größtes Kapital, die Bilder, darf ich jedoch nicht verkaufen. *Père* hat das in seinem Testament verfügt."

„Der Wunsch Ihres Vaters ist damals bis an die Öffentlichkeit gedrungen."

„Ich verehre meinen Vater, auch wenn ich nicht verstehe, warum er das getan hat. Denn wovon soll ich leben?"

Sarah setzte die Teetasse auf dem Tisch ab. „Sie müssen doch irgendwelche Einkünfte haben?"

„Mein Vater hat einen Fonds eingerichtet, aus dem ich monatlich eine gewisse Summe bekomme. Nur, er hatte den Sinn für die Realität verloren. Es reicht gerade mal für die laufenden Kosten." Die Comtesse schaute die beiden Frauen traurig an. „Ich brauche unbedingt eine größere Summe Geld, um Schulden zu tilgen. Wenn ich bis Mai nicht zahle, steht das Schloss zum Verkauf. Aber auch ein Haufen Wartungsarbeiten sind dringend notwendig, sonst verwandelt sich das stolze Beauregard langsam, aber sicher in eine Ruine."

Sarah und Eva hörten der Comtesse interessiert zu. Gespannt warteten sie auf weitere Ausführungen, aber die Comtesse senkte nur resigniert den Kopf. „Das wäre mein Tod", meinte sie.

„Was können *wir* für Sie tun, *Comtesse*?"

Die Comtesse hob den Kopf wieder und antwortete energisch: „Ich habe alle möglichen Szenarien durchgespielt, mir bleibt keine andere Wahl. Ich muss ein paar Gemälde verkaufen. Und Sie sollen mir dabei helfen.“

Es wurde still im Raum. Nur das Prasseln des Feuers war zu hören. Drei Augenpaare wanderten von einem zum anderen und stellten unausgesprochene Fragen. Wollte sie sich wirklich dem Willen ihres Vaters widersetzen und seinen letzten Wunsch nicht respektieren? Gemälde von Antoine De Lacroix in der „Galerie um Knuedler“? War es das, was sie wollte?

Comtesse Louise De Lacroix wusste genau, was in den Köpfen der jungen Galeristinnen vor sich ging. Sie fuhr fort mit ihrem Plädoyer: „Es ist gegen seinen Willen, dass ein Gemälde aus der Sammlung verkauft wird. Ich frage mich nur, ob Papa gewollt hätte, dass das Schloss versteigert wird und in die Hände von jemandem fällt, der nicht zu schätzen weiß, welches Erbe er antritt.“ In den Worten der Comtesse schwang eine Leidenschaft, die Eva und Sarah tief berührte. „Nein, das hätte Vater nicht gewollt.“

„Warum ist Ihre Wahl gerade auf unsere unbedeutende Galerie im kleinen Luxemburg gefallen, *Comtesse*? Warum nicht Paris, London oder New York? Da hätten Sie doch ganz andere Möglichkeiten?“, fragte Eva.

Die Comtesse schüttelte den Kopf. „Ich möchte mein Vorhaben nicht an die große Glocke hängen. Sonst könnte ich ja auch zu Sotheby's oder Christie's gehen und einige Werke versteigern lassen. Die Presse würde nie wieder von mir ablassen, da ich mich dem letzten Willen meines Vaters widersetze. Und das, das wäre so ziemlich das Schlimmste für mich, weil es mir so schon schwer genug fällt diesen Schritt zu gehen.“

Sarah nahm sich ein Stück Gebäck. „Warum unsere Galerie?“

„Als ich vor einem Jahr begann über einen möglichen Verkauf nachzudenken, habe ich mich auf das *ePaper* einer luxemburgischen Tageszeitung abonniert. Und da habe ich einen Artikel über Ihre Galerie gelesen."

„Sie meinen den Artikel über die Jungunternehmer?", fragte Eva.

„Genau den. Ihre Galerie und Sie selbst wurden damals sehr detailliert beschrieben. Für mich ein Wink des Schicksals. Ich hatte gefunden, was ich brauchte: eine relativ unbekannte Galerie mit einer renommierten Kundschaft und zwei jungen, ambitionierten Galeristinnen."

„Also gut, *Comtesse*. Wenn Sie dieses wunderschöne Schloss retten wollen, dann bitte. Wir stehen Ihnen zur Verfügung! Nicht wahr, Sarah?"

Sarah nickte, doch sowohl Eva als auch die Comtesse bemerkten den leicht verkniffenen Ausdruck, der sich für einen Augenblick auf Sarahs Gesicht verirrt hatte.

„Danke!" Die Comtesse seufzte erleichtert. „*Merci, mon dieu.* Das ist die Rettung von Château Beauregard." Elegant bückte sie sich nach vorne und entlockte einer winzigen, silbernen Tischglocke zwei melodische Dingdongs. Niemand wunderte sich, als Orson kurze Zeit später ein silbernes Tablett ins Zimmer balancierte. Auf schwindelerregend hohen Stielen perlte Champagner in wunderschönen Kristallkelchen. Es war nicht zu übersehen, dass Orson in das Vorhaben der Comtesse eingeweiht war. Er strahlte. Die zwei Dingdongs waren das Zeichen der positiven Übereinkunft gewesen.

„Zum Wohl!"

„Santé."

„Wären Sie so freundlich, Orson, und würden unseren Gästen anschließend den Außenbereich des Schlosses zeigen?"

„Natürlich, *Comtesse*."

„Darf ich mir eine Frage erlauben, *Comtesse*?"

„Sicher, Frau May."

„Wie stellen Sie sich die Abwicklung vor?"

„Das besprechen wir heute Abend bei Tisch. Ich lege Ihnen meine Ideen dar und Sie sagen mir, ob das so machbar ist. Aber Sie sollten zuerst das Anwesen kennenlernen, damit Sie meine tiefe Verbundenheit mit Beauregard noch besser verstehen."

„Wann dürfen wir einen Blick auf die Werke Ihres Vaters werfen?"

„Die Zimmer meines Vaters werden wir erst am späten Abend aufsuchen, damit Sie Ihre Eindrücke in einem geruhsamen Schlaf verarbeiten können."

Eva und Sarah nickten sich zu. Die Comtesse hatte an alles gedacht.

Es dämmerte bereits, als sie die Besichtigung des Anwesens antraten. Eva und Sarah hatten sich im Schnellverfahren umgezogen. Eva trug nun eine Reithose, dunkelbraune Stiefel, eine weiße Bluse und eine warme Steppjacke. Sarah war in eine blaue Jeans und einen warmen, kuscheligen Rollkragenpullover geschlüpft. Darüber trug sie ihre wasserdichte Regenjacke.

Es war feucht draußen. In der Luft hing der angenehme Duft von aufgelockerter, feuchter Erde. Der Regen hatte aufgehört.

Orson knöpfte seine schwarze Regenjacke zu. „Um Ihnen alles zu zeigen, bräuchten wir ein paar Stunden. Deswegen schlage ich vor, wir umrunden das Schloss und ich erkläre Ihnen in groben Zügen, was Sie in den verschiedenen Richtungen finden." Sie traten durch den Haupteingang nach draußen. Von hier aus bot sich ein herrlicher Blick auf die Schlossauffahrt. Eisenlaternen, die bereits in sanftem Orange glühten, säumten sie. In der Ferne waren Umrisse eines größeren Gebäudes zu erkennen. „Das sind die Stallungen. Die Comtesse ist eine Pferdenärrin. Sie besitzt sechs Stück und plant eventuell einen Reiterhof mit Unterkünften dort zu bauen. Sie will keinen Massentourismus, sondern die Gäste in einem persönlichen, exklusiven Ambiente betreuen. Mit der Möglichkeit unsere Produkte zu kaufen."

„Welche Produkte denn?", fragte Sarah.

„An erster Stelle Wein. Wir haben einen vorzüglichen eigenen Wein. Die Idee ist, mit den Einnahmen den Unterhalt der Tiere und der Stallungen zu finanzieren." Einige Minuten gingen sie schweigend weiter. An der Südseite bot sich ihnen ein wunderbares Schauspiel. Die Sonne verbarg sich hinter dünnen, grauen Wolken und warf einen violett-gelblichen Schimmer auf ausgedehnte Weinberge. Das Traumhafte war jedoch die Parkanlage, die vom Schloss bis zu den Weinbergen führte. Baumarten wie Korkeichen oder Eukalyptus wechselten mit Beeten von Lavendel, Rosmarin und Oleandersträuchen; Polster von Mimosen und Phlox wuchsen an einer Steinmauer, aus der Seifenkraut quoll. An einem Spalier rankten sich Rosen.

„Ich würde Ihnen vorschlagen, morgen diesen Teil bis zu den Weinbergen gemütlich und auf eigene Faust zu erforschen. Er ist tatsächlich einen Spaziergang wert, und Sie werden sich wundern, was es zu entdecken gibt."

„Das klingt geheimnisvoll."

Orson bedachte Sarah mit einem verschwörerischen Blick. Wieder fiel ihr auf, dass der perfekte Orson wohl jünger war, als seine steife Art und die korrekte Butler-Kleidung vermuten ließen. Um seine grau-blauen Augen bildeten sich einige Lachfältchen. Am Kinn befand sich ein kleines Grübchen. Er war ihr sympathisch.

An der Westseite des Schlosses bildeten Zypressen einen undurchdringlichen Wall.

„Dieser Wald gehört den De Lacroix'. Dahinter befindet sich das Anwesen der Bermonts. Ich würde Ihnen raten, sich nicht auf ihr Grundstück zu wagen. Es sind merkwürdige Menschen. Mindestens ein halbes Dutzend Rottweiler bewachen das Anwesen."

Eva grinste. „Machen Sie sich mal keine Sorgen, Orson. Wir bleiben schön auf Beauregard. Und da wir sowieso morgen abreisen, werden wir wohl kaum über genügend Zeit verfügen, eine Einladung zum Tee bei den Bermonts anzunehmen."

Unvermittelt wehte plötzlich ein heftiger Wind. Orson drehte sich um. „Wir gehen wohl besser zurück ins Schloss."

„Wäre es Ihnen recht, wenn ich Sie um neunzehn Uhr dreißig zum Abendessen abhole?"

„Natürlich."

„Gut. Wenn Sie vorher meine Dienste benötigen, klingeln Sie einfach." Orson zeigte auf ein Seil neben der Tür des Schlafzimmers, an dem eine Glocke befestigt war.

„Orson?"

Eva blieb stehen.

„Bitte?"

„Welche Kleidung ist angebracht für heute Abend?"

Orson lachte. „Schlicht und elegant, so wie Sie und Lady Sarah den ganzen Tag waren!" Sein letzter Blick, bevor er verschwand, galt Sarah.

„*Lady Sarah.*" Sarah ließ sich rücklings aufs Bett fallen. „Klingt hübsch", meinte sie verträumt.

„Heirate ihn", rief Eva aus dem Nebenzimmer, „dann bist du für immer Lady Sarah." Sarah warf ein Kopfkissen in ihre Richtung.

*

Im Esszimmer gaben sich Lampen und Leuchter ein Stelldichein: schlank oder üppig, verspielt oder klassisch, schlicht oder pompös. Tischleuchter in verschiedenen Ecken und Nischen trugen zu großer Behaglichkeit bei. An den Wänden hingen Porträts aus der Ahnenreihe der De Lacroix'.

Der ovale Esstisch aus Mahagoniholz stand im Zentrum des Zimmers. Er war mit einem kostbaren Service aus feinstem Porzellan gedeckt. Das Rosendekor mit der Goldverzierung schuf einen nostalgischen Kontrast zu den schneeweißen Servietten, die sich von den Tellern wie Marmorstatuen erhoben.

„Vier Gedecke?", fragte Eva.

„Der Partner der Comtesse, vielleicht", meinte Sarah.

„Ist sie eigentlich verheiratet?"

„Ich glaube nicht."

Bevor die beiden Frauen sich den Kopf zerbrechen konnten, wem wohl das vierte Gedeck galt, betrat die Comtesse den Raum. Sie trug ein bodenlanges, graues Taftkleid mit dezenten Rüschen an den Ärmeln und um die Taille. Ihr Haar war noch immer hochgesteckt. Ein Mann begleitete sie. Die schwarzen Haare waren nach hinten gekämmt, eine runde Nickelbrille klemmte auf der Nase und ein Bärtchen à la *drei Musketiere* zierte sein Kinn. Er trug eine schwarze Hose und einen seidenen Schal im Hemd.

„Luc Dantès", stellte die Comtesse ihren Begleiter vor.

Galant küsste er die Hände der Damen und führte jede einzelne der Frauen zu ihrem Stuhl.

Aber bereits während des Aperitifs bröckelte die perfekte Fassade von Luc Dantès. Er lachte übertrieben laut, machte anzügliche

Witze und fiel den Frauen immer wieder ins Wort. Seine liebsten Themen waren er selbst, schnelle Autos und teure Kleidung.

„Womit verdienen Sie denn Ihr Geld?“, fragte Eva mit Unschuldsmiene.

„Ich bin *Künstlaire*!“ Eva musste sich ein Lachen verkneifen. Sein Deutsch war zwar gut, aber dieser übertriebene Akzent war gespielt und entschieden eine Taktik, um den Frauen zu imponieren.

„Welche Richtung?“

„Ich *dessiniere* … oh … pardon … wie sagt man noch … male.“

Orson brachte das Hauptmenü. „Bouillabaisse“, verkündete er, „ein klassischer, typisch südfranzösischer Fischeintopf.“

Eva hätte zu gerne gewusst, ob Luc Dantès mit seinen Bildern auch Geld verdiente. Aber die Bouillabaisse hatte das Thema leider beendet.

Zum Nachtisch gab es Melonensorbet mit frischer Minze und Honig. Das ganze Essen über wurde nur Small Talk geredet, was an der Anwesenheit von Luc lag. Seine Beziehung zu Louise De Lacroix war noch unklar.

Er kann doch unmöglich ihr Lover sein, dachte Eva. *Sie, die zurückhaltende Erscheinung, und er, der Angeber par excellence.*

Sobald Orson ins Zimmer kam, warfen er und Sarah sich verstohlen einen Blick zu, um dann ertappt wieder wegzublicken.

„Nun ist es an der Zeit übers Geschäft zu reden.“ Louise De Lacroix nippte an ihrem Espresso.

„Das wird wunderbar! Eine Ausstellung in *Luxembourg*“, posaunte Luc.

Die Comtesse hat ihn also eingeweiht, dachte Eva.

Luc sprang auf und stellte sich hinter Louise. Besitzergreifend legte er seine Hände auf ihre Schultern. „Eine weise Entscheidung hat meine Louise getroffen. Ich könnte es nicht ertragen das Schloss zu verlieren.“ Für Eva und Sarah war es kristallklar, wessen Gehirn die Idee zum Verkauf der Gemälde entsprungen war.

Die Comtesse griff nach Lucs Hand. „Ich stelle es mir folgendermaßen vor: Eine vertrauenswürdige Spedition aus der Gegend wird die Sammlung nach Luxemburg bringen, nicht verkaufte Gemälde später wieder zurück. Ich kümmere mich um die Versicherung während des Transports. Sobald die Sammlung in der Galerie ist, sind Sie verantwortlich.“

„Hunderprozent verantwortlich“, fügte Dantès herrisch hinzu.

Eva ignorierte ihn. „Natürlich, *Comtesse*. Wir bieten jedem einzelnen unserer Künstler ein Höchstmaß an Sicherheit. Sobald Ihre Schätze über die Türschwelle unserer Galerie sind, übernimmt unsere Versicherung. An wie viele Exemplare hatten Sie gedacht?“

„Wie viele kann die Galerie fassen?“

„Das hängt natürlich von den Maßen der Gemälde ab. Bei großen Stücken können Sie mit sechzehn rechnen.“

„Mein Limit nach oben lag bei zwanzig. Wenn der Vertrag steht, werde ich Ihnen eine Auswahl per E-Mail schicken. Mit den jeweiligen Dimensionen und sonstigen Details.“

„Wann hatten Sie gedacht, soll die Ausstellung stattfinden?“ Zum ersten Mal an diesem Abend hatte Sarah das Wort übernommen.

„Im März nächsten Jahres. Zwei Wochen vor Ostern.“

„Das tut mir leid, *Comtesse*. Aber bis zum Sommer sind wir ausgebucht. Im Herbst sind noch einige Termine frei!“

„Unmöglich! So lange kann ich nicht warten. Ich brauche Geld …“

Dantès fiel ihr ins Wort: „Aber wenn *Sie* nicht wollen …, es findet sich sicher eine Galerie, die …“

„Nein, nein!“ Eva sah Sarah beschwörend an. „Wir werden sehen, was sich machen lässt. Wir reden mit dem Künstler, den wir vorgesehen hatten.“

„Wann?“

„Am Montag.“

„Am Montagabend haben wir Ihre mündliche Zusage, *compris*?“ Es war Luc Dantès, der diesen Befehl gebellt hatte. Sogar Louise sah ihn bestürzt an.

„Was guckt ihr denn so böse? Es geht um die Zukunft von Château Beauregard, und die liegt mir nun Mal sehr *à cœur*.“

Wer's glaubt, wird selig, dachte Sarah.

„Ich werde mein Bestes geben. Wenn es klappt, bekommen Sie im Laufe der Woche den Vertrag, der alle Modalitäten bis ins Detail klärt.“ Eva lehnte sich zurück.

„Also auch Ihre Provision?“ Dantès warf Eva einen herausfordernden Blick zu.

„Auch unsere Provision, Herr Dantès. Umsonst ist der Tod“, fügte Eva bissig hinzu.

„Das gehört in einen Vertrag, Herr Dantès. Somit gibt es später auch keine Missverständnisse“, erklärte Sarah, um das Gespräch zu entkrampfen.

Auch der Comtesse gefiel diese geladene Atmosphäre nicht. „Es ist an der Zeit, nun einen Rundgang durch das Schloss zu machen“, sagte sie und erhob sich.

Der große Augenblick war gekommen. Eva und Sarah fieberten dem Moment entgegen, endlich die Werke von Antoine De Lacroix in natura zu sehen.

„Ich muss Sie warnen. Das Schloss hat dreißig Räume. Die Höhepunkte sind zweifellos das Malatelier und die Galerie unterm Dach, die beiden bevorzugten Aufenthaltsorte meines Vaters."

„Ich gehe ins Bett, Louise", bemerkte Luc Dantès und gähnte zwanglos. „Ich habe dies alles zur Genüge gesehen." Beim Hinausgehen griff er der Comtesse ungeniert an das Gesäß, was ihm einen verächtlichen Blick von Orson einbrachte, der an der Türschwelle wartete.

Während die Gruppe einen langen schmalen Gang entlangging, hallte das Klackern ihrer Schuhe auf dem steinernen Boden. In regelmäßigen Abständen hingen Laternen oder Kerzenlampen an den Wänden und tauchten die Gänge in ein schummriges, geheimnisvolles Licht. Unzählige Buntglasfenster unterstrichen immer wieder den magischen Charakter des Schlosses.

Eva und Sarah durften einen Blick in jeden Raum werfen. Die Zimmer waren entweder in authentischem Zustand, karg möbliert, oder ganz leer. Die moderne Welt war an diesem Anwesen vorbeigegangen, was dem Flair in keinster Weise schadete. Schließlich erreichten sie den linken Flügel, in dem sich ein Turm befand. Im Korridor zum Turmzimmer schmückten die ersten Gemälde von Antoine De Lacroix die Wände. Andächtig verharrten Eva und Sarah vor einem überdimensionalen Kunstwerk: der legendären „Vue infernale". Es war ein Gemälde, das seinen Betrachter innerlich zutiefst aufwühlte. Im Kontrast zu Regen, Sturm, entwurzelten Bäumen und über die Ufer getretenen Seen stand eine kräftige Sonne, deren Strahlen von der Untergangsstimmung aufgesogen wurden. Die Hauptfarben bewegten sich in den Grauwerten mit einem feinen Übergang in die Erdfarben.

„Es ist faszinierend!“, hauchte Eva entrückt. „Diese subtile Vermengung von Gut und Böse, von Untergangsstimmung und Trauer.“ Eine geistige Auseinandersetzung mit dem Gemälde wäre nun ganz nach Evas Geschmack gewesen. Aber Sarah ergriff ihren Arm und zog sie weiter.

Viel zu schnell erreichten sie die Tür zum Turmzimmer.

„Der Turm war Vaters zweites Zuhause. Er verließ ihn manchmal tagelang nicht. Wir brachten ihm zu essen, zu trinken, frische Kleidung und was er sonst noch brauchte.“

Die schwere Holztür zum Atelier des Comte De Lacroix knarrte erbärmlich, als Orson sie aufstemmte. Der Raum vermittelte den Eindruck, als sei Antoine De Lacroix eben mal aus dem Zimmer gegangen. Eine hölzerne, farbverschmierte Malpalette lag auf einem Tischchen, das sich in handlicher Höhe neben einer Staffelei befand. Pinsel standen in einem Gefäß, daneben ein zweites für gebrauchte Pinsel. Eingehüllt in Decken und Säcke, lehnten unzählige Werke von Antoine De Lacroix an den Wänden.

„Alles Werke von Ihrem Vater“, flüsterte Eva und zeichnete mit dem Finger einen Kreis durch den Raum.

„Teilweise nicht vollendet.“

„Warum machen Sie das Schloss nicht zugänglich für Besucher, *Comtesse*? Sie könnten Eintritt verlangen und somit …“

Die Comtesse schüttelte energisch den Kopf. „Zu aufwändig und zu teuer. Außerdem möchte ich meine Privatsphäre wahren.“

„Sie müssen nicht das ganze Schloss öffnen. Es würde Ihnen ein regelmäßiges Einkommen garantieren.“

„Nein, Eva. Das Thema habe ich zur Genüge mit Luc besprochen. Wir sind dagegen.“

Luc Dantès! Eva gab auf.

„Und hier sein Handwaschzimmer.“

In dem Zimmer befand sich ein aus Marmor angefertigtes Becken mit einem darüber baumelnden Kupferbehälter.

„Wenn er seine Finger nicht mehr bewegen konnte vor lauter Farbkrusten, wusch er sich hier die Hände. Das Wasser floss aus diesem antiken Kupferbehälter!“ Die Hand der Comtesse berührte das schöne Stück. „Er funktioniert noch immer. Das Wasser kommt aus einem unterirdischen Brunnen.“

„Es muss eiskalt sein, *Comtesse*.“

„Das ist es. Aber er wollte keine Warmwasservorrichtung. Er war ein Sturkopf.“ Die Comtesse lächelte bei dem Gedanken und verließ als Erste den Raum. Eva und Sarah folgten ihr. Orson schloss sorgfältig ab.

Die Stiegen zur Galerie waren steil und eng. Orson mahnte zur Vorsicht. Der weiße Putz an den Wänden war mit den Jahren ergraut. Was sie jedoch oben erwartete, wäre einen Aufstieg durch ein Bambusrohr auf den Mount Everest wert gewesen. Die Gemälde an den Wänden zeigten Antoine De Lacroix von einer anderen Seite.

Eva schnappte nach Luft. „Kubismus! Ihr Vater?“

Die Comtesse nickte stolz. „Vater konnte sich sehr gut von der realistischen Abbildung lösen und der Abstraktion hingeben. Er sagte einmal, es sei seine Revolte gegen den Realismus, die Zerstörung der Menschheit und der Erde.“

Es war atemberaubend. Strahlende Helle und leuchtende Farben explodierten förmlich vor Licht. Eva vergaß Zeit und Raum, ging langsam von Bild zu Bild, verharrte, ging weiter … Die Comtesse schien diese Reaktion gewohnt zu sein. Sie setzte sich in den einzigen Stuhl, einen wunderschönen alten Schaukelstuhl, der sich im Raum befand, und beobachtete die beiden jungen Frauen.

Sarahs Faszination drückte sich anders aus. Sie wurde beinahe ohnmächtig. Unauffällig lehnte sie sich schließlich an eine Wand. Ihr Verhalten war Orson nicht entgangen.

„Ist Ihnen nicht wohl?“, fragte er.

Seine Nähe wirkte wie ein Aphrodisiakum auf sie und gab ihr etwas Kraft. „Es sind die Bilder, die Emotionen. Es muss doch einen anderen Weg als den Verkauf geben“, flüsterte sie.

Orson nickte und legte seinen Zeigefinger verschwörerisch auf die Lippen. „Wir reden später.“ Er verschwand und brachte kurze Zeit später ein Tablett mit Tee, Wasser und für Sarah Aspirin.

Erst spät am Abend verließen sie die Galerie. Die Comtesse war sogar eingenickt, während sie ihren Gästen die Zeit gelassen hatte, die vielen Eindrücke in sich aufzunehmen.

Im Kaminzimmer prasselte ein gemütliches Feuer, aus einem Grammofon erklang klassische Musik. Die Qualität der Aufnahme entsprach nicht den Standards, aber der Charme des Klangs kompensierte das Kratzen. Sarah bewunderte die Sammlung von Schellack-Platten der Comtesse und nippte an ihrem Rotwein, den Orson ihr gereicht hatte. Comtesse Louise hatte Orson gebeten sich zu ihnen zu gesellen. Sarahs Blick wanderte schüchtern durch den Raum. Allein die Gegenstände, die sie hier sah, waren ein Vermögen wert.

„Sie lieben wohl Antiquitäten?“, fragte die Comtesse.

„Sehr sogar.“

„Sehen Sie sich ruhig um, wenn Sie möchten.“

„Danke, *Comtesse*.“ Sarah stand auf und ging zu einer Vitrine mit einer glänzenden Ritterausrüstung. Eine silberne Platte sagte aus, dass es die Ausrüstung von Comte Celin De Lacroix gewesen war.

Plötzlich stand Orson neben ihr. Sarah spürte die positive Energie zwischen ihnen. „Zwölftes Jahrhundert. Mit einer List hat er damals das Château Beauregard vor einer Horde Raubritter gerettet."

„Das klingt spannend. Wollen Sie es mir erzählen?"

„Ja, bitte. Erzählen Sie es uns!", bat die Gräfin. „Niemand kann dieses Ereignis besser schildern als Sie, Orson!"

„Wie *Comtesse* wünschen."

So saßen sie um den Kamin und hörten gebannt Orsons angenehmer Stimme zu, wie er ihnen die Geschichte vom damaligen Kampf erzählte. „Zum Schluss, meine Damen, verheimliche ich Ihnen nicht, dass der Geist von Comte Celin noch immer über der Burg wacht. Der Sage nach hat seine heldenhafte Tat aus ihm den Beschützer von Beauregard und all seinen Bewohnern gemacht. Sie haben also nichts zu befürchten."

Die Gräfin klatschte leise in die Hände. „Nun ist es an der Zeit an unsere Bettruhe zu denken."

Eva spuckte ihre Zahnpaste in das Becken. „Dieser Dantès ist ein echter Schnösel!"

„Ein richtiges Großmaul. Ich weiß beim besten Willen nicht, was Comtesse Louise an dem findet."

„Etwas Gutes muss an ihm dran sein." Eva spülte den Mund aus.

„Orson scheint ihn auch nicht zu mögen."

„Aber dich mag unser Orson sehr! Er war dein zweiter Schatten heute. Und diese Blicke!" Sie verdrehte die Augen.

„Übertreib es mal nicht, Eva. Er ist süß. Aber morgen fahren wir zurück und ich werde ihn wohl nie mehr wiedersehen." Sarah kontrollierte ihre Zähne im Spiegel. „Eigentlich schade."

Eva grinste.

Wenig später lagen Eva und Sarah gemütlich in ihren Betten. Zu ihren Füßen befanden sich Wärmeflaschen, die sie erst bemerkt hatten, als sie unter ihre Decken geschlüpft waren. Es war leicht zu erraten, wer sie wohl hingelegt hatte. Eva war schnell eingeschlafen. Sarah hingegen lag wach und lauschte. Ihre Zimmertür hatte sie nur angelehnt.

Was erwarte ich nur?, dachte sie. *Dass er kommt? Und dann?*

Ein leichtes Rascheln riss Sarah aus ihren Gedanken. Sie richtete sich auf.

„Wer ist da?", flüsterte sie, obwohl sie es genau wusste.

„Orson!"

Sarah knipste die Nachttischlampe an. Sie tauchte das lila Zimmer in ein sanftes Licht. Vor Sarah stand nicht mehr der steife Butler Orson. Dieses durchtrainierte Wesen trug eine sportliche Jogginghose und ein dunkles T-Shirt. Sein dunkles Haar war nicht mehr steif nach hinten gegelt. Es war frisch gewaschen, wirkte heller und leicht gewellt. Sein ganzes Wesen versprühte Dynamik und Entspanntheit. Orson verlor keine Worte. Er zog Sarah sanft an sich und küsste sie zärtlich. Dann hielt er inne und sah ihr in die Augen. „Sorry, aber das wollte ich schon den ganzen Tag tun." Er streichelte ihre Wange. „Das ist mir in meinem Leben noch nicht passiert. Was hast du mit mir gemacht, Sarah?"

Sarah war verlegen und suchte nach Worten. „Die Comtesse darf keines der Bilder verkaufen. Antoine De Lacroix war strikt dagegen."

„Das ist bekannt", antwortete Orson, „aber es ist nicht zu vermeiden."

„Ist verdammt schade! Oder wolltest du zu mir, weil du eine andere Lösung hast?"

„Nein. Es ging mir nur darum, dass du mir heute Abend die Tür öffnest, Sarah. Es gab noch keinen Gast auf Beauregard, der mich so in seinen Bann gezogen hat wie du. Das musst du mir glauben."

Sarah lächelte ungläubig. „Naja ..."

„Doch, Sarah. Es ist die Wahrheit." Wieder küsste er sie. Sie wehrte sich nicht. Dann schob er seine Hand sanft unter ihr seidenes Top und streichelte ihr den Rücken. Sarah erschauerte. Es war das Signal für den Anfang einer leidenschaftlichen Nacht. Sie liebten sich wie ein vertrautes Liebespaar. Um sechs Uhr in der Früh zog Orson vorsichtig seinen Arm unter Sarahs Kopf heraus. „Ich muss gehen, die Pflicht ruft", murmelte er leise und küsste sie zum Abschied liebevoll auf die Stirn.

Sie sah ihn nur an. Ihre Augen baten: *Bleib bei mir*! Aber sie sagte nichts. Sie nickte. Es war eine wunderbare Nacht gewesen, aber halt nur eine einzige. Sie würde sie in ihrer Erinnerung aufbewahren als etwas Besonderes, Einmaliges. Sie hatten sich begehrt und das große Glück gehabt, diese eine Nacht miteinander zu teilen.

Orson stieg aus dem Bett, hielt in seiner Bewegung inne und sah sie an, mit einem Blick, der wie Feuer brannte. Er schlüpfte noch einmal unter die Decke. Sarahs schwarze Mähne streichelte sein Gesicht. Während er mit seinen Händen den Konturen ihres Körpers nachfuhr, atmete er den Duft ihrer Haare und ihrer Haut ein. Immer wieder trafen sich ihre Blicke. Die Leidenschaft sprach aus ihren Augen. Sie selbst sprachen kein Wort.

Sonntag

Der Tag begann mit einem Gewitter. Gewaltige Donner grollten, gefolgt von grellen Blitzen, die die Luft zerrissen. Heftige Regengüsse hüllten die Landschaft in feuchte Schleier.

„Lassen Sie uns den vorgesehenen Rundgang über das Anwesen verschieben“, bot Comtesse Louise an. „Bei dem Wetter schicke ich nicht einmal eines meiner Tiere vor die Tür. Als Alternative biete ich Ihnen an, meine Pferde kennenzulernen. Orson könnte uns mit der Kutsche zu den Stallungen bringen.“

Während der Kutschfahrt wurden die Comtesse, Eva und Sarah gut durchgerüttelt, während Orson auf dem Kutschbock den Wassermassen trotzte und die Kutsche geschickt über die unebenen Wege zu den Stallungen brachte. Dass die Comtesse ein Pferdenarr war, war nicht zu übersehen. Die Stallungen blitzten vor pingeliger Sauberkeit. Jeder Gegenstand war gewienert, die Pferde waren sauber und gestriegelt. Es roch angenehm.

Comtesse Louise stellte jedes ihrer Pferde vor. „Dieses ist Pommery, ein Trakehner. Das langbeinige Pferd da drüben ist Dinero, ein Oldenburger und ausgezeichneter Sportpferdetyp.“ Sie gingen weiter zur nächsten Box. „Lydia, eine Hannoveraner Stute, und dort Del Arte, ein Holsteiner. Und hier“, die Comtesse tätschelte den Kopf eines großen, weißen Pferdes, „King, ein Lipizzaner.“

Plötzlich flog die Tür auf und ein klitschnasser, ungehaltener Luc Dantès stürzte herein. Er packte Orson beim Kragen. „Das hast du absichtlich gemacht, du elender Mistkerl!“

„Luc!“, stieß Comtesse Louise fassungslos hervor. „Bitte! Was soll das? Hör auf!“

Orson hatte sich schnell aus seinem Griff befreit und hielt den wie ein Fisch an der Angel zappelnden Luc von sich. Die Zuschauer mussten sich ein Lachen verkneifen.

„Was habe ich absichtlich gemacht, *Sir*?", fragte Orson mit Unschuldsmiene.

„Mich nicht geweckt. Sie wollten alleine sein mit *meiner* Louise. Aber geben Sie sich keine Mühe. Louise will Sie nicht. Dafür hat sie einen viel zu guten Geschmack." Ein Blick auf Sarah ließ ahnen, dass er etwas von ihr und Orson wusste. Und warum dieser unnötige Auftritt?

Louise trat zu Luc und legte ihre Hand beruhigend in die seine. „Komm, *chéri*. Lass uns zurück ins Schloss fahren. Du bist klitschnass." Sie führte Luc wie ein kleines Kind zur Kutsche. Eva und Sarah folgten den beiden und sahen sich verstohlen an. Was für ein Auftritt! Alle stiegen in die Kutsche, bis auf Orson, der auf den Kutschbock kletterte und mit einem Schnalzen die Pferde antrieb, um die vier wieder zurück ins Schloss zu bringen.

„Wann wollen Sie abreisen?", fragte die Comtesse, während die Kutsche zum Schloss schaukelte.

„Vielleicht ist der Zeitpunkt jetzt gerade recht. Bei diesen starken Regenfällen kommen wir schlecht voran. Und in Luxemburg wartet ein Haufen Arbeit auf uns."

Die Comtesse schien erleichtert und klopfte an die Kutschenwand. „Orson! Bitte ordern Sie zwei Lunchpakete in der Küche."

„Sehr wohl, *Comtesse*."

Eine Stunde später waren Sarah und Eva reisefertig. Ihre Koffer standen in der Halle, und zum ersten Mal sahen sie den Pagen wieder, der ihren Wagen am Tag zuvor weggefahren hatte. Die Comtesse trat zu ihnen.

„Es tut mir leid wegen vorhin. Luc ist ein Hitzkopf, aber ein lieber Mensch. Er hat Orson nie gemocht. Deswegen nutzt er jede Gelegenheit mit ihm zu streiten, um ihn irgendwann einmal zu vergraulen."

„Scheint aber nicht zu klappen", bemerkte Eva.

Die Comtesse lächelte Orson zu. „Sieht ganz so aus."

„*Comtesse*, dürfte ich Sie um einen Gefallen bitten?" Eva sah sie an.

„Aber gerne ..."

„Ich habe gestern ein sehr interessantes Buch in Ihrer Bibliothek entdeckt. Vielleicht erlauben Sie, dass ich mir den genauen Titel aufschreibe. Ich würde es mir gerne besorgen."

„Sicher. Kommen Sie."

Sarah durchschaute Evas Manöver sofort. Sie wollte ihr und Orson Zeit zum Abschied geben. Hatte auch sie etwas bemerkt? Genau wie Dantès. Hatten die Wände im Schloss Ohren?

Sobald die Comtesse und Eva aus dem Blickfeld verschwunden waren, zog Orson Sarah in seine Arme. „Was jetzt?", flüsterte er.

Sie zuckte mit den Schultern.

„Möchtest du, dass es hier endet, oder sollen wir versuchen, auf diese besondere Nacht aufzubauen?"

Natürlich wollte sie das. Sie wollte diesen Mann besser kennenlernen. „Ich will dich wiedersehen."

„Hast du denn keinen Freund oder gar einen Mann?"

„Es gibt niemanden. Und du?"

„Frei wie der Wind."

„Beschränkte Freiheit, wenn ich deinen Job so betrachte."

„Ich werde dich besuchen. Zu Weihnachten, wenn du es dann noch immer willst."

Ihr Herz klopfte wild. Weihnachten! Das war in weniger als zwei Monaten. „Natürlich will ich das."

„Gut!" Orson bedeckte Sarahs Gesicht mit Küssen, bis sie Stimmen hörten.

„Komm", flüsterte er und zog sie vor das Eingangsportal. Der Wagen stand bereits dort, der Page wartend daneben. „Georges. Hol doch bitte die Koffer, sie stehen in der Halle."

Orson zog sie einige Meter weiter in eine Nische. Er drückte ihr einen Zettel in die Hand. „Meine Handynummer, meine E-Mail-Adresse und meine MSN-Koordinaten. Ich habe einen Computer mit Webcam."

Sarah kämpfte mit einem Knoten in ihrem Hals. Der Abschied stand bevor. Für Sekunden fiel ihr Luc Dantès' Vorwurf ein, Orson hätte ein Auge auf die Comtesse geworfen. „Gibt es wirklich niemanden in deinem Leben, Orson?"

„Doch, Sarah! Jetzt gibt es dich!"

*

Obwohl sie gut vorankamen, erwies sich die Rückfahrt als lang und ermüdend. Kurz vor zweiundzwanzig Uhr überquerten sie endlich den Grenzübergang.

Sarah atmete erleichtert auf, als die Wohnungstür ins Schloss fiel. Ihre Katze Runzel kam ihr miauend entgegen.

„Hallo, meine Süße. Hat Germaine gut auf dich aufgepasst?" Sarah kraulte ihre Katze hinter den Ohren. Runzel gehörte zum Inventar des Appartments. Am Tag von Sarahs Einzug hatte sie jammernd vor der Tür gesessen. Sarah hatte ihr etwas Milch in einer Schüssel gegeben und sie damit unweigerlich adoptiert. Sie wusste weder, wem sie gehört hatte, noch wie alt sie war. Der Tierarzt hatte Runzel auf ungefähr zehn Jahre geschätzt.

Es kribbelte ihr in den Fingern, Orson anzurufen oder nachzusehen, ob er online war. Aber sie tat es nicht. *Nur nicht aufdrängen!* Sie beschloss ihm eine SMS zu schreiben. *Bin zuhause! Alles ok. Gute Nacht.*

Zwei Minuten später kam eine Antwort: *Ok. Du fehlst mir. Schlaf gut.*

Blitz und Donner

Der Montag in Luxemburg begann wettermäßig wie der Sonntag in der Provence. Donner, Blitz und Regengüsse begleiteten Eva auf ihrem Weg zur Galerie. Es sollte nicht das letzte Gewitter sein, das sie an diesem Tag erleben würde.

Mit dem Handy am Ohr, der Tasche unterm Arm und dem Regenschirm in der Hand versuchte sie einer Pfütze auszuweichen, um dafür mit beiden Füßen in der nächsten zu landen. „Shit!"

„Was haben Sie gesagt?" Der Künstler, der für die nächste Vernissage gebucht war, war in der Leitung.

„Bin gerade nicht an einer Pfütze vorbeigekommen, Herr Dimillo. Aber es wäre wirklich nett, wenn Sie in der Galerie vorbeischauen könnten. Wir müssen etwas Dringendes mit Ihnen besprechen."

„Was denn?"

„Ich erkläre es Ihnen lieber persönlich."

„Ich bin in der Stadt. Ich komme gegen elf Uhr."

In der Galerie angelangt, streifte Eva die nassen Stiefel ab und stellte sie neben die Heizung. „Ist das ein Schmuddelwetter!"

Sarah war über ihren Computer gebeugt. „Hast du Dimillo erreicht?"

„Ja. Hoffentlich ist seine Laune besser als das Wetter. Er kommt um elf." Eva schüttelte den Regenschirm aus und stellte ihn in den Schirmständer neben der Tür.

„Wenn ich er wäre, würde ich ausflippen. Der Termin steht seit zwei Jahren fest, er hat darauf hingearbeitet."

„Wir können ihm den Termin von Lily James im September anbieten. Sie hat die Option noch immer nicht bestätigt und die Gebühren nicht beglichen. Was meinst du?"

„Wenn er darin nicht einwilligt?"

„Dann hätten wir noch die vertraglich festgelegte Entschädigung bei Ausfall durch unsere Schuld." Eva setzte sich an ihren Schreibtisch.

„Falls er das auch ablehnt?"

„Dann hatte die Comtesse eben Pech. Ich werfe Aleandro Dimillo nicht raus. Das verbietet mir meine Erziehung."

Sarah nickte. „Dann sind wir uns einig. Wäre eigentlich im Sinne von Antoine De Lacroix, wenn wir die Bilder nicht verkaufen könnten. Ich habe ein mulmiges Gefühl, dass wir seine Tochter dabei unterstützen, seinen letzten Willen zu missachten."

„Ach, Sarah, sei nicht so naiv! Ich finde es auch traurig, aber wenn wir den Auftrag ablehnen, greift jemand anders zu. Außerdem hast du ja mit eigenen Augen gesehen, wie viele Bilder er gemalt hat. Ein paar weniger im Familienbesitz ist doch nicht tragisch. Wenigstens geht das Schloss den De Lacroix' nicht verloren. Das hätte Antoine auch nicht gewollt."

Sarah biss sich auf die Lippen und schwieg eine kurze Weile. „Du kannst das schönreden, Eva. Ich habe ein ungutes Gefühl."

„Du machst trotzdem mit?"

„Natürlich. Ich habe doch zugesagt. Es war unmöglich, gegen dich, die Gräfin und den *lieben* Dantès anzukommen. Nur Orson war meiner Meinung, aber der wurde nicht gefragt."

Eva blickte erstaunt auf. „Du hast *das* mit Orson besprochen?"

Sarah errötete leicht.

„Nein! Sag nicht, ihr … nein! Mein Gefühl hat mich also nicht betrogen. Ist aber noch nichts gelaufen zwischen euch?"

Sarah konnte ihr süßes Geheimnis nicht länger bewahren. „Doch! Und es war unbeschreiblich schön."

„Na dann. Wirst wohl doch eines Tages ‚Lady Sarah'." Eva schüttelte den Kopf und lachte in sich hinein.

Das Telefon unterbrach das Gespräch.

„*Comtesse* … Ja. Sehr gut … Nein … Er kommt in einer Stunde … Natürlich melde ich mich gleich … Bis später."

Es war nicht schwer gewesen, sich die Worte der Comtesse vorzustellen. „Sie ist ganz schön ungeduldig", meinte Sarah.

„Sie sitzt auf glühenden Kohlen; ich möchte nicht in ihrer Haut stecken. Auch deshalb ist es uns nicht erlaubt ihre Entscheidung zu kritisieren."

Pünktlich um elf Uhr betrat Aleandro Dimillo die Galerie. Er war kein Schönling, aber Tageslicht-tauglich war er schon. Er hatte einen eigenen Stil und ein umwerfendes Lächeln. So schwebte er fast zur Tür herein, seine Baskenmütze flog auf den Kleiderständer und seine überschwängliche Begrüßung ließ Evas Mut für das bevorstehende Gespräch noch tiefer sinken. Er verbeugte sich und sagte poetisch: „Ich begrüße zwei Lilien, die an diesem verregneten Tag mein Sonnenschein sind."

„Ich bin mir da nicht so sicher, Herr Dimillo", sagte Eva und räusperte sich verlegen.

„Womit möchten Sie mir denn meinen Tag vermiesen, *Mademoiselle*?" Aleandro lachte verschmitzt.

„Wir … also … es ist … Ihre Ausstellung. Wir wollten Sie bitten, den Termin um sechs Monate zu verschieben."

Aleandros Gesicht erstarrte zur Maske und wurde aschfahl. Nur der Blick seiner schwarzen Augen rollte zwischen Sarah und Eva hin und her. Mit sichtlich steigender Wut presste er seine Worte hervor: „Das … ist … nicht … Ihr … Ernst.“

Eva senkte schuldbewusst den Blick.

„Warum?“ Seine Augen verengten sich zu zwei dunklen Schlitzen.

„Wir haben ein Angebot bekommen, ein einmaliges Angebot: De Lacroix. Antoine De Lacroix.“

„*Der* verstorbene Comte Antoine De Lacroix?“

„Genau der.“ Eva schöpfte etwas Mut. „Seine Tochter ist an uns herangetreten …“

„Mir egal!“ Drohend zeigte Aleandro mit dem Finger auf Eva und Sarah. „Wir haben einen Vertrag!“

„Den haben wir. Trotzdem …“

„Das ist typisch für so junge Möchtegerngaleristinnen wie Sie!“, schrie Aleandro. „Künstler wegzuwerfen wie altes Papier. Sie sind dumme Hühner!“

„Jetzt beruhigen Sie sich doch!“, sagte Eva energisch. „Beleidigen müssen Sie uns nicht. Wir reden wie Erwachsene, klar? Wir wollten es doch nur besprechen.“

„*Besprechen, besprechen …*“, äffte Aleandro Eva nach. „Jetzt bieten Sie mir doch sicher die vertraglich festgelegte Entschädigung an?“

Eva räusperte sich verlegen. „Ja, ein Angebot. Ansonsten bleiben wir …“

Aleandro hörte nicht mehr zu. Er spuckte auf den Boden, riss seine Baskenmütze vom Kleiderständer und stapfte hinaus. „Das werden Sie mir büßen!“, schrie er noch vor der Tür und hob drohend die Faust.

Einige Passanten waren stehen geblieben und sahen dem Zeder und Mordio schreienden Aleandro hinterher.

Sarah und Eva sahen sich bestürzt an. „Temperament hat er!" Sarah schluckte. „Es ist an uns die Situation zu bereinigen, Eva. Er ist ein netter Kerl und ich verstehe seine Wut."

„Du hast Recht." Eva drückte Aleandros Handynummer. „Es klingelt."

„Lassen Sie mich in Ruhe!", schrie Aleandro und legte auf.

„Mannomann, ist der wütend! Ich versuche es in zwei Stunden noch mal. Vielleicht hat er sich bis dahin etwas beruhigt. Die Comtesse halten wir so lange hin."

Sarah zuckte die Schultern.

Eva und Sarah hatten zwei Hauptbeschäftigungen an diesem Nachmittag. Sarah vertröstete die Comtesse und Eva wählte Aleandros Nummer mindestens fünfzig Mal. Anfangs hatte es noch geklingelt und Aleandro hatte sie weggedrückt. Mittlerweile war sein Handy ausgeschaltet.

Das Telefon klingelte. Sarah schaute auf das Display. „Schon wieder die Comtesse. Was tun wir?"

„Sollen wir zusagen?"

Sarah seufzte. „Mit Aleandro wird es eh nichts mehr, außer er nimmt unser Angebot für September an. Vielleicht lässt er in zwei oder drei Tagen wieder mit sich reden."

„Einverstanden. Die Comtesse bekommt den Zuschlag."

Sarah nickte und hob ab. „*Comtesse*! Ich wollte Sie gerade anrufen."

„Endlich. Ist Ihr Künstler einverstanden?"

„Sagen wir mal so: Er räumt das Feld."

„Das sind wunderbare Nachrichten! Setzen Sie den Vertrag auf und faxen Sie ihn mir rüber."

„Nimm sie mal auf Lautsprecher", flüsterte Eva.

„*Comtesse*. Hier ist Eva May. Wir haben aber noch wichtige Details zu klären."

„Tun wir das doch sofort. Luc Dantès steht neben mir. Er wird mich beraten."

Die nächsten Wochen verliefen wie im Fluge. Unzählige E-Mails und Telefonate markierten die Organisation von Vernissage und Ausstellung. Eva und Sarah hatten Comtesse Louise eine virtuelle Galerie zur Verfügung gestellt. Es war ein ganz besonderes Programm, das es erlaubte, Fotos der Gemälde an die Wände der verschiedenen Räume zu hängen und so die Ausstellung zu simulieren. Das hatte den Vorteil, dass die Räume ideal genutzt wurden und auch die Optik bezüglich Größe und Farbe einfacher einzuschätzen war.

Aleandro hatte sich bis dato nicht versöhnlich gezeigt und würdigte die Galeristinnen keines Blickes mehr, wenn sie sich über den Weg liefen.

Orson und Sarah hingegen pflegten ihre Fernbeziehung per Mail, SMS und Chat. Beide fieberten den heiß ersehnten Weihnachtsfeiertagen entgegen. Orson wollte sein Versprechen immer noch einlösen und für eine Woche nach Luxemburg kommen. Bis zum letzten Augenblick schwankte Sarah zwischen Angst und Hoffnung.

Heiligabend, einundzwanzig Uhr, war es dann endlich soweit und sie fielen sich in die Arme.

Sonnenschein

„*Bonsoir*! Guten Abend! Schön, dass Sie kommen konnten. Ein Glas Champagner?“ Eva und Sarah bemühten sich, keinen ihrer Gäste zu übersehen und an jeden ein nettes Wort zu richten.

Die Vernissage war das Thema Nummer eins in den gehobenen Kreisen des Landes. Viele Gäste wollten aber nicht nur die Bilder von Antoine De Lacroix bewundern, sondern auch die Gelegenheit nutzen, eine waschechte Comtesse persönlich kennenzulernen. Zu Sarahs Bedauern war Orson auf Beauregard geblieben. Er kümmerte sich um das Anwesen während der Abwesenheit der Comtesse. Dafür war aber ein alter Freund der Familie mit angereist: „Claude Soisson. Ein väterlicher Freund“, stellte Louise den älteren Herrn ihren Gästen vor.

Natürlich war Luc Dantès mit von der Partie. Er glich einem Lord aus einem englischen Schwarzweiß-Film. Seine dunklen Haare fielen in natürlichem Schwung nach hinten. Die schmale Nase passte zur länglichen Gesichtsform. Sein Musketierbart vom November war einem perfekt gestylten Ziegenbart gewichen, an dem jedes Haar gleichlang war. Maßanzug, weißes Hemd, glänzende schwarze Schuhe. Und dann sein übertriebener Akzent. Einige junge Millionärstöchter waren natürlich sofort seinem übertrieben charmanten Gehabe erlegen. Trotz allem wich er Comtesse Louise nicht von der Seite. Jeder potentielle Nebenbuhler wurde mit angeberischem Getue und arroganten Blicken konsequent vertrieben.

Die Comtesse genoss das Bad in der Menge sichtlich, ohne jedoch ihre Contenance zu verlieren. Sie trug einen grünen seidenen Hosenanzug. Dazu ein goldenes Top und goldene Stilettos. Ihre

Haare hatte sie mit einer Unmenge an goldenen Kämmen hochgesteckt. Mit Geduld und Leidenschaft beantwortete sie Fragen zu den ausgestellten Gemälden, erläuterte die Techniken, die ihr Vater benutzt hatte, sein Genre, seinen Stil, und schwärmte von seiner Leidenschaft zur Malerei.

„Sie verfügen über große Kenntnisse, *Comtesse*. Malen Sie selbst?“, fragte ein potentieller Kunde.

„Als Tochter von Antoine De Lacroix ist es wohl nicht anders möglich“, antwortete sie mit einem Lächeln. „Vater hat mir die Liebe zu Formen und Farben mit auf den Weg gegeben. Aber sein Talent habe ich leider nicht geerbt.“

„Ihr Vater war eben einmalig.“

„Das ist auch gut so.“

Auch Marie-Claire Delvaux, die vorherige Eigentümerin der Galerie, hatte es sich nicht nehmen lassen, zu dieser außergewöhnlichen Vernissage anzureisen.

„Mein Mann ist geschäftlich in Tokio. Für mich endlich die Gelegenheit, mal wieder nach Luxemburg zu kommen. Schließlich habe ich meinen zweiten Wohnsitz immer noch hier. Die Wohnung in der Grand-Rue habe ich behalten.“

„Das wusste ich nicht, Marie-Claire. Warum hast du uns denn nicht mal besucht in den letzten zwei Jahren?“ Eva stellte ihr Champagnerglas ab und winkte einem Kunden zu.

„Ich war nicht oft hier, Eva. Habe nur sporadisch nach dem Rechten gesehen, einige Formalitäten erledigt, und schon war ich wieder weg.“ Die beiden Frauen lächelten sich an.

Um zwei Uhr in der Nacht verließen die letzten Gäste die Galerie. Nur Sarah, Eva, die Comtesse, Luc Dantès sowie Marie-Claire

Delvaux und Claude Soisson blieben zurück. Die Comtesse hatte Marie-Claire und Claude eingeladen, noch bis zum Schluss zu bleiben.

„Sechs verkaufte Bilder, zwei weitere reserviert. Eine stolze Bilanz für den ersten Abend!“

„Wert der verkauften Bilder“, Evas Finger huschten über eine Rechenmaschine, „10 440 000 Euro.“

„Mit dieser Summe bin ich jedenfalls kreditwürdig“, frohlockte die Comtesse.

„Vergiss die klitzekleine Provision nicht, die noch anfällt“, meinte Luc Dantès sarkastisch.

Verlegen ignorierte die Comtesse die Bemerkung. Eva warf ihm einen verächtlichen Blick zu. Die Provision gehörte zum Geschäft. Sie war beachtlich, das stimmte, und würde der Galerie eine ruhigere Zukunft ermöglichen. Aber das Geld war ehrlich und – wenn man an den Streit mit Aleandro Dimillo dachte – auch sauer verdient.

„Falls die beiden reservierten Bilder jetzt auch wirklich verkauft werden, ist das schon ein Sieg. Und dann kommen noch die Japaner am Wochenende!“ Die Comtesse faltete ihre Hände.

„Übermorgen. Am Samstag.“ Eva nickte ihr aufmunternd zu.

„Ich bin mir ziemlich sicher, dass die zuschlagen werden. Dann ist Schloss Beauregard gerettet!“

„Zum Wohl!“ Alle hoben die Gläser.

Es schien ein seltener Moment von Harmonie zu sein. Doch jeder Einzelne machte sich so seine Gedanken, als die Gläser mit dem perlenden Champagner aneinander stießen und ein filigranes Klirren die Räume erfüllte.

Fast wäre allen vor Schreck das Glas aus der Hand gefallen, als plötzlich die Tür aufflog und ein sturzbetrunkener Mann hereintorkelte. Aleandro Dimillo wollte an der Party teilnehmen.

„Trinken Sie nur", lallte er und machte eine wegwerfende Handbewegung. „Trinken Sie auf *meine* Gesundheit, oder besser gesagt, auf meinen Ruin."

Eva und Sarah hatten in den letzten Monaten gehört, dass Dimillo sich keinen neuen Galeristen gesucht und mit Geldproblemen zu kämpfen hatte. Sie hatten ihm mehrfach geschrieben und ihm den freigehaltenen Ausstellungstermin im September kostenlos angeboten. Jedoch ohne Erfolg.

„Wie viele Millionen haben Sie verdient an Antoine De Lacroix?" Er drehte sich schwankend um und zeigte anklagend auf Eva. „Mehr als Sie an meiner Wenigkeit verdient hätten, Sie … Sie …" Dimillo stürzte zu Boden und prallte mit der Schulter gegen die Wand, an der die „Vue infernale" hing. Er verfehlte das wertvollste Bild De Lacroix' um Haaresbreite.

Sarah und Dantès waren sofort an seiner Seite und wollten ihm beim Aufstehen behilflich sein. „Fassen Sie mich nicht an!", zischte Dimillo böse und zog ruckartig seinen Arm weg.

„Sie verlassen wohl besser die Galerie, Aleandro!", sagte Sarah mit fester Stimme. „Sie können uns nicht dafür verantwortlich machen, dass Sie unsere Angebote ignoriert haben. Wir wollten verhandeln und sind immer noch dazu bereit. Kommen Sie wieder, wenn Sie nüchtern sind."

Aleandro sah Sarah an und rümpfte die Nase mehrmals. Auf seinem Gesicht zeichnete sich plötzlich ein verwirrter Ausdruck ab. Zum Erstaunen der Anwesenden erhob er sich und torkelte wortlos hinaus.

„Das tut mir aber leid", sagte die Comtesse, „da habe ich Ihnen einige Schwierigkeiten eingehandelt."

Sarah schüttelte den Kopf. „Sie können sich denken, wer das war ..."

„Natürlich! Er tut mir wirklich leid, der Arme. Er fährt hoffentlich nicht mehr Auto in seinem Zustand?", fragte die Comtesse besorgt.

„Das glaube ich kaum. Er wohnt in der *Rue du Nord*. Die ist ganz in der Nähe."

*

Sarah schloss die Wohnungstür hinter sich und streifte ihre Schuhe von den geschwollenen Füßen. *Was für ein Abend!*, dachte sie. *Das muss ich Orson erzählen. Hoffentlich ist er noch online.*

Orson war noch online. Er hatte seinen Laptop auf dem Nachttisch stehen und war beim *Pling* der ersten Nachricht sofort hellwach.

Sarah berichtete ihm vom Ablauf der Vernissage. Er war sehr interessiert und ließ sich Aleandros Auftritt bis ins kleinste Detail schildern. Wie so oft, machten sie die Nacht zum Tag und chatteten bis zum Morgengrauen.

- *Bist du noch nicht müde? Es ist bereits fünf Uhr.*

- *Doch. Ich gehe jetzt schlafen. Eva hat angeboten, um sechs Uhr in der Galerie zu sein, um die Putzkolonne bei ihrer Arbeit zu überwachen. Ich darf also ausschlafen. Und du?*

- *Mit dir werde ich nie müde.* ☺

Sarah lächelte verliebt in die Webcam und schickte Orson einen Handkuss.

- *Gute Nacht.*

- *Gute Nacht, meine Lady!*

Orkan

Tom Becker war kein Frühaufsteher und außerdem ein Morgenmuffel. Derjenige, der ihm seine Morgenruhe nahm, ging ihm am besten den ganzen Tag aus dem Weg. Sein Wecker stand auf sieben Uhr, als sein Telefon klingelte.

„Ja!“, knurrte er.

Der Beamte vom Dienst zuckte zusammen. „Wir haben eine Tote!“

„Drogen?“

„Ist noch unklar.“

„Wo?“

„In einer Galerie in der Stadt. *Galerie um Knuedler*.“

„Ist schon jemand vor Ort?“

„Die Kollegen vom Dienst. Sieht nicht nach einem Unfall aus. Deswegen haben sie dich angefordert.“

„Was ist mit Jeannette?“

„Soll ich sie informieren?“

„Natürlich. Oder bin ich dafür zuständig?“, brummte Tom. „Sag ihr, ich hol sie ab. Wir sind in einer halben Stunde dort.“

Der Anblick der toten Frau war alles andere als appetitlich. Die Augen waren erschrocken aufgerissen, der Mund stand schief und getrockneter, weißer Speichel klebte an der Wange. Ein Arm war unnatürlich verdreht und auf ihrer Brust hatte sich ein großer Fleck mit dunklem glänzendem Blut ausgebreitet. Das Herz war mit kalter Präzision durchstochen worden.

Tom blieb auf der Türschwelle stehen. Nicht, dass der Anblick der Leiche ihm was ausgemacht hätte. In den Jahren bei der Polizei hatte er schon Schlimmeres gesehen. Aber er war ein Beobachter. Wenn er einen Tatort betrat, fing er immer den ersten Eindruck ein. Wie mit einem Fotoapparat. Sein Hirn war der Speicher. Die Galerie war ihm bekannt. Er war einmal mit Catherine hier gewesen. *Catherine!* Mürrisch verwarf er den Gedanken an sie. Die Gemälde an den Wänden gefielen ihm nicht. Er speicherte sie trotzdem, genau wie die Position der Toten, den Empfangstresen, den Computer und den Stuhl, über dessen Lehne eine graue Jacke achtlos herabhing. Er vermisste eine Handtasche.

„Wer hat sie gefunden?", fragte Tom.

„Das Reinigungspersonal. Eine Angestellte hat ausgesagt, dass bei ihrer Ankunft um sechs Uhr bereits Licht war. Als sie die gläserne Eingangstür öffnete, sah sie die Tote auf dem Boden liegen. Ihre drei Kolleginnen können das bestätigen. Sie haben sofort den Notarzt gerufen."

„Wo sind die Frauen?"

„Sie werden dort hinten betreut. Schock!"

In einer Ecke standen Notärzte und redeten mit den Frauen, die auf Stühlen saßen und Kaffee schlürften.

„Welcher Arzt hat den Tod diagnostiziert?"

„Ich war das." Einer der Ärzte trat an Tom heran.

„Was können Sie bereits festhalten?"

„Tod durch einen gezielten Stich ins Herz. Der Mörder muss ihr in die Augen gesehen haben, bevor er ihr den tödlichen Hieb versetzte. Sie war augenblicklich tot."

„Der Zeitpunkt des Todes?"

„Zwischen fünf und sechs Uhr heute früh, schätze ich."

„Wer ist sie?"

„Noch nicht identifiziert. Keine Handtasche, nur ein Schlüsselbund. Die Putzkolonne ist hier zum ersten Mal im Einsatz."

„Es ist anzunehmen, dass sie in der Nähe wohnt. Sie ist hergekommen, um für die Putzkolonne aufzuschließen, überraschte einen Einbrecher und wurde von ihm ermordet“, meinte Jeannette.

„Eine mögliche Theorie. Aber nur eine Theorie. Die Gerichtsmedizin soll ihre Arbeit machen! So schnell wie möglich. Jeannette, wir sehen uns hier um.“

Auf dem schlichten, weiß lackierten Empfangstresen lag ein Stapel Visitenkarten. Tom las die oberste davon.

„*Sarah Peters. Eva May. Galerie um Knuedler*. Die Tote könnte eine von denen sein. Guy!“ Tom winkte einen Kollegen heran.

„Ja?“

„Hier. Finde mir die privaten Telefonnummern raus!“

Guy setzte sich an den modernen Computer, der ebenfalls auf dem Empfangstresen stand. Er war der EDV-Mann bei der Polizeitruppe. Es dauerte nicht lange und schon hielt Tom einen Ausdruck mit den Telefonnummern, Adressen und anderen persönlichen Daten von Sarah und Eva in der Hand. Er wählte die erste Nummer. Das Freizeichen ertönte, aber niemand antwortete. „Bei dieser Eva May geht keiner ran.“ Er wählte die Nummer von Sarah Peters. Es dauerte ziemlich lange, aber schlussendlich ertönte eine verschlafene Stimme aus dem Hörer: „Ja?“

„Frau Sarah Peters?“

„Ja. Wer spricht denn da?“

„Tom Becker. Kommissar Tom Becker. Polizei Luxemburg-Stadt.“

Binnen Sekunden war Sarah hellwach. „Polizei? Ist etwas passiert?“ Sarah dachte sofort an einen Einbruch in der Galerie. *Die Bilder von Antoine De Lacroix gestohlen! Das hatte ja kommen müssen ...*

„Es gibt ein Problem in der Galerie. Können Sie sofort herkommen?“

„Ein Einbruch?“ Sarah war schon aus dem Bett gesprungen und schlüpfte in ihre schwarze Hose, während sie weitersprach.

„Schlimmer. Ein Mord.“

„Ein Mord?“ Sarah erschrak dermaßen, dass sie sich in einem Hosenbein verhedderte und nur mit knapper Mühe das Gleichgewicht behielt.

„Wer?“

„Vielleicht können Sie es uns sagen. Sie wohnen in der Altstadt?“

„Ja.“

„Ein Polizeiwagen holt Sie in zehn Minuten ab.“

Die Fahrt zur Galerie war für Sarah wie der Weg zum Henker. Sie wünschte sich, dass sie gerade träumte. Ein Toter! Eva? Jemand aus der Reinigungsfirma? Eva: überfallen und ermordet, als sie die Galerie aufgeschlossen hatte. *Mal nicht den Teufel an die Wand!*, ermahnte sie sich. Warum hatte dieser blöde Polizist ihr nicht die Fakten am Telefon mitgeteilt? Sarahs Eingeweide schmerzten vor Anspannung.

Endlich hielt der Polizeiwagen vor der Galerie. Sarah sprang raus und lief, ohne die Tür zu schließen, auf den Eingang zu.

Als sie die Leiche sah, gingen ihre Gefühle mit ihr durch. Ein gellender Schrei brach aus ihr heraus: „Eva!!“ Sie stürzte hinaus und übergab sich auf dem Bürgersteig.

Das Stimmengewirr in der Galerie war verstummt. Alle Augen waren auf Sarah gerichtet, als sie wieder hereinkam. Sie wusste nicht, ob sie selbst noch lebte oder tot war. Eine bleierne Schwere erfüllte sie und erdrückte sie wie ein Betonklotz eine Mücke. Als die Verkrampfung etwas nachließ, rannen die ersten Tränen über ihr Gesicht. Sie kniete sich neben Eva.

Ein uniformierter Polizist bückte sich zu ihr hinunter. „Bitte nichts anfassen, bis der Erkennungsdienst die Spurensicherung abgeschlossen hat!“

„Sie ist meine Partnerin. Meine Freundin“, schluchzte Sarah.

Der Uniformierte half ihr vorsichtig auf die Beine und führte sie zu einem Stuhl.

Tom setzte sich neben sie. „Ich bin Kommissar Tom Becker. Ich nehme an, sie ist Ihre Geschäftspartnerin Eva May?“

Sarah starrte auf ihre Füße und nickte. Sie dachte an Orson. Wie sehr hätte sie ihn jetzt an ihrer Seite gebraucht!

„Das ist so schrecklich! Was ist geschehen?“

„Es ist noch zu früh für eine Theorie, Frau Peters. Vielleicht können Sie uns helfen. Erzählen Sie mir, was Ihnen gerade in den Kopf kommt ...“

„Die Galerie und die Vernissage waren die Erfüllung unseres Traums. Und nun ist sie tot!“ Ein tiefer Seufzer entrang Sarahs Kehle.

„Ihr Traum?“

„Die ausgestellten Gemälde sind von Antoine De Lacroix.“

Tom wischte sich mit der flachen Hand über die Stirn. „Stimmt. Ich habe von der Vernissage gehört. De Lacroix, der berühmte Maler aus der Provence?“

Sarah nickte. „Die Vernissage war gestern. Heute können Sie die Berichte in jeder Tageszeitung des Landes lesen.“ Sarah vergrub ihr Gesicht in den Händen.

Ein Uniformierter trat an sie heran. „Tom. Es sieht nicht nach einem Kunstdiebstahl oder Raubmord aus. Der Anordnung der Bilder nach zu urteilen, fehlt nichts.“

„Könnten Sie uns das bestätigen, Frau Peters? Die Suche nach dem Täter muss zügig beginnen. Erste Elemente finden sich oft, solange die Spuren noch heiß sind."

Sarah erhob sich vom Stuhl. Ihre Knie zitterten. Mit dem Kommissar an ihrer Seite ging sie durch die vier Räume. „Eigenartig ... Es wurde tatsächlich kein Gemälde gestohlen."

„Der Mörder muss überrascht gewesen sein und ist nach seiner Tat panikartig geflüchtet."

„Jedes einzelne Bild ist mit einer Alarmanlage versehen. Hätte er eines berührt, wäre sofort Alarm ausgelöst worden."

„Weshalb bringt jemand eine Galeristin um, wenn er nichts stehlen möchte?"

„Wenn ich nur den Schimmer einer Ahnung hätte, würde ich es Ihnen sagen."

„Hatte Eva May Feinde?"

Sarah fiel sofort Aleandro ein. „Feinde nicht. Eva kam mit jedem aus. Sie war tolerant und humorvoll. Aber mir fällt ein Mensch ein, dem Eva und ich Unrecht getan haben und der bis dato unversöhnlich war."

Sie erzählte dem Kommissar die ganze Geschichte.

„Den werden wir uns vornehmen."

Schweigend beobachteten sie, wie zwei Sanitäter Evas Leiche auf eine Bahre legten, sie mit einem Tuch zudeckten und sie dann hinausschoben. Als die Tür des Krankenwagens zuschlug, schnitt es Sarah die Luft ab. Mühsam versuchte sie Ruhe zu bewahren, aber es ging nicht. Ihre Hände und Füße kribbelten, sie konnte nicht mehr atmen. Immer enger schloss sich ein Griff um ihre Kehle, bis es dunkel um sie wurde.

*

„Polizei! Öffnen, verdammt noch mal! Wenn Sie die Tür nicht augenblicklich öffnen, treten wir sie ein!“, schrie Tom Becker und hämmerte mit kräftigen Faustschlägen gegen das dünne Holz der Eingangstür. Das Hämmern fiel ihm sichtlich leichter als das Atmen. Das Haus hatte nämlich keinen Aufzug und Aleandro Dimillo wohnte unterm Dach. Fast wäre Tom mit seinem Körpergewicht in die Wohnung gefallen, als die Tür aufsprang. Sie war nicht verschlossen gewesen. In dem Moment trat ein Mann in weißen Boxershorts auf ihn zu. Seine Haare waren zerzaust, seine Gesichtsfarbe grau und seine Haut wirkte leicht ausgetrocknet. So hatte Tom auch schon mal nach einer durchzechten Nacht ausgesehen. Er streckte Aleandro Dimillo seine Dienstmarke hin und spulte seinen Spruch ab: „ ...alles, was Sie sagen, kann gegen Sie ...“

Aleandro schnappte nach Luft wie ein Fisch, drehte sich um und rannte mit vorgehaltener Hand in ein anderes Zimmer.

Tom und Jeannette folgten ihm. Es war nicht zu überhören, was da gerade im Badezimmer vor sich ging. Da sie in der vierten Etage waren, würde der Verdächtige wohl kaum durchs Fenster verschwinden. Sie hörten die Klospülung, das Wasser im Waschbecken, ein Rascheln. Dann trat Aleandro aus dem Bad, immerhin bekleidet mit einem schwarzen Frotteebademantel.

„Entschuldigung. Hatte eine üble Nacht.“

„Wo waren Sie denn letzte Nacht?“

„Muss ich Ihnen das sagen?“, fragte Aleandro abfällig.

„Hören Sie. Sie stecken in Schwierigkeiten und es wäre besser, Sie würden sofort kooperieren.“

„Von welchen Schwierigkeiten reden Sie denn?“, fragte Aleandro.

„Wäre Mordverdacht Schwierigkeit genug für Sie?"

Aleandro schluckte.

„Und wenn ich Ihnen sage, dass es sich um eine der Eigentümerinnen der *Galerie um Knuedler* handelt? Wie hoch ist dann der Schwierigkeitsgrad?" Tom sah Aleandro herausfordernd an.

Aleandros vorstehender Adamsapfel hüpfte auf und ab. „Ich war es nicht", sagte er sofort. „Wer von den beiden ist es denn?"

„Eva May. Sie hatten Streit mit ihr und waren ziemlich wütend und enttäuscht."

Aleandro leugnete nichts. „Das stimmt. Aber deswegen bringe ich sie doch nicht gleich um."

Bereitwillig erzählte er, wo er sich in der Nacht herumgetrieben hatte. „Das können Sie alles nachprüfen, Herr Kommissar."

Von dem Zeitpunkt des Vorfalls in der Galerie an hatte er jedoch kein Alibi mehr. Seiner Aussage nach war er nach Hause gegangen und hatte sich sofort ins Bett gelegt.

„Gegen wieviel Uhr?"

„Das kann ich nicht mehr sagen. Ich war sturzbetrunken."

„Wir werden die Leute im Haus befragen. Vielleicht hat Sie jemand kommen gehört."

„Das hoffe ich doch."

„Können wir uns in Ihrer Wohnung umsehen?"

„Wenn es hilft zu beweisen, dass ich kein Mörder bin, bitte."

Tom fischte sein Handy aus der Jackentasche und rief seine Kollegen an. „Ihr könnt kommen!"

Zwei Minuten später betraten Jenny und Paul vom Erkennungsdienst das Appartement. Sie öffneten ihren „Tatortkoffer" und zogen sich Handschuhe über.

„Wonach suchen wir?"

„Keine Ahnung! Ein Messer … Blutspuren … was weiß ich! *Ihr* macht das doch jeden Tag. Auf jeden Fall brauche ich den Bericht bis heute Abend.“ Ruckartig drehte Tom sich zu Aleandro und peilte ihn mit dem Zeigefinger an, als sei dieser ein gemeiner Verbrecher. „Und *Sie*, Herr Dimillo, Sie verlassen die Stadt auf keinen Fall! Kann ich mich darauf verlassen?“

„Das können Sie. Ich habe nichts zu verbergen.“

Sturmwind

Mühsam öffnete Sarah die Augen. „Wo bin ich?“ Es dauerte nur Sekunden, bis die grausame Wahrheit wie ein Amboss auf sie herabdonnerte und sie das Bild ihrer toten Freundin vor Augen hatte. Sie fing sofort an zu weinen. „Mum!“

Ihre Mutter stand neben ihr und streichelte ihr die Wange.

„Sag, dass es nicht wahr ist!“, schluchzte Sarah.

„Leider doch, mein Kind.“ Es brach ihr das Herz, ihre Tochter so leiden zu sehen.

„Wo bin ich?“

„Im Krankenhaus. Du bist ohnmächtig geworden. Die Aufregung. Du musst dich ausruhen, Sarah. Du hast einen starken Schock.“

Sarah schloss die Augen. Sie wollte nur noch vergessen. Aus der Ferne hörte sie die Stimme ihrer Schwester. „Sie wird jetzt schlafen. Das sind die Beruhigungsmittel.“

„Runzel“, flüsterte Sarah noch, bevor sie wegdämmerte.

In den darauffolgenden Stunden wachte Sarah immer wieder von ihrem eigenen Weinen und Schreien auf. Grausame Bilder verfolgten sie in noch grausameren Träumen. Manchmal bemerkte sie die Anwesenheit ihrer Mutter oder ihrer Schwester, bevor sie wieder einschlief. Meistens war sie jedoch zu verzweifelt dazu.

*

Jeannette und Tom nippten an ihren bitteren Espressos, während sie auf Jenny und Paul vom Erkennungsdienst warteten. Paul war bei Aleandro auf eine Spur gestoßen.

„Herein.“

„Blutspuren. Am Ärmel von Aleandro Dimillos Pullover. Wir hatten seine Kleidung, die neben dem Bett lag, zur Untersuchung mitgenommen.“

„Es sind nur einige verschmierte Tropfen, aber unter dem Mikroskop ist es unverkennbar, dass es Blut ist“, fuhr Jenny fort.

„Wessen Blut es ist, steht aber noch nicht fest?“

„Natürlich nicht, Tom. Wir müssen die DNA-Analyse abwarten.“

Tom starrte an die Decke und überlegte. „Dimillo muss in Untersuchungshaft, sonst ist der auf einmal weg. Ich rede sofort mit dem Untersuchungsrichter.“

Tom hatte dem Untersuchungsrichter bereits vorab einen vollständigen Bericht gemailt. Er formulierte nun seine Anfrage und schickte sie ab. Kurze Zeit später meldete sich der Richter.

„Das gefällt mir nicht so ganz, Becker. Was, wenn er unschuldig ist?“

„Es deutet alles auf ihn hin, Herr Richter. Wenn er uns durch die Lappen geht, werden wir von der Presse und der Familie in der Luft zerrissen. Ich mache Ihnen einen Vorschlag: Stimmen Sie einer U-Haft zu! Wir werden Dimillo noch eine Chance geben sich zu den Fakten zu äußern. Wenn er keine plausible Erklärung vorlegen kann, sperren wir ihn weg bis zum Resultat der DNA-Analyse.“

Es blieb einige Sekunden still in der Leitung. „Na gut, Becker. Meinen Segen haben Sie.“

Um sechzehn Uhr machten sich Tom und Jeannette auf den Weg zu Aleandro Dimillo.

Diesmal war die Haupteingangstür verschlossen, sodass Tom und Jeannette nicht direkt hinauf zu Dimillos Wohnung konnten. Sie klingelten. Nichts geschah. Sie klingelten bei einem Nachbarn, dann einem weiteren Nachbarn. „Verdammt, ist denn keiner hier?“, regte Tom sich auf.

„Die sind wohl bei der Arbeit, so wie wir“, antwortete Jeannette.

Just in diesem Augenblick kam Aleandro Dimillo um die Ecke und blieb reflexartig stehen, als er die Polizisten sah. Tom zögerte eine Sekunde zu lange, während er überlegte, wie er jetzt vorgehen sollte. Sein Zögern, sein Blick und seine Unentschlossenheit versetzten Aleandro in Alarmbereitschaft. Er machte einen Schritt rückwärts.

Nun ergriff Jeannette die Initiative: „Bleiben Sie hier, Herr Dimillo. Wir wollen nur mit Ihnen reden.“

Aleandro machte kehrt und fing an zu laufen. Tom und Jeannette sprinteten hinterher, während sie ihre Waffen zogen.

„Bleiben Sie stehen, oder ich schieße!“, rief Tom. „Sie sind verhaftet!“ Im nächsten Augenblick verfluchte er seine Impulsivität und ärgerte sich, dass er Aleandro vor der Festnahme gewarnt hatte. Kein Wunder, dass sich Dimillo aus dem Staub machte. Außerdem würde Tom natürlich niemals an solch einem belebten Ort schießen.

Aleandro war schnell und flink. Er lief über den *Place du Théâtre* durch einen Torbogen an einem Gasthaus vorbei in die *Grand-Rue*. Dort bog er nach links ab und rammte einen Fußgänger. „Entschuldigung“, stieß er atemlos hervor und rannte weiter über die *Place d'Armes* durch die *Passage* auf den *Knuedler*. Tom und Jeannette waren noch immer hinter ihm. Als sie jedoch aus der *Passage* herauskamen, hatten sie ihn verloren.

„Der kann überall hin verschwunden sein“, japste Tom, als er sich vorbeugte und die Hände auf die Knie stützte. Seine Diät war tatsächlich notwendig.

„Verdammt! Der ist uns durch die Lappen gegangen.“

„Wir machen uns am besten sofort auf ins Büro und geben die Fahndung raus.“ Tom hielt sich die Seite. Ihm war leicht schwindelig. Lag wohl daran, dass er heute zu wenige Kalorien zu sich genommen hatte. „Bin auch nicht mehr so fit wie früher.“

„Mach dir nichts draus“, keuchte Jeannette, „mir geht es nicht besser.“ Sie war trotzdem überrascht, dass Tom so gut mitgehalten hatte.

Nicht, dass man mit fünfzig nicht mehr fit sein könne, im Gegenteil. Die Fünfzigjährigen dieser Generation sorgten sich mehr denn je um ihre Figur und ihr Aussehen. Die Zeiten hatten sich geändert. Fünfzigjährige joggten genau wie jüngere Leute mit dem MP_3-Player im Ohr durch die städtischen Parks, hörten die gleiche Musik wie die Jugend und besuchten Rockkonzerte in der *Rockhal* von Esch-Belval. Fünfzig war kein Alter mehr. Auch Tom war jung geblieben und sah gut aus. Aber dass er gutem Essen nicht abgeneigt war, war nicht zu übersehen.

Aleandro wartete noch eine Stunde, bis er die öffentliche Toilette verließ. In der Zwischenzeit hatte er sich telefonisch einen Unterschlupf organisiert. Er brauchte Zeit zum Nachdenken. *Gut, wenn man richtige Freunde hat!*, dachte er, rückte seine Sonnenbrille zurecht, zog seine Baskenmütze ins Gesicht und machte sich auf den Weg zu Gabriel.

Am Sonntagmorgen ging es Sarah schon wesentlich besser. Ihr erster Gedanke galt wieder Runzel.

„Deine Schwester kümmert sich um sie. Mach dir keine Sorgen um die Katze. Sieh lieber zu, dass du wieder auf die Beine kommst“, mahnte ihre Mutter.

Nachdem sie sich gewaschen hatte, zog sie sich unter den wachsamen Augen ihrer Mutter um und frühstückte: Kaffee mit Zwieback. Danach zitterten ihr schon wieder die Knie.

„Das ist normal. Du bist geschwächt. Emotional und körperlich, hat der Arzt gesagt. Du brauchst viel Ruhe, Kind.“

„Wie lange muss ich hierbleiben?“

„Solange es nötig ist. Drei bis fünf Tage, meinte der Arzt. Die Dosis der Beruhigungsmittel wird etappenweise herabgesetzt.“

„Ich brauche meinen Laptop, Mum.“

„Nix. Nix. Du sollst dich ausruhen.“

„Aber ich ruhe mich doch aus. Ich muss eine wichtige E-Mail schreiben, Mum. Bitte!“

„Arbeit?“

„Nein. Privat! Und danach geht es mir bestimmt besser.“

„Na gut. Ich rufe deine Schwester an. Die kann ihn dir heute Nachmittag mitbringen.“

Am Nachmittag trudelte erster Besuch ein. „Aber nicht zu lange“, ermahnte die Oberschwester Sarahs Mutter. „Keine Aufregung! Sorgen Sie dafür, dass nie mehr als vier Personen im Zimmer sind. Und nicht länger als fünfzehn Minuten!“

„Das mache ich, Oberschwester.“

Mit besorgter Miene betrat Marie-Claire Delvaux das Krankenzimmer. Sie reichte Sarahs Mutter einen Obstkorb und zog sich den Mantel aus.

„Es tut mir so leid“, sagte sie, „die Polizei war gestern bei mir. Ich habe alles gesagt, was ich wusste. Ich hoffe nur, dass sie diesen Mistkerl bald kriegen.“

„Das hoffe ich auch.“

Beklemmende Stille erfüllte das Zimmer.

„Danke für den schönen Obstkorb.“

„Gerne, Sarah. Du musst wieder zu Kräften kommen.“

„Es wird nicht einfach werden.“ Sarahs Blick glitt zum Fenster. Ein Spatz spazierte über das Sims. Es kam ihr vor, als sei sogar er traurig.

„Du darfst den Kopf nicht hängen lassen.“

„Das weiß ich doch, Marie-Claire. Aber es ist einfacher gesagt als getan. Ich bin mir nicht sicher, ob ich die Galerie jemals wieder betreten kann.“

„Das ist jetzt nicht dein Ernst?“

„Ich habe immer wieder das Bild von Eva im Kopf, wie sie da liegt und …“

„Vergiss das! Es ist *deine* Existenz, *dein* Leben. Es war auch *ihr* Leben. Tu es für sie!“

Sarahs Mutter mischte sich ein: „Ich sehe das auch so, mein Schatz. Überstürz jetzt nichts. Du hast Zeit Entscheidungen zu treffen, wenn du wieder auf den Beinen bist.“

Später stießen noch die Comtesse und Luc Dantès hinzu. Das Programm war das gleiche wie bei fast jedem Besucher. Beileidsbekundungen, Small Talk, Genesungswünsche. Sarah stellte überrascht fest, dass Luc Dantès äußerst verlegen war.

„Wir haben alles gesagt, was wir wussten“, sagte er, „das kann nur dieser verrückte Künstler gewesen sein.“

„Das wird die Polizei herausfinden“, meinte Sarah schwach.

„Haben Sie denn noch nichts von denen gehört?“

„Frau Peters braucht Ruhe. Die Polizei belästigt sie da sicher nicht im Krankenhaus“, meinte die Comtesse.

„Aber es betrifft doch ihre Partnerin und Freundin Frau May und ihre Existenz, die Galerie! Wer kümmert sich überhaupt um die Ausstellung, jetzt, wo sie hier liegt?“ Sein Tonfall wurde geschäftlich.

Sarahs Mutter sprang auf. Luc Dantès war ihr schon auf der Vernissage unsympathisch gewesen. „Das Wichtigste ist erst mal die Genesung meiner Tochter, Herr Dantès. Nicht Ihre blöden Bilder.“

„Die Bilder sind zwar nicht blöd, gnädige Frau“, beschwichtigte die Comtesse, „aber wir haben natürlich Verständnis für die Situation. Bedenken Sie trotzdem, dass auch unsere Existenz auf dem Spiel steht.“

Sarah war sich trotz ihrer misslichen Lage bewusst, dass sie die Comtesse tatsächlich nicht einfach so hängen lassen konnte. Sie musste beenden, was sie begonnen hatte, auch ohne Eva.

„Morgen wird es mir besser gehen, *Comtesse*. Wir besprechen dann die Details für den weiteren Verlauf der Ausstellung. Die Galerie ist sowieso immer montags geschlossen. Demzufolge haben wir etwas Zeit.“

„Einverstanden, Frau Peters. Ich danke Ihnen von ganzem Herzen. Sie melden sich?“ Die Comtesse zog ihre Handschuhe an.

„Morgen.“

„Wir fahren heute zurück nach Beauregard. Es gibt für uns keinen Grund hier zu bleiben. Wir werden dort gebraucht.“

„Natürlich, *Comtesse*. Wir bleiben in Kontakt.“

„Alles Gute! Und passen Sie auf sich auf ...“

Marie-Claire nahm ihren Nerz. „Ich verabschiede mich auch, Sarah. Ich werde in der Toskana erwartet. Ich fliege noch heute Abend nach Rom. Mein Mann trifft heute ebenfalls dort ein. Wir reisen dann gemeinsam weiter in die Toskana."

„Danke, dass du gekommen bist, Marie-Claire! Melde dich bei deinem nächsten Besuch in Luxemburg!"

„Das werde ich. Versprochen." Marie-Claire warf sich ihren Pelzmantel elegant über den Arm und verließ auf die ihr eigene, vornehme Art das Zimmer.

Die Tür hatte sich noch nicht geschlossen, da schlief Sarah bereits erschöpft ein. Sie wachte zum Abendessen auf und fühlte sich nun wesentlich kräftiger. „Du kannst jetzt nach Hause gehen. Es geht mir besser, Mum. Außerdem werden die Krankenschwestern dafür bezahlt, auf mich achtzugeben." Nach zähen Verhandlungen willigte ihre Mutter schließlich ein. Sarah schlief in dieser Nacht einen tiefen, ruhigen und erholsamen Schlaf.

Als sie am Montagmorgen die Augen öffnete, fühlte sie sich körperlich fit. Dass sie von Orson geträumt hatte, fand sie schön, aber dass sie ihn nun an ihrem Bett sitzen sah, war eher bedenklich. Vielleicht brauchte sie doch noch sehr, sehr viel Schlaf. Doch dann schrie sie auf vor Freude. Im gleichen Atemzug folgte ein Schmerzensschrei, weil sie sich die Infusionsnadel aus dem Arm gerissen hatte. Blut schoss hervor. Orson klingelte Sturm und rannte auf den Korridor. Eine Krankenschwester eilte herbei, ein Pfleger gleich hinterher. Er zog eine sterile Kompresse aus einem Kasten auf dem Nachttisch, riss das Papier auf und drückte die Kompresse fest auf das blutende Gefäß. „Halb so schlimm, wie es aussieht", überzeugte er gelassen den beunruhigten Orson.

„Hätten wir gewusst, dass Sie solch einen Aufruhr verursachen“, murmelte die Oberschwester, „hätten Sie draußen gewartet.“ Sie lächelte ihn an. Ein Lächeln, dem Sarah mit einem Anflug von Eifersucht begegnete.

„Was ist jetzt mit meinem Arm?“, fragte sie leicht gereizt.

„Ich klebe Ihnen ein Kompressionspflaster drauf, und aus die Maus!“, entgegnete der Pfleger.

„Die Infusion sollten wir sowieso heute Morgen entfernen. Damit wäre das bereits erledigt“, fügte die Oberschwester hinzu.

Trotzdem war immer noch nicht der Zeitpunkt erreicht, an dem Sarah Orson endlich in die Arme schließen konnte. Zu ihrem Leidwesen wurde er aus dem Zimmer geschickt, während zwei Schwesternschülerinnen das Bett frisch bezogen, das Blut von Nachttisch und Boden wischten und eine Krankenschwester den morgendlichen Check bei Sarah vornahm. Geschlagene zwanzig Minuten dauerte die Prozedur. Dann durfte Orson endlich zu Sarah.

Wortlos schloss er seine kräftigen Arme um sie. Sie spürte seine Erleichterung. Er sagte nichts. Kein „*Es tut mir so leid!*“ oder „*Arme Eva!*“ oder „*Arme Sarah!*“. Er wusste, dass sie dies zur Genüge gehört hatte. Sie setzten sich an den quadratischen Holztisch und redeten. Sarah erzählte ihm noch einmal alles bis ins kleinste Detail, von der Vernissage bis zu ihrem Krankenhausaufenthalt. „Heute ist Evas Beerdigung. Der Arzt hat mir verboten daran teilzunehmen. Meine Nerven sind noch ziemlich angespannt.“

„Damit hat er sicher Recht. Du kannst ja später … an ihr Grab.“

Sarah nickte. Ihre Augen füllten sich mit Tränen.

„Lass uns etwas über den Flur spazieren.“

„Dann erzählst du mir aber, wie du so schnell hier sein konntest.“ Sie hakte sich bei ihm ein und sie gingen aus dem Zimmer.

Im Flur herrschte reges Treiben. Schwesternschülerinnen sammelten Frühstückstabletts ein, Putzfrauen wischten die Fußböden, tauschten Handtücher aus oder leerten Abfalleimer. Ärzte und Krankenschwestern absolvierten die morgendliche Visite.

„Die Comtesse hatte mich natürlich sofort über den Mord an Eva informiert, jedoch nicht über deinen Aufenthalt hier im Krankenhaus. Nach deiner kurzen E-Mail gestern war ich sehr beunruhigt. Die Comtesse rief gegen Mittag an und teilte mir mit, sie würde in den frühen Abendstunden auf Schloss Beauregard eintreffen. Ich bat sie sofort um Urlaub wegen einer familiären Dringlichkeit, und sie willigte ein. Ich bin die ganze Nacht durchgefahren."

Sarah drückte seinen Arm. „Ich verstehe das einfach nicht. Es kommt mir alles so unwahr vor. Du weißt nicht, was deine Anwesenheit für mich bedeutet." Sarah schüttelte ungläubig den Kopf.

„Was sagt die Polizei?"

„Der Kommissar hat sich noch nicht gemeldet."

„Ruf ihn doch an! Es interessiert dich bestimmt, wie es mit den Ermittlungen vorangeht."

„Ich möchte wirklich zu gerne wissen, ob Aleandro Dimillo etwas mit der Sache zu tun hat."

„Frau Peeeters!" Die Stimme der Oberschwester hallte durch den Flur.

„Ja?"

„Der Arzt möchte Sie sehen. In *Ihrem* Zimmer!" Als sie Orson an Sarahs Seite erblickte, fügte sie lächelnd ein „Bitte" hinzu. Aber das Lächeln galt nicht Sarah.

Dumme Kuh!, dachte sie.

Doktor Weirich sah sie prüfend an. „Wie fühlen Sie sich heute?“, fragte er väterlich besorgt.

„Es geht mir glänzend. Sie können mich entlassen, Herr Doktor.“

„Langsam, junge Dame! Sie wirken wirklich fit, Ihre Werte sind gut und Ihr hübsches Gesicht hat auch wieder eine gesunde Farbe.“ Bedeutungsvoll sah er zu Orson. „Aber überschätzen Sie sich nicht! Sagen wir, morgen. Ich sehe morgen früh vorbei. Wenn dann noch immer alles im grünen Bereich ist, entlasse ich Sie in die Freiheit.“

„Aber …“

„Kein Aber! Einen Tag werden Sie es doch hier noch aushalten ... Im Haus gibt es eine Cafeteria, ein Restaurant, eine Bibliothek und einen Frisiersalon. Und netten Besuch haben Sie doch auch.“ Der Arzt zwinkerte Orson verschmitzt zu.

Ja, eben, deswegen will ich ja auch hier raus!

Orson nickte. „Ich bleibe bei ihr.“

Am späten Vormittag riefen sie Tom Becker an.

„Gut, dass Sie sich melden. Gerade heute wollte ich mich nach Ihrem Befinden erkunden. Wie geht es Ihnen?“

„Den Umständen entsprechend, Herr Kommissar. Wie stehen die Ermittlungen?“

„Aleandro Dimillo ist unser Hauptverdächtiger.“

„Im Ernst?“

„Wir haben Blutspuren an seinem Pullover gefunden.“

„Von Eva?“

„Das wird die DNA-Analyse zeigen.“

„Haben Sie ihn verhaftet?“

Tom räusperte sich unbehaglich. „Er ist uns entwischt und untergetaucht. Spurlos verschwunden. Seit Samstag läuft eine Großfahndung bis über die Grenzen."

Sarah gefiel der Gedanke, dass Aleandro Evas Mörder sein sollte, überhaupt nicht.

„Wie gut kennen Sie Dimillo?"

„Er ist ein Kunde in der Galerie. Über seine Bilder kann ich Ihnen mehr sagen als über ihn."

„Kennen Sie seine Freunde, Künstlerfreunde?"

„Nein. Aber wenn Sie Gleichgesinnte von ihm suchen, brauchen Sie nur in die Altstadt ins ‚Art and Soul' zu gehen. Da verkehren alle Künstler. Dort treffen Sie sicher einen seiner Freunde an."

Eifrig kritzelte Tom die Information auf seinen Block. Sein Magen knurrte so laut, dass er glaubte, Sarah hätte es mitbekommen. „Danke für den Tipp. Das werden wir tun. Wie lange hält man Sie noch im Krankenhaus fest?"

Sarah seufzte. „Das haben Sie passend ausgedrückt. Vor morgen werde ich nicht in die Freiheit entlassen. Halten Sie mich auf dem Laufenden?"

„Natürlich! Wiedersehen."

Sarah drückte den Knopf auf dem komischen Krankenhaustelefon. Dröhnende Musik erfüllte den Raum. Sie hatte das Radio eingeschaltet. „Ich kann mich einfach nicht an dieses Multifunktionsding gewöhnen", stöhnte sie.

„Was sagt er?"

Sarah fand den Ausschaltknopf. „Aleandro ist der Hauptverdächtige. Der potentielle Mörder von Eva."

„Der Künstler, der Platz machen musste für die Ausstellung der De Lacroix-Gemälde?"

Sarah nickte betroffen.

„Wie tragisch!"

„Tragisch ist noch gelinde ausgedrückt. Um das Schloss zu retten, musste Eva sterben und Aleandro landet wahrscheinlich lebenslang hinter Gitter. Dazu kommt, dass einige Menschen mit Schuldgefühlen klar kommen müssen. Ich gehöre auch dazu."

„Setz dir das nicht in den Kopf! Es war Schicksal!"

Sarah fühlte, dass es ihr helfen würde, wenn sie sich alles von der Seele reden würde. Als der Nachmittag zu Ende war, kannte Orson jeden ihrer Schritte der letzten Tage, alle Einzelheiten bezüglich der Ausstellung und Vernissage, er kannte *Mama* Peters, Schwester Kim Peters und *Papa* Paul Peters.

*

Tom beobachtete Jeannette, wie sie drei Stück Zucker in ihren Tee fallen ließ. Drei Stück Zucker hatte er sich schon lange nicht mehr gegönnt. Nicht mal in seinem heißgeliebten Espresso, den er jetzt bitter trank. „Sieht ziemlich scheiße aus für uns."

„Dieser verdammte Dimillo! Ich könnte mich in den Hintern beißen, dass der uns entwischt ist. Er ist wie vom Erdboden verschluckt!", erzürnte sich Jeannette.

Tom nahm einen Schluck Espresso. „Aber ist er überhaupt unser Mann?"

„Zumindest ist er verdächtig! Warum wäre er sonst weggelaufen? Ich meine, er zögerte schon, bevor du ‚Sie sind verhaftet!' gebrüllt hast."

„Aus Angst? Eine Vorahnung?"

„Dann muss er aber eine Gabe haben. Wir hatten doch noch keinen Verdacht ausgesprochen."

Mit einer Handbewegung wischte Tom alle Einwände beiseite. „Egal warum, Weglaufen war der falsche Reflex. Er hat unsere und seine Situation damit verschlechtert. So oder so werden wir ihm den Mord immer noch beweisen müssen."

Jeannette setzte die Teetasse ab und lehnte sich zurück. „Hat schon jemand mit seiner Familie Kontakt aufgenommen?"

„Jep!" Tom blätterte in der Akte auf seinem Büro.

„Tooom! Lass dir doch nicht jedes Wort aus der Nase ziehen!"

„Oh, *pardon*. Hier ist der Bericht." Tom reichte Jeannette zwei Blätter. „Die Mutter würde natürlich einen Eid auf die Verfassung schwören, dass ihr Sohn nichts Unrechtes getan hat."

„Wie sind seine familiären Verhältnisse?"

„Die Mutter wusste ziemlich viel über sein Leben. Er besucht sie regelmäßig, hat hier und da eine Liebschaft, keine feste Freundin. Und sie macht noch immer seine Wäsche."

„Also ein Muttersöhnchen."

„Nicht unbedingt. Er hat halt ein gutes Verhältnis zu ihr."

„Vater?"

„Tot."

„Geschwister?"

„Keine."

„Na gut. Wer außer Dimillo käme sonst in Frage?"

Tom kratzte sich am Kopf. „Das bleibt noch zu klären. Was ist mit Sarah Peters? Und wie steht es eigentlich um die Besitzregelung der Galerie, jetzt wo Eva May tot ist?"

„Es besteht ein Testament", sagte Jeannette. „Unsere Schnüfflerin Marie hat den Notar ausfindig gemacht. Sie wartet auf seinen Anruf."

„Hallo, ihr beiden!" Die Tür flog auf und Marie trat ein. Sie war ein Schrank von einer Frau. Sie wurde liebend gerne auf Einsätze im Rotlichtmilieu geschickt. Besonders wenn es darum ging, Zutritt zu Bereichen zu erhalten, die nur den „Tänzerinnen" vorbehalten waren. Sie war wie geschaffen für diesen Job: Muskelpaket *und* Frau! Türsteher und zwielichtige Gestalten gerieten bei ihr öfters aus der Fassung. Die meisten machten den fatalen Fehler, trotz allem zuerst die *Frau* in Marie zu sehen und eine anzügliche Bemerkung fallen zu lassen. Wenn Marie den Kerl dann schräg ansah und der trotzdem weiter den Macker markierte, mutierte er unfreiwillig zu einem von Maries Paradebeispielen, wie man sich in ihrer Gegenwart besser *nicht* verhielt. Bevor er sich versah, landete er mit Handschellen auf dem Rücksitz des Polizeiwagens. Anschließend waren die meisten Anwesenden kooperativ und zahm wie Schäfchen.

Marie stellte sich breitbeinig vor Toms Schreibtisch und stemmte die Hände in die Hüften. „Ich habe deine Informationen, Tom. Erstens: Die Galerie gehört jetzt ganz allein, ich betone: *integral* Sarah Peters. Zweitens: Es bestand eine gemeinsame Lebensversicherung: Die Galerie ist nun bezahlt. Die Peters ist *schuldenfrei*!" Marie sang das Wort förmlich. „Und drittens: Eva May hat ihr noch fünfundzwanzigtausend Euro als bares Startkapital vermacht. Was sagt ihr nun?" Marie verschränkte die Arme und grinste.

„Ein Motiv für einen Mord wäre es allemal." Jeannette kaute nachdenklich an ihrem Bleistift.

„Dann knöpft euch das Baby mal vor!"

„Sie liegt im Krankenhaus."

„Um so besser", raunzte Marie. „Da findet ihr sie wenigstens sofort. Es besteht ja wohl dringender Tatverdacht. Wenn das kein Grund für eine Vernehmung ist, was dann?"

Jeannette nickte Tom zu. „Sie hat Recht. Wir müssen die Peters mit der Tatsache konfrontieren, dass sie zum Kreis der Verdächtigen gehört. Mal sehen, was sie dazu zu sagen hat.“

Tom trank den letzten Schluck von dem bitteren Espresso und stemmte sich hoch. „Also dann, *Madame*, gehen wir!“

Sarah und Orson aßen Pizza vom Pizzaservice, als Tom und Jeannette das Krankenzimmer betraten. Ihre verkniffenen Gesichtsausdrücke verrieten Sarah sofort den Grund ihres Besuchs.

„Sie kommen wegen des Testaments.“

„Genau. Sie wissen also Bescheid!“

Sarah trank einen Schluck Wasser, bevor sie antwortete. „Der Notar hat mich angerufen. Ich sage es Ihnen gleich: Ich habe Eva nicht umgebracht.“

„Wir müssen jeder Spur nachgehen.“

„Tun Sie das. Aber bei mir vergeuden Sie Ihre Zeit, Herr Kommissar.“

„Wo waren Sie zur Tatzeit?“

Sarah legte ihr Stück Pizza auf den Teller und blickte zu Orson. „Ich …“

„Sie müssen Ihren Mörder anderweitig suchen, Herr Kommissar.“ Orson nahm Sarah den Teller weg und stellte ihn auf den Nachttisch.

„Ich habe nicht mit Ihnen gesprochen. Wer sind Sie überhaupt?“

„Ich bin Frau Peters’ Alibi, Orson Morris!“

„Aha.“ Jeannette griff nach ihrem iPhone und scrollte die Protokolle durch. „Frau Peters hat ausgesagt, zum Zeitpunkt des Mordes alleine zu Hause gewesen zu sein.“

„Das ist korrekt.“

„Wie können Sie sich dann als Ihr Alibi ausgeben?“

„Weil wir gemeinsam im Chat waren. Bis nach fünf Uhr in der Früh.“

„Ziemlich vage, finden Sie nicht?“

„Ich kann es beweisen. Alles hier drin.“ Genügsam strich Orson mit der Hand über seinen Laptop.

„Ich auch“, fügte Sarah hinzu.

Tom nahm den Laptop entgegen und klickte auf den betreffenden Icon. Es war eindeutig, dass die beiden miteinander gechattet hatten; genau bis zwanzig nach fünf. Sarahs Laptop sagte das Gleiche aus.

„Als Beweis sind diese Chats vor Gericht nicht gültig.“

„Ein Anwalt würde damit sicher Zweifel streuen.“

„Mich haben Sie weitgehend überzeugt. Eine Akte wird trotzdem angelegt, und Sie, Herr …“

„ ...Morris ...“

„ ...bitte ich morgen ins Polizeibüro, für die schriftliche Aussage.“

Sarah drückte Orsons Hand. „Wir kommen zusammen, Herr Kommissar. Ich werde ja morgen entlassen.“

Wortlos gingen Jeannette und Tom zum Wagen. Jeder hing seinen Gedanken nach.

„Was, wenn es ein Komplott ist? Die beiden gegen Eva?“

Tom legte seinen Sicherheitsgurt an, während Jeannette den Wagen vom Parkplatz steuerte. Über die Rote Brücke fuhren sie zurück zum Büro. Es war ziemlich ruhig auf der Straße, da sich der Berufsverkehr schon weitgehend aufgelöst hatte.

„Das müssen wir in Betracht ziehen. Die beiden sollen sich erst mal in Sicherheit wiegen. Wenn der Mord minutiös geplant war, kannst du davon ausgehen, dass der Zeitpunkt dieses Alibi-Chats auch geplant war. Mal sehen, was wir über diesen Orson Morris rausfinden."

„Sonst einen Plan?"

„Ein paar Überstunden sind heute wohl fällig. Wir müssen diesem Lokal ‚Art and Soul' einen Besuch abstatten. Vielleicht finden wir etwas über Dimillo raus."

„Ich bin einverstanden. Habe eh nichts vor heute Abend. Treffpunkt im ‚Art and Soul'?"

„Um zehn!"

*

„Du schläfst heute Nacht nicht noch einmal hier auf diesem komischen Stuhl, Orson!"

„Ich bleibe bei dir!"

„Nein!"

„Doch!"

Das Geplänkel ging zehn Minuten so weiter, bis Orson sich einverstanden erklärte, in Sarahs Wohnung zu übernachten.

„Ich bleibe aber noch bei dir, bis du schläfst."

Sarah ließ sich nach hinten auf ihr Kissen fallen und verdrehte die Augen. „Fang nicht an wie meine Mutter! Du bist seit heute früh hier. Geh in meine Wohnung, nimm dir ein Bier, leg dich vor den Fernseher und mach es dir gemütlich. Nach der langen Reise und dem anstrengenden Tag wird es dir guttun."

„Bist du sicher, dass ich gehen kann?"

Sarah erhob drohend den Zeigefinger. „Orson! In meiner Handtasche sind die Wohnungsschlüssel. Die Adresse hast du sicher noch in deinem Navigationssystem gespeichert."

„Jawohl, Chefin", neckte Orson sie.

„Mein Parkplatz ist die Nummer sieben. Ich rufe morgen früh an, sobald der Arzt grünes Licht für die Entlassung gegeben hat."

„Na gut. Wenn du es so willst."

„Du kannst mir aber einen Gefallen tun."

„Ja?"

„Meine Schwester hat sich zwar um Runzels leibliches Wohl gekümmert, aber die Katze braucht auch ihre Streicheleinheiten."

Orson lachte. „Na gut. Wenn du schon nicht da bist … Ein Fernsehabend mit einer Flasche Bier und einer Schmusekatze. Ein Männertraum wird wahr!" Sarah griff nach ihrem Kissen und warf es Orson an den Kopf.

*

Im „Art and Soul" hingen graugelbe Rauchschwaden in der Luft. Verschiedene kleine Sitzecken und einige Tische und Stühle füllten das eher spartanisch eingerichtete Lokal. Die Bar war lang und sehr modern. Jeannette und Tom fanden einen Platz am Ende des Tresens. Er erlaubte ihnen, den ganzen Raum zu überschauen und die Eingangstür im Auge zu behalten.

Der Barkeeper kam zu ihnen. „Was darf es sein?"

„Einen roten Martini."

„Für mich ein … Mineralwasser."

Jeannette sah Tom zweifelnd an. „Bist du krank?"

„Nein. Aber im Dienst!“, keifte er gereizt.

„Sind wir nicht“, antwortete sie giftig.

Tom fiel auf, dass er sich im Ton vergriffen hatte, und legte ihr besänftigend die Hand auf die Schulter. „Sorry, Jeannette. War nicht so gemeint. Habe nur keine Lust auf Bier.“

„Schon ok.“ Sie winkte ab.

Tom wandte sich an den Barkeeper. „Wo befindet sich der Notausgang?“

Der Barkeeper sah Tom kritisch an. „Links, neben den Toiletten.“

Nachdem sich der Barkeeper abgewandt hatte, nickte Tom Jeannette zu: „Ich check das.“

Um halb zwölf war das Lokal proppenvoll, was für einen Montag erstaunlich war. Die Bedienung hinter der Bar war mehr als ausgelastet damit, für den Flüssigkeitsausgleich der Gäste zu sorgen.

„Das Lokal gefällt mir. Ich war noch nie hier.“ Jeannette trank einen Schluck Martini.

Die Kundschaft war nicht so hipp, wie man es vielleicht von anderen Szenelokalen erwartete, wo die Musik so laut lief, dass die jungen Leute nicht miteinander reden konnten. Hier ertönte sanfte Jazzmusik, ganz traditionell über eine Stereoanlage. Kein DJ, der auflegte.

Grüppchen hatten sich gebildet, die entweder an Tischen hockten oder herumwanderten und hier und da angeregte Gespräche führten.

„Dimillo ist nicht hier.“

„Ich habe es auch nicht erwartet.“ Tom zog ein Foto von Aleandro aus der Tasche und zeigte es dem Barkeeper. „Kennen Sie den?“

Der Barkeeper sah sich das Foto an und überlegte kurz. „Nein.“

Tom griff in seine Innentasche und zog seine Polizeimarke hervor. „Kennen Sie ihn jetzt?“

„Das ist ein Kunde. Ein netter Kerl. Aleandro.“

„Wann haben Sie ihn zuletzt gesehen?“

„Letzte Woche. Ich glaube, der war am Freitag hier.“

„Denken Sie gut nach. Es wäre sehr wichtig für uns.“

„Hat er etwas verbrochen?“

„Wir müssen mit ihm reden.“

„Es war Freitag. Er hat den Abend mit seinem besten Freund Gabriel verbracht.“

„Unseren Informationen nach war er ziemlich betrunken.“

„Das stimmt!“

„Wer ist dieser Gabriel?“

„Ich weiß nicht viel über ihn. Künstler und Geschäftsinhaber.“ Der Barkeeper zuckte die Achseln und nickte zu einem Tisch. „Aber da drüben sitzen einige Kumpels von ihm. Fragen Sie die.“

Auch diesmal lockerte die Dienstmarke die Zungen. Wenig später hatten Tom und Jeannette genügend Informationen über diesen Gabriel, einschließlich seiner Adresse.

„Falls Aleandro bei dem untergetaucht ist, weiß er bis spätestens morgen früh, dass wir vorbeikommen, und verschwindet.“

„Am besten, wir fahren sofort hin.“

Tom forderte einen Streifenwagen an, der sie zu Gabriel brachte. Das Haus lag einsam und dunkel an einem Waldrand zwischen Kopstal und Mersch. An der Tür hing ein Schild: *Antiquariat Gabriel.*

Tom klingelte. Im ersten Stock wurde es hell und wenig später lugte ein blonder Wuschelkopf aus dem Fenster. „Was ist denn los?"

„Polizei, wir müssen mit Ihnen sprechen."

„Polizei? Was wollen Sie um diese Uhrzeit von mir?"

„Wir suchen Aleandro Dimillo."

„Aleandro? Der ist nicht hier."

„Würden Sie uns bitte hereinlassen?"

Der Wuschelkopf verschwand. Knarrende Dielen waren zu vernehmen und kündigten seine Ankunft bei der Vordertür an. Gabriel öffnete und gab den Blick frei auf einen gestreiften Bademantel.

Ein Polizist war bereits hinter dem Haus in Position gegangen, einer blieb am Vordereingang, während Tom und Jeannette das Haus betraten. Gabriel ging voraus. Nach einem kleinen Flur öffnete sich vor ihnen ein riesengroßer Raum. Regale, vollgestopft mit Büchern, reichten vom Boden bis zur Decke. Über den Raum verteilt standen elegante, antike Sekretäre.

„Meine Wohnung ist oben. Folgen Sie mir und dann erzählen Sie mir bitte, warum um alles in der Welt Sie mitten in der Nacht nach Aleandro suchen, und das auch noch ausgerechnet bei mir."

Gabriels Wohnung bestand aus einem einzigen riesigen Zimmer. In der einen Ecke befand sich das offensichtlich schon benutzte Bett, in der anderen eine moderne offene Küche. Die Mitte des Raumes beherbergte das Wohnzimmer. Gabriel hatte den Mut gehabt, kitschiges Altrosa mit Grau und Weiß zu kombinieren, und es hatte ihm nie leid getan. Seine Gäste waren immer begeistert. So wie Jeannette. Sie sah sich um und fragte sich insgeheim, warum sie nie auf solche Ideen kam.

„Eine verzwickte, unglückliche Geschichte. Er hält sich vor uns versteckt. Wir müssen aber unbedingt mit ihm reden." Tom war nicht so beeindruckt von der Wohnung, nachdem er sich auf Gabriels Einladung hin in einen Sessel neben einem besonders eleganten Sekretär gesetzt hatte.

Gabriel wirkte überrascht. „Versteckt! Hat er was ausgefressen?"

„Das würden wir ihn am liebsten selbst fragen."

„Aleandro ist ein netter Kerl. Er würde nie jemandem schaden, außer sich selbst vielleicht."

„Das tut er im Moment. Sie wissen also nicht, wo er ist?"

„Nein."

„Anscheinend sind Sie beide sehr gute Freunde." Tom strich über das Holz des Sekretärs.

„Das schon. Aber ich bin nicht sein Babysitter. Ich sag Ihnen mal was: Wenn er sich tatsächlich vor Ihnen versteckt, dann gerade wegen unserer Freundschaft nicht bei mir. Er ist schlau genug zu wissen, dass Sie sehr bald bei mir auftauchen würden."

„Wann haben Sie ihn denn zum letzten Mal gesehen?"

„Das war am Freitag. Wir hatten uns ziemlich viel hinter die Binde gekippt."

„Trinkt Herr Dimillo?", fragte Jeannette.

„Nein!" Gabriel erhob entrüstet die Stimme. „Wir haben nur meinen Geburtstag gefeiert."

„Seither haben Sie nichts mehr von ihm gehört?"

„Nein.“

Tom blickte Gabriel durchdringend an. „Falls er hier auftaucht oder mit Ihnen Kontakt aufnimmt, überzeugen Sie ihn, sich bei uns zu melden. Es ist nur zu seinem Besten.“ Tom reichte ihm seine Visitenkarte und erhob sich. Er hatte das Bedürfnis seine müden Glieder zu strecken, beherrschte sich jedoch. Ein Gähnen konnte er allerdings nicht unterdrücken. „’tschuldigung. Ist schon ziemlich spät. Aber das wissen Sie ja.“ Er schaute zum unordentlichen Bett und lächelte. „Trotzdem, dürfen wir uns etwas umsehen?“

„Falls Sie Aleandro suchen, er ist nicht hier. Aber bitte. Ich habe nichts zu verbergen. Hier oben gibt es außer dem Bad keinen anderen Raum.“

Es fand sich tatsächlich kein Versteck. Das Zimmer war nach oben hin offen, keine Decken. Man sah bis unters Dach. Im Bad war niemand. Damit hatten weder Tom noch Jeannette gerechnet. Es war Tom schon fast zu blöd, die verschiedenen Schränke zu öffnen. Natürlich würde Aleandro nicht drin sitzen. Im Geschäft gab es keine Unterschlupfmöglichkeiten. Aber es konnte nie schaden, für etwas Unruhe zu sorgen. Mal sehen, welcher Vogel dabei auffliegen würde.

Während er und Jeannette das Haus verließen, knarrten die Dielen ein Aufnimmerwiedersehen bei jedem ihrer Schritte.

„Was hältst du von dem Typen?“

Jeannette zuckte die Schultern. „Ich weiß nicht.“

„Eins ist sicher: Falls Aleandro dort war, sind die beiden gewarnt worden.“

„So hätte er zumindest die Möglichkeit gehabt, das Haus vor unserer Ankunft zu verlassen. Er kann überall sein in dieser einsamen Gegend.“

„Mir ist nichts aufgefallen, was auf einen zweiten Mitbewohner gedeutet hätte. Und dir?"

„Mir auch nicht. Was nichts zu bedeuten hat." Jeannette zuckte ein zweites Mal mit den Schultern.

Im Schutz der Dunkelheit beobachtete Gabriel die Straße. Er wartete zehn Minuten ab, dann stieg er die Treppen hinunter in das Geschäft. Er klappte die Ablagefläche eines antiken Sekretärs aus der Epoche von Louis XV nach oben und legte damit ein winzig kleines Loch im Sockel des Sekretärs frei. Aus seiner Tasche entnahm er einen Haken und fädelte ihn hinein. Er drehte zwei Mal rechts und einmal links und die Frontscheibe des Sockels kippte ihm entgegen. „Die Luft ist rein!"

Aleandro musste sich zuerst an das Licht im Raum gewöhnen. Auf seiner Stirn glänzten Schweißperlen. „Mannomann! Das wurde aber auch Zeit. Ich hab schon gedacht, ich ersticke. Und außerdem spüre ich meine Beine nicht mehr."

„Trotzdem ein geniales Versteck!", erwiderte Gabriel. Er half seinem Freund hoch.

„Danke, Gabriel. Ich mach das wieder gut, sobald ich mein kleines Problem gelöst habe."

„*Klein* ist gut!" Gabriel machte eine Wischbewegung vor dem Gesicht.

„Was haben sie gesagt?" Aleandro reckte sich.

„Sie müssten mit dir reden. Ich soll dich überzeugen, dich bei ihnen zu melden."

„Damit sie mich einbuchten!" Aleandro schüttelte heftig den Kopf. „Wegen etwas, was ich nicht getan habe ..."

„Wenn du es nicht warst, haben sie auch keinen Beweis."

„Haben sie das denn gesagt?"

„Nein."

„Siehst du. Vielleicht haben sie einen ‚Beweis'. Einen falschen. Und ich lande im Knast! Wer weiß für wie lange?"

„Deine Unschuld würde bewiesen werden und du wärst ein freier Mann, Aleandro."

„Sei nicht so naiv, mein Freund! Ich habe meine Zweifel an unserem Rechtssystem. Morgen früh informierst du dich gleich wieder im Krankenhaus, ob Sarah Peters immer noch nicht entlassen wurde. Ich muss an die ran!"

Gabriel schlug ihm auf die Schulter. „Geht in Ordnung, Kumpel."

Luftzüge

Sarah saß auf ihrem Krankenbett und wippte mit den Beinen. Wo dieser Doktor Mathieu nur blieb ... Vorsichtig stand sie vom Bett auf und ging zum Fenster. Draußen herrschte reges Treiben. Autos fuhren vor, Leute stiegen aus, Taxis holten Leute ab. Sie drehte sich um und öffnete zum zehnten Mal den Kleiderschrank. Er war natürlich leer, denn sie hatte schließlich alles in ihre Tasche gepackt. Dann ging die Tür auf und ein gut gelaunter Doktor Mathieu trat ein.

„Endlich!“, entfuhr es Sarah.

„Na. Na. Nicht so ungeduldig! Schwester Valérie hat mich angepiepst. Sie meinte, ich solle bald kommen, Sie würden sie verrückt machen.“ Der Arzt griff nach dem Patientenzettel und studierte Sarahs letzte Werte. Er rieb sich nachdenklich das rechte Ohr. „Hmmh!“

„Etwas nicht in Ordnung, Herr Doktor?“, fragte Sarah ängstlich. Sie wollte raus aus dem Krankenhaus.

Der Arzt schwieg. Sarah wurde angst und bange, bis sie das verdächtige Zucken um seine Mundwinkel bemerkte. „Herr Doktor!“, sagte sie entrüstet, „Sie halten mich zum Narren.“

Nun lachte der Arzt richtig. „Das haben Sie sich selbst zuzuschreiben. Eine kleine Strafe für mein verpatztes Frühstück musste sein.“

Sarah fiel ein Stein vom Herzen. „Das bedeutet, ich darf gehen?“

„Sie dürfen.“

„Danke, Doktor. Ich danke Ihnen.“

„Aber vermeiden Sie Stress und Aufregung und schlafen Sie ausreichend. Ich möchte Sie nicht schon morgen wiedersehen. Nicht im Krankenhaus.“

Doktor Mathieu öffnete die Tür und gab Sarah einen Wink. „Und nun machen Sie, dass Sie wegkommen.“

Sarah schlüpfte an ihm vorbei. „Wiedersehen, Doktor.“

Schön wär's!, dachte Doktor Mathieu. Diese Frau hätte ihm gefallen, aber leider war sie schon vergeben.

Sarah holte ihr Handy aus der Tasche und rief Orson an. „Guten Morgen, Darling. Ich darf endlich hier raus. Du kannst mich abholen.“

„So früh?“

„Sonderbehandlung. Erzähl ich dir später. Komm nur so schnell du kannst.“

„Bin in dreißig Minuten bei dir.“ Orson war froh, Sarah nach Hause holen zu dürfen. Nachdem er aufgelegt hatte, duschte er in Windeseile und putzte sich die Zähne. Anschließend erhielt Runzel noch Futter und frisches Wasser.

Er sah auf seine Uhr. Zwanzig Minuten waren bereits vergangen, seit er mit Sarah telefoniert hatte. Hastig nahm er zwei Stiegen auf einmal. Im Erdgeschoss stieß er mit Frau Reuter zusammen.

„Guten Morgen, junger Mann. Wohin so eilig?“ Frau Reuter stützte sich auf ihren Schrubber, bereit zu einem kleinen Plausch. Sarah hatte ihn bereits vor der Putzfrau gewarnt. Sie war eine Tratschtante.

„Zum Arzt“, log er und lief an ihr vorbei.

Sarah wartete in der Eingangshalle auf Orson. In der Cafeteria neben dem Pförtner saßen einige wenige Kranke in ihren

Bademänteln, schlürften Kaffee und lasen die Zeitung. Im Friseursalon gegenüber wurde eine Patientin frisiert. Sarah war ihr eine Stunde zuvor auf dem Flur begegnet. Ein Bein im Streckverband, einen Arm im Gips, um den Kopf einen Verband und Wunden im Gesicht. „Sieht schlimmer aus, als es ist“, hatte sie der bestürzt schauenden Sarah erklärt. „Ein Motorradunfall. Ich kann von Glück sagen, dass ich noch lebe. Aber jetzt kommt der Turban ab, und dann geht's schnurstracks zum Friseur.“ Nach dieser unaufgeforderten Erklärung hatte sie sich umgedreht und einem anderen Patienten, der gerade an ihr vorbeischlurfte, ihre Story erzählt.

Die Arme!, hatte Sarah mitleidig gedacht. *Sie hat wohl niemanden, der sich um sie kümmert.*

Sarah war nicht die Einzige, die das Krankenhaus an diesem Tag verließ. Mindestens ein halbes Dutzend Leute standen neben ihren Koffern und Taschen und blickten sehnsuchtsvoll zur Tür, als diese wie Sesam öffne dich aufglitt und Orson eintrat.

„Da bist du ja.“

Orson gab ihr einen Kuss und schnappte sich ihre Tasche. Es war mittlerweile elf Uhr. „Wie fühlst du dich?“

„Ich bin voller Energie und Tatendrang. Lass uns sofort zur Galerie fahren, um nach dem Rechten zu sehen. Ich muss schauen, was dort in der Zwischenzeit alles passiert ist.“

„Der Arzt hat gestern Abend gesagt, du sollst es langsam angehen.“

„Jaja. Aber die Galerie ist mein tägliches Brot.“

„Na gut. Dann eben zur Galerie.“

Vor der Tür zögerte Sarah eine Sekunde. Sie hatte das Bild ihrer toten Freundin ziemlich real vor Augen.

„Fühlst du dich stark genug?“

„Ich muss!“ Sie tippte den Code der Alarmanlage und steckte den Schlüssel ins Schloss. Nachdem sich die vier Sicherheitsschlösser im Sekundentakt entriegelten, sprang die Tür auf. Sarahs Blick fiel sofort auf die Stelle, wo Eva gelegen hatte. Es gab keine Spuren mehr. Sarahs Mutter hatte sich darum gekümmert, nachdem die Ermittler den Tatort am Montag freigegeben hatten. Am Nachmittag war eine Putzkolonne angerückt, welche die Galerie unter Aufsicht von Frau Peters von allen Spuren befreit hatte.

In einer Vase stand ein riesiger Strauß Margeriten, eine von Sarahs Lieblingsblumen.

„Die sind von meiner Mutter.“ Ein Lächeln huschte über ihr Gesicht.

„Mütter scheinen zu wissen, wie sie ihren Kindern die richtige Freude bereiten“, sagte Orson.

„Meine ganz sicher.“

Zuerst las Sarah ihre Mails. Sie stellte fest, dass die Comtesse im Chat online war. Ein Klingelton kündigte ihre Mitteilung an.

- Liebe Sarah. Ich habe soeben erfahren, dass Sie aus dem Krankenhaus entlassen worden sind. Das freut mich. Bitte melden Sie sich, wenn Sie meine Nachricht erhalten.

Sarah loggte sich schnell in den Chat ein.

- Bin schon in der Galerie und heilfroh aus dem Krankenhaus zu sein. Es geht mir viel besser. Sie wollen sicher über Ihre Bilder reden.

- Genau. Trotz Ihres großen Leids müssen wir uns dem Geschäftlichen zuwenden. Was haben Sie vor?

- Mein Versprechen einhalten und die Ausstellung wieder eröffnen.

- Ich habe es mir anders überlegt, Sarah. Wir brechen ab!

- Warum?

- Der Name meines Vaters soll nicht weiter in die Schlagzeilen geraten. Ich möchte die Bilder so schnell wie möglich nach Beauregard überführen.

- Aber die Japaner kommen doch am Wochenende nach Luxemburg ...

- Ich habe die Japaner über den Unglücksfall informiert. Sie kommen am Sonntag auf das Schloss. Da ich mir ziemlich sicher bin, dass sie einige Objekte kaufen werden, brauche ich auch keine weiteren Käufer mehr. Sie müssen nur die bereits bestehenden Geschäfte für mich abschließen.

Sarah überlegte. Sollte sie auf ihre Rechte, wie Vertrag und Anteil, pochen? De Lacroix hatte der Galerie kein Glück gebracht, und durch die Provisionen vom Verkauf der Bilder am Abend der Vernissage hatte sie bereits eine stattliche Summe Geld verdient. Der Vorschlag der Comtesse war das Beste, was ihr geschehen konnte. Abschließen mit De Lacroix und etwas ganz Neues beginnen. Vielleicht eine Ausstellung moderner Skulpturen. Genau! Sarahs Finger huschten über die Tastatur.

- Einverstanden. Haben Sie den Transport der Bilder bereits organisiert?

- Bitte kümmern Sie sich darum. Unversehrt und bis Samstag auf Beauregard, kriegen Sie das hin?

- Ich versuch's. Melde mich in den nächsten Tagen mit Details.

- Merci. A bientôt.

- Au revoir.

Orson saß vor seinem Laptop und sah Sarah aufmerksam an. „Gute Nachrichten?“

„Ich habe gerade mit der Comtesse gechattet."

„Was sagt sie?"

„Sie will die Bilder zurück."

„Wie denn? Keine Ausstellung mehr?"

„Sie will keine negative Publicity. Ich soll die Bilder bis Samstag nach Beauregard bringen."

„So schnell?"

„Die japanischen Interessenten werden Sonntag auf Beauregard erwartet. Der Transport dürfte kein Problem sein. Ich beauftrage eine Sicherheitsfirma damit und begleite die Lieferung persönlich."

„Wann genau?"

„Hmhh. Freitag oder Samstag früh geht es los."

„Ich muss am Samstag zurück. Mein Urlaub geht zu Ende. Wir könnten den Transport in meinem Auto begleiten."

Sarah stützte ihr Kinn auf ihre rechte Hand. „Sag mal, weiß die Comtesse überhaupt, dass du bei mir bist?"

„Nein. Und so soll es vorerst auch bleiben."

Seine Worte versetzten Sarah einen Stich. *Warum will er seine Verbindung zu mir noch immer geheim halten?* Das passte nicht zu seinem sonstigen Verhalten. War sie doch nur ein Liebesabenteuer für ihn? Sie setzte sich aufrecht und erwiderte: „Wie du meinst. Wie stellst du dir das genau vor?"

„Ich denke, wir könnten mit meinem Auto hinter dem Transporter herfahren. Kurz bevor wir auf Beauregard eintreffen, steigst du in den Transporter ein. Ich warte dann eine Weile und komme eine Stunde später auf das Schloss. Niemand wird merken, dass wir zusammen angereist sind."

Das hat er sich aber schnell zurechtgelegt!, schoss es Sarah durch den Kopf.

„Schau nicht so enttäuscht, Sarah." Orson kam zu ihr, legte seine Hand unter ihr Kinn und zwang sie ihm in die Augen zu sehen. „Ich werde nicht für immer auf Beauregard bleiben. Aber solange ich dort bin, muss das mit uns geheim bleiben. Ich habe gute Gründe."

An Sarah nagte der Zweifel. *Hat er doch ein Verhältnis mit der Comtesse gehabt? Oder immer noch?*

„Vertrau mir!" Sanft nahm er ihren Kopf zwischen seine Hände und küsste zärtlich ihre Lippen. Sarahs Knie wurden weich, wie immer, wenn er sie küsste, aber eine kleine Portion Misstrauen schlich sich trotzdem in ihr Herz.

Das Mittagessen nahmen sie in der *Trattoria da Pietro* ein. Sarah und Eva hatten früher mindestens einmal die Woche bei Pietro gegessen oder seinen Lieferservice genutzt. Pietro wies Sarah einen ruhigen Tisch zu, erwähnte jedoch Eva mit keinem Wort. Er legte seine Hand auf Sarahs Arm und sah sie aus seinen freundlichen, rehbraunen Augen an. „Sie lieben doch Krebse, Sarah?"

„Sehr sogar, Pietro."

„Ich habe was richtig Gutes für Sie. Tagliatelle mit frischen Krebsen."

„Mmh! Nach Krankenhausfutter und Pizza aus dem Karton ist das genau das Richtige für mich."

Orson nickte zustimmend.

„Also dann zweimal die Tagliatelle, Pietro. Für mich eine Cola."

„Und ein Glas Rotwein für mich", sagte Orson.

Mit dem Rotwein und der Cola servierte Pietro Bruschetta mit viel Knoblauch und frischem Basilikum.

Sarah biss herzhaft hinein. Einige Tomatenstückchen fielen auf ihren Schoß. „Brauche ich einen Anwalt?“, fragte sie Orson, während sie die Tomatenstückchen auf den Tellerrand beförderte und anschließend mit der Serviette den Rock säuberte.

„Du meinst, weil du eine potentielle Täterin bist?“

Sarah nickte.

„Dazu ist es meiner Meinung nach noch zu früh. Der Kommissar muss natürlich alle möglichen Szenarien durchspielen. Es liegt auf der Hand, dass er dich überprüft. Aber er muss deine Schuld beweisen. Dieser Künstler ist sein Hauptverdächtiger. Solange der flüchtig ist und Becker nichts Konkretes gegen dich in der Hand hat, brauchst du keinen Anwalt.“

Pietro servierte das Essen. Die Tagliatelle waren mit einer würzigen Tomatensauce übergossen, aus der unzählige Krebse herausragten. Der Geruch von Knoblauch und frischen Kräutern stieg empor.

Nach dem ersten Bissen versiegte das Gespräch.

„Es hat geschmeckt!“, stellte Pietro fest, als er die Teller abräumte.

„Es war genau das, was mein Gaumen brauchte.“ Sarah reichte Pietro ihr leeres Cola-Glas.

„Kompliment an den Chef!“, fügte Orson hinzu.

„Möchten Sie noch etwas bestellen? Darf ich Ihnen vielleicht einen Nachtisch bringen? Wir haben heute Erdbeeren mit Vanilleeis.“

„Oh nein, Pietro. Beim besten Willen nicht mehr. Für mich nur Kaffee.“

„Für mich auch."

Mit dem Kaffee kam ein Limoncello in eisgekühlten Gläsern, den sie nicht ablehnten.

„Die Rechnung bitte."

„Kommt sofort."

Neben der Rechnung lagen zwei Minzbonbons und eine Visitenkarte des Restaurants. Orson zückte seine Brieftasche und legte das Geld bar auf den Tisch.

Zum Abschied drückte Pietro Sarah gefühlvoll die Hand und begleitete das Paar zur Tür.

Draußen nahm Orson Sarahs Arm und hakte sich bei ihr ein. „Zum Kommissariat?"

„Zuerst möchte ich zu Evas Grab."

„Das verstehe ich." Unterwegs hielten sie an einem Blumenladen und kauften weiße Lilien. Eva hatte Lilien gemocht.

Als sie am Grab standen, brachen einige Sonnenstrahlen durch die dichte Wolkendecke. Sarah legte ihren Blumenstrauß nieder. „Orson?", flüsterte sie und streckte ihm die Hand entgegen. „Ihr Tod ist so sinnlos. Das kann doch nicht sein. All das wegen einer abgesagten Ausstellung."

„Unsinnig ist es jedenfalls. Ob es aber der Künstler war, ist noch nicht bewiesen."

„Du zweifelst daran?"

„Im Zweifel für den Angeklagten. Mir sieht es zu einfach aus. Als hätte jemand das eingefädelt. Ich habe einen solchen Fall schon einmal erlebt."

„Du?"

„Erlebt nicht direkt. Ein Bekannter. Aber das ist eine lange Geschichte. Erzähle ich dir ein anderes Mal."

„Aber wie ist das Blut auf seinen Pullover gekommen?“

„Das ist das Kniffligste an dem Fall. Es herauszufinden wäre aber das Tüpfelchen auf dem i. Vielleicht ist es gar nicht Evas Blut. Dieser Becker hat doch gesagt, dass das erst durch einen DNA-Test geklärt werden muss.“

Sarah segnete den Grabstein. „Lass uns zum Polizeibüro fahren. Kommissar Becker weiß vielleicht schon mehr.“

Tom hielt den Hörer zwischen Ohr und Schulter geklemmt, trank hastig einen Schluck Kaffee, kritzelte eifrig auf ein Blatt Papier und rief „Herein!“, als jemand an die Bürotür klopfte. „Haltet mich unbedingt auf dem Laufenden! Wenn das der Dimillo war, dreh ich euch den Hals um, Jungs!“

Wütend knallte er den Hörer auf die Gabel. „Was ist?“, schnauzte er den Polizisten an der Tür an.

„Eine Frau Peters möchte dich sprechen.“

„Bring sie in Raum zwei und biete ihr was zu trinken an. Ich bin in ein paar Minuten drüben.“

Jeannette sah Tom vorwurfsvoll an. „Beruhige dich, Mann! Was ist nur los mit dir in letzter Zeit? Du bist gereizter denn je.“ Sie kannte Tom kaum wieder. Er rastete schon mal aus, aber in den letzten Wochen war er ziemlich launisch geworden.

„Ich habe es anscheinend nur mit Trotteln zu tun. Ich hatte eben einen Typen vom Zoll am Telefon. Die wollten an einer Tankstelle in Grevenmacher einen Motorradfahrer kontrollieren. Als sie sich ihm näherten, hat er seinen Helm aufgesetzt und ist abgehauen. Bis zur Grenze sind sie ihm hinterher.“

„Und?“

„Einer glaubte Dimillo zu erkennen.“

„Dimillo ist Motorradfahrer? Das habe ich in seinen Unterlagen übersehen.“

Toms Faust krachte auf den Tisch. „Diese Idioten! Kannst du die Kripo in Deutschland informieren? Wir müssen eine grenzüberschreitende Fahndung einleiten."

„Ich kümmere mich drum."

„Aber sofort!" Tom stand auf. „Bitte", fügte er brummig hinzu. „Ich guck in der Zwischenzeit nach der Peters. Kannst ja zu uns stoßen, wenn du soweit bist. Wir sind in Raum zwei."

Schnaufend erreichte Tom Raum zwei. Seit er versuchte ein paar Kilo abzuspecken, joggte er über die Flure, wenn er sich unbeobachtet fühlte, vermied es mit dem Aufzug zu fahren, wenn er alleine war, und knabberte heimlich Knäckebrot und Möhren. Für einen Feinschmecker wie Tom war das die Hölle und die logische Erklärung für seine Gereiztheit und schlechte Laune. *Wäre doch wenigstens Catherine noch bei mir!* Er schüttelte den Kopf. Seit der Trennung von Catherine hatte er mehr und mehr dem leiblichen Wohl gefrönt. Er hatte begonnen die fehlenden körperlichen Streicheleinheiten mit kulinarischen Genüssen zu kompensieren. Die Quittung war hart. Er hatte zwar keine Catherine mehr, dafür aber einen dicken Bauch.

Durch die Glastür sah er Sarah und Orson am Fenster stehen. Sie blickten in den tristen Hinterhof und redeten. *Mörder?*, schoss es Tom durch den Kopf, bevor er die Tür öffnete.

Sarah und Orson wandten sich ihm zu. „Guten Tag."

Tom begrüßte beide mit einem kräftigen Händedruck. „Setzen wir uns doch", sagte er und deutete auf die freien Stühle.

„Danke." Sarah stellte ihre Handtasche auf den Fußboden. „Haben Sie inzwischen eine Spur betreffend Dimillo?"

„Nichts, was uns weiterbringt.“ Tom reichte ihr und Orson ein Dokument. „Ihre Aussagen. Lesen Sie die in Ruhe durch. Wenn Sie damit einverstanden sind, unterschreiben Sie bitte, da und da.“

„Haben Sie denn nun eine Spur von Dimillo?“, fragte Sarah noch einmal, während sie einen Kugelschreiber aus ihrer Tasche fischte.

„Er wurde in der Nähe von Grevenmacher gesehen. Es kann sein, dass er sich nach Deutschland abgesetzt hat.“

„Andere Verdächtige als diesen Künstler haben Sie keine?“, mischte Orson sich nun ein.

Tom sah ihn erstaunt an. „Er ist unser Hauptverdächtiger. Es gibt keine konkreten Hinweise auf eine andere Person als Täter. Sagen wir es mal so: Die uns vorgelegten Alibis sind notiert und vorerst nicht in Frage gestellt. Aber damit ist keiner aus dem Schneider. Auch Sie nicht!“, sagte Tom scharf.

„Es könnte doch auch jemand total anderes sein. Ein Einbrecher, der überrascht wurde, oder ein Familienmitglied … Ermitteln Sie auch in die Richtung?“, meinte Orson genauso bissig.

„Wir sind dabei alle Spuren auszuwerten. Sie können sich vorstellen, dass wir nach der Vernissage ziemlich viele Fingerabdrücke in der Galerie gefunden haben.“

„Wie ist es mit Kunstdieben? Interpol hat Listen mit sämtlichen …“

Tom sprang von seinem Stuhl auf und stemmte die Arme in die Seiten. „Sie sind ziemlich gut informiert, Herr Morris, aber Sie können sicher sein, dass wir unsere Arbeit machen. Das, was Sie andeuten, läuft längst, und noch viel mehr. Aber warum erzähle ich Ihnen das überhaupt?“, knurrte Tom.

„Weil ich Sie gefragt habe“, antwortete Orson lapidar, kreuzte die Arme und streckte die Beine.

Tom schüttelte entnervt den Kopf. „Lesen Sie nun Ihr Protokoll." Sein Handy klingelte. „Was ist los, Jeannette? Ein Fahndungsfoto? … In der Akte auf meinem Büro … Ich komme klar hier … kein Problem … von Interpol? ... ist einen Versuch wert… zehn Minuten … Ciao."

„Meine Kollegin hat eben eine E-Mail von Interpol erhalten, mit Fotos von Kunstdieben auf freiem Fuß. Würden Sie sich die ansehen, Frau Peters?"

Sarah sah vom Protokoll auf. „Natürlich. Aber ich möchte das hier zu Ende lesen."

„Sicher. Ich warte solange im Flur."

Die Hände auf dem Rücken, spazierte Tom nachdenklich auf und ab. *Wer ist dieser Orson Morris?* Er nahm sein Handy und rief Jeannette an. „Haben wir diesen Morris schon unter die Lupe genommen?"

„Nee. Du hattest gesagt, das hätte Zeit. Der würde uns nicht weglaufen."

„Stimmt. Lass gut sein. Ich kümmere mich später um ihn. Wir kommen gleich wegen der Fotos zu dir."

„Okay. Ich warte. Bis dann."

In dem Moment traten Orson und Sarah auf den Flur. „Wir sind fertig." Orson reichte Tom die Aussageprotokolle. „Bitte sehr, *lu et approuvé*", sagte er lakonisch.

Mit einem kleinen Aufzug fuhren sie ins dritte Stockwerk. Die Stille war so erdrückend, dass Sarah erlöst aufatmete, als sich die Tür öffnete.

Jeannette begrüßte sie freundlich. „Kommen Sie. Nehmen Sie Platz und sehen Sie sich die Bilder ganz in Ruhe an. Lassen Sie sich die Zeit, die Sie brauchen. Kaffee?"

„Ein Glas Wasser wäre nicht schlecht."

„Gerne."

Orson legte seine Hand auf Sarahs Schulter und sah sich die einzelnen Verbrecher mit an.

„Die sehen nicht wie Verbrecher aus, eher wie Kunsthändler", meinte Sarah.

„Einige sind es auch. Sie verstecken ihre dubiosen Machenschaften hinter der Fassade eines Kunsthandels."

„Woher weißt du das, Orson?"

„Man hört und liest doch so Einiges in der Presse. Jeff Brite zum Beispiel. Der da." Orson zeigte ihr ein Foto von einem Mann um die vierzig mit vollem braunem Haar und einem kunstvollen Schnauzbart. „Das ist doch dieser Kunsthändler und Experte, der damals die Echtheit von Gemäldekopien im Kunstmuseum Berlin beglaubigte und die Originale auf dem Schwarzmarkt verkaufte. Oder dieser Franzose, wie hieß er noch?" Orson kratzte sich am Kopf. „Ach ja. Jean-Jacques de Treffe. Nach dem Verkauf von Gemälden gab er die Anschriften der Kunden an einen Ring von Kunstdieben weiter, welche die Bilder stahlen und sie wiederum auf dem Schwarzmarkt verkauften. Die Beklauten machten immer nur geringen Aufstand, weil die Versicherungen zahlten. Es dauerte ewig, bis die Polizei ihm auf die Schliche kam."

„Ich erinnere mich an de Treffe. Der ist wieder draußen."

Jeannette brachte eine PET-Flasche Wasser und ein Glas. „Na, kommen Sie voran?"

„Das ist gar nicht so einfach. Irgendwie habe ich bei fast jedem ein Déjà-vu-Gefühl." Sarah sah Jeannette verunsichert an.

„Das ist oft so. Aber bei genauem Hinsehen trennen die meisten dann doch den Weizen von der Spreu." Jeannette goss etwas Wasser ins Glas und reichte es Sarah.

„Danke.“ Sarah sah sich die Fotos nochmals sehr genau an. Nach einer halben Stunde schüttelte sie den Kopf. „Es tut mir leid, Frau Kommissarin, aber … ich habe keines dieser Individuen jemals persönlich gesehen.“

„Sind Sie ganz sicher?“

„Ich denke schon.“

„Schade. War einen Versuch wert. Wäre nämlich durchaus möglich gewesen, dass eines dieser Kaliber sich einen De Lacroix unter den Nagel reißen wollte. Danke, trotzdem.“

„Große Kaliber lassen sich auch mal vertreten.“

„Bitte, Herr Morris, lassen Sie uns einfach unsere Arbeit erledigen.“ Tom sah Orson zänkisch an.

Bevor es zum Streit kommen konnte, ergriff Sarah Orsons Arm und verließ, einen Abschiedsgruß murmelnd, den Raum.

„Was ist nur in dich gefahren, Orson? Du provozierst den Kommissar ja unentwegt!“

„Ich will denen nur zeigen, dass es tausend Möglichkeiten gibt, was den Täter betrifft. Ich habe den Eindruck, dass dieser Kommissar mit diesem Fall vielleicht etwas überfordert ist. Ich will nicht, dass er sich in das verbeißt, was er bis jetzt in der Hand hält.“

„Was nicht viel ist.“

„Exakt.“

„Wenn ich dich nicht kennen würde, würde ich meinen, *du* wärst hier der Ermittler.“

Orson schaute sie an. Dann lachte er.

Am späten Nachmittag stand ein weiterer, unangenehmer Besuch an: Evas Eltern. Seit dem Mord hatte sich noch kein Mitglied der Familie May nach Sarah erkundigt.

Marie, Evas Halbschwester, öffnete die Tür einen Spalt weit.

„Was willst du?“, fragte sie kalt und abweisend.

Sarah war verwirrt. „Eh … sind Pit und Germaine da?“

„Ja. Aber die wollen dich nicht sehen.“

„Marie“, rief eine sanfte Stimme aus dem Hintergrund, „lass gut sein!“

Germaine kam zur Tür. Tränen glänzten in ihren Augen. „Nett, dass du vorbeischaust.“ Sie machte keine Anstalten Sarah ins Haus zu beten. „Wie geht es dir?“

„Den Umständen entsprechend. Ich war im Krankenhaus.“

Germaines Blick wanderte unruhig hin und her. „Es ist für uns alle nicht leicht.“

Sarah spürte schmerzlich, dass sie nicht willkommen war. „Was ist los, Germaine? Ich bin doch nicht Schuld an Evas Tod.“

„Es ist wegen Marie.“

„Was ist mit ihr?“

„Sie hat es schwer. Sie hat ihre Schwester verloren, und außerdem …“ Germaine druckste herum: „Du musst das verstehen. Sei nicht böse, aber sie ist wütend, weil du Evas Anteil an der Galerie bekommen hast.“

„Aber das war so vereinbart. Wir haben teuer …“

„Das weiß ich doch alles von Eva. Aber es ist besser, du kommst ein andermal wieder. Wenn Marie sich beruhigt hat.“

„Vielleicht sollte ich mit ihr reden.“

„Ich will dich nie, nie wieder sehen“, schrie Marie aus dem Flur. „Verschwinde!“ Man konnte hören, wie sie eine Holztreppe hinauflief, dann knallte eine Tür ins Schloss.

Germaine seufzte. „Es ist nicht der richtige Augenblick, Sarah.“

„Na gut, ich melde mich. Grüße Pit trotzdem von mir."

Abrupt fiel die Tür ins Schloss. Traurig drehte Sarah sich um. Ihre Augen glänzten feucht. Orson hatte etwas abseits gestanden und das Gespräch mit angehört.

„Nicht sehr zuvorkommend, die Familie."

„War vorauszusehen. Sie brauchen etwas Zeit."

„Aber fair ist die Behandlung nicht. Schließlich bist du genauso ein Opfer."

„Lass gut sein, Orson." Traurig lehnte sie ihren Kopf an seine Schulter.

„Ich finde es trotzdem ziemlich abgebrüht, wie sie dich abserviert haben."

„Es wird schon werden."

Hinter dem Fenster im ersten Stock bewegte sich die Gardine. Marie sah ihnen hasserfüllt hinterher, während die beiden die Straße entlang zu Sarahs Auto gingen.

Sturm

Die Fahrt in die Provence verlief für Sarah weit angenehmer als die im November. Das Wetter war bereits sehr mild, die Luft seidig, Blumen blühten und sorgten zusammen mit dem blauen Himmel für ein grandioses Farbenspiel. Trotzdem war sie bedrückt. In regelmäßigen Abständen erinnerte sie etwas an Eva: eine Tankstelle, ein Rastplatz oder ein Gespräch, das sie geführt hatten. Schmerzhaft spürte sie die Abwesenheit der Freundin.

Sie war wenig zum Reden aufgelegt. Orson war taktvoll genug, ihre schwermütige Stimmung zu respektieren. Sie dankte es ihm schweigend. Manchmal warf sie Orson einen verstohlenen Blick zu. Er wirkte sehr nachdenklich.

Sie erreichten den mit dem Lastwagenfahrer vereinbarten Treffpunkt in Rekordzeit. Nun war es an Sarah das Transportmittel zu wechseln.

„Bis gleich, Darling. In einer Stunde bin ich im Schloss. Und denk dran: Wir dürfen uns nicht verraten."

„Natürlich. Ich werde es schon nicht vergessen", antwortete sie gereizt.

„Riegel deine Zimmertür aber nicht ab."

„Ich dachte …"

Orson unterbrach sie. „Weißt du, was ich denke?"

Sarah schüttelte den Kopf.

„Du bist eifersüchtig."

„Bin ich nicht!" Sarahs süß-saurer Gesichtsausdruck sprach Bände.

„Bist du doch." Orson lachte auf und schubste sie sanft aus dem Wagen.

Hatte Château Beauregard im November noch einschüchternd gewirkt, so hatte sich dieser Eindruck jetzt im Frühling völlig verflüchtigt. Die Sonne schien vom blauen Himmel und der Garten war ein einziges Blumenmeer. Die Bäume trugen wieder ihr Blätterkleid und all die Farben wirkten zusammen mit dem hellen Sandsteingebäude und dem Vogelgezwitscher so kitschig schön, dass man sich hätte vorstellen können, für immer an diesem Ort zu leben. Inmitten dieser friedlichen Atmosphäre saß die Comtesse und malte. Sie trug einen Strohhut und ein weißes Leinenkleid. Ein heller Seidenschal wehte verspielt im Wind. Neben ihr im Gras lag ein weißer Sonnenschirm. Als sie den Laster hörte, stand sie auf und winkte.

Sarah kletterte vorsichtig aus dem Laster. „Bonjour, *Comtesse*. Sie könnten dem Bild ‚Frau mit Sonnenschirm' von Monet entsprungen sein!", rief sie.

Die Comtesse sah erstaunt an sich herab. „Da haben Sie nicht mal Unrecht. Wie war Ihre Fahrt?"

„Angenehm."

„Sie sehen müde aus, Eva … Entschuldigung, Sarah", meinte sie verlegen.

Sarah schüttelte den Kopf und lächelte beschwichtigend. „Ich denke auch oft an sie."

„Bleiben Sie doch ein paar Tage hier. Der frische Wind der Provence wird Ihnen guttun."

„Das geht leider nicht, *Comtesse*. Ich muss mich um die Galerie kümmern."

„Darüber reden wir noch, *ma chère*", sagte die Comtesse freundlich.

„Wo kommen die Dinger hin?“, brummte der Lastwagenfahrer.

„Erst mal bringen Sie bitte die *Gemälde* in die Halle. Anschließend deponieren Sie alle im Atelier. Meine Bediensteten werden sie später wieder an ihren Platz hängen. Sind Sie alleine?“

„Nein“, antwortete Sarah für den Fahrer, „es sind zwei.“

„Bestens. Ich zeige Ihnen derweil Ihr Zimmer, Sarah. Janice, meine Kammerzofe, hat es für Sie hergerichtet. Orson kommt erst heute aus dem Urlaub zurück. Ich erwarte ihn jeden Augenblick.“

Diesmal kam Sarah in den Genuss des blauen Zimmers. Es lag direkt oberhalb der „Vom Winde verweht“-Treppe.

„Ich habe Ihnen dieses Zimmer herrichten lassen, damit Sie nicht so alleine sind. Links von Ihnen befinden sich meine Gemächer und am Ende des Flurs Orsons Zimmer.“

„Sehr rücksichtsvoll, *Comtesse.* Ich danke Ihnen.“ Orson in ihrer Nähe zu wissen, ließ ihr Herz schneller schlagen.

„Ein Bad grenzt direkt an Ihr Zimmer. Wollen Sie sich etwas frisch machen?“

„Sehr gerne sogar.“

„Janice bringt Ihren Koffer.“

„Danke.“

Während Sarah unter der Dusche versuchte, die Gedanken an Eva und ihre gemeinsame Zeit auf dem Schloss zu verdrängen, drang das Klingeln ihres Handys an ihr Ohr. *Orson!* Schnell stieg sie aus der Dusche und wickelte sich in ein Handtuch. Ihre Füße hinterließen nasse Spuren auf den schwarz-weißen Mosaikfliesen. Ein Blick auf das Display sagte ihr: *Unbekannter Teilnehmer ruft an.* Das konnte nicht Orson sein. „Hallo?“

Es blieb still in der Leitung. Der Teilnehmer räusperte sich.

„Wer ist denn da?“

„Sarah Peters?“

„Ja. Wer spricht denn?“ Die Stimme kam ihr vertraut vor.

„Aleandro Dimillo.“

„Aleandro?“ Der Ausruf war ein lautes Flüstern. Überraschung, Neugier, Angst. Sarah fühlte all dies in einer Sekunde. „Was wollen Sie von mir?“

„Hören Sie mir zu. Ich habe Ihre Freundin nicht getötet!“

„Es deutet aber vieles darauf hin“, flüsterte Sarah ins Telefon.

„Geben Sie mir die Chance Ihnen einiges zu erklären.“

„Dann fangen wir doch mal mit dem Blut an!“

„Welches Blut?“

„Blutspuren am Pullover, den Sie am Abend des Mordes getragen haben.“

„Das kann nicht sein.“

„Haben Sie denn nichts davon gewusst?“

„Aber nein!“

„Warum sind Sie denn vor den Polizisten davongelaufen?“

„Ein Reflex. Angst. Was glauben Sie denn? Ich war geschockt von dem Mord an Ihrer Freundin. Die Polizisten waren schon mal da; ich hatte sofort so ein komisches Gefühl, richtige Panik, dass sie mich verhaften würden, obwohl ich unschuldig bin. Deswegen bin ich einfach losgerannt.“

„Stellen Sie sich der Polizei. Wenn Sie unschuldig sind, wird es sich herausstellen.“

„Ich will nicht ins Gefängnis. Allein bei dem Gedanken, mit einem Kriminellen in einer Zelle eingesperrt zu sein, bekomme ich schon klaustrophobische Angstzustände."

„Dann kann ich Ihnen nicht helfen. Wiedersehen."

„Nein!", schrie Aleandro. „Legen Sie nicht auf! Sie sind meine letzte Hoffnung. Nur Sie! Ich muss Ihnen etwas Entscheidendes mitteilen. Dann urteilen Sie selbst."

Sarah fröstelte. Sie ließ das feuchte Tuch auf den Boden gleiten und huschte unter die Bettdecke.

„Bitte!", flehte Aleandro.

„Na gut. Ich höre."

Erleichtert atmete Aleandro auf. „Sie erinnern sich, als ich am Abend der Vernissage die Galerie betrat. Ich war ziemlich betrunken und bin gestürzt."

„Ich erinnere mich sehr gut daran."

„Als ich zu Boden fiel, prallte ich mit der Schulter gegen die Wand, an der das größte von De Lacroix' Bildern hing, die ‚Vue infernale'."

„Ihr Glück, dass es nicht heruntergefallen ist."

„Es wäre nicht viel Schaden entstanden."

„Seien Sie nicht so sarkastisch, Aleandro! Die ‚Vue infernale' ist ein Kunstwerk. Ein unbezahlbares Juwel."

„Wenn es denn echt wäre! Das Bild war eine Fälschung."

„Eine Fälschung?", rief Sarah verblüfft. Dann fasste sie sich wieder. „Sie spinnen!", zischte sie in den Hörer, während sie zur Zimmertür schlich und über den Flur spähte. Er war leer. Niemand hatte sie gehört.

„Ich bin Künstler, Maler. Ich kenne den Geruch von frischer Farbe. Es ist ein Duft, der mich verzaubert, magisch anzieht. Ich habe frische Farbe gerochen."

„Was faseln Sie da? Das ist doch absurd, Aleandro!"

„Absurd vielleicht, aber eine Überlegung wert. Denn es wäre ein guter Grund jemanden umzubringen."

„Da haben Sie sich aber eine schöne Geschichte zurechtgelegt, Aleandro!", sagte Sarah höhnisch.

Aleandro ließ sich nicht beirren. „Vielleicht hat der Tod Ihrer Freundin etwas damit zu tun. Es wäre doch denkbar, dass sie es herausgefunden hatte."

„Das hätte sie mir gesagt."

„Möglicherweise hatte sie die Zeit nicht mehr dazu! Lassen Sie ein Gutachten von der ‚Vue infernale' erstellen, Sarah! Bitte!"

„Gehen Sie mit Ihrem Verdacht zur Polizei, Aleandro. Es wird sich schnell herausstellen, ob Ihre Theorie ein Fundament hat. Die Polizei hat Mittel und Wege ihre Behauptung zu prüfen. Ich kann mich nicht in die Ermittlungen einmischen."

„Ich stelle mich nicht, das können Sie vergessen. Dann hat die Polizei doch ihren Sündenbock. Und wenn die sich so wenig für meine Behauptung interessieren wie Sie, Sarah, na dann, leb wohl, Aleandro Dimillo!"

Während Sarah sich ein frisches Tuch um den Körper wickelte, dachte sie über seine Worte nach.

„Sarah, bitte! Lassen Sie das Gemälde begutachten. Ich flehe Sie an. Sie haben die Möglichkeit dazu", jammerte Aleandro.

„Eben nicht. Ich habe die Bilder nicht mehr."

„Wo sind sie?" In Aleandro erlosch ein Hoffnungsschimmer.

„Die nicht verkauften Gemälde sind wieder an ihrem Bestimmungsort. Auf Beauregard."

„Wurde die ‚Vue infernale' verkauft?"

„Nein. Sie ist hier."

„*Hier*? Was meinen Sie mit *hier*? Sind Sie etwa auf Beauregard?"

„Ja!"

„Gott segne Sie", ächzte Aleandro erleichtert. „Sarah. Ich flehe Sie an. Sie müssen das Gemälde unter die Lupe nehmen."

„Ich bin keine Expertin."

„Aber es gibt einen Spezialisten für Kunstfälschungen. Marc Maunier. Er lebt in Lyon und arbeitet dort sogar für Interpol."

Sarah konnte es nicht fassen. „Ich soll den jetzt wohl herbeordern? Und was sag ich der Comtesse?"

„Am besten kein Wort. Sie steckt vielleicht mit drin."

„*Sie* stecken bis zum Hals in Schwierigkeiten. Da greift man schon nach jedem Strohhalm."

„Hören Sie, Sarah. Ich biete Ihnen einen Deal an. Sehen Sie sich das Gemälde wenigstens an. Sie sind doch selbst Malerin. Vielleicht fällt Ihnen etwas Anormales auf. Wenn ich mich irre, stelle ich mich der Polizei."

„Also, wenn ich das mache, dann muss ich es erst auftreiben. Ich kenne mich im Schloss nicht gut aus."

„Dann suchen Sie danach. Bitte!"

Eines stand fest: Sarahs Neugier war geweckt. Und Aleandro war ihr sympathisch. In ihrem Innersten zweifelte sie nicht erst seit diesem Moment an seiner Schuld.

„Na gut. Senden Sie mir eine SMS mit Ihrer Telefonnummer. Ich muss nachdenken. Ich melde mich, wenn ich einen Plan habe."

„Ich liebe Sie, Sarah!", flüsterte Aleandro erleichtert.

„Langsam, mein Freund. Noch steht überhaupt nichts fest." Sarah beendete das Gespräch. Ein Schauer lief über ihren Körper, während sie wieder zum Badezimmer ging. Ihr war eiskalt. Schnell stieg sie wieder in die Dusche. Das Wasser lief noch. *Eine Fälschung! Warum sollte Aleandro lügen? Was würde ihm eine solche Lüge nützen? Rein gar nichts. Aber was, wenn er recht hat? Die Gemälde wurden permanent überwacht. Obwohl, während des Transports nach Luxemburg hätten sie theoretisch ausgetauscht werden können. In der Galerie war das schon schwieriger gewesen. Jedes Bild war an eine Alarmanlage angeschlossen. Aber auch die hätte man ausschalten können. Wer käme dafür in Frage?* Sarah hatte Angst vor diesen Gedanken. *Die Comtesse … Dantès … Oder waren gar Orson oder Eva in etwas verstrickt gewesen?*

Während ihr das Wasser über den Kopf lief, spürte sie plötzlich einen kalten Luftzug. Im nächsten Moment hielt ihr jemand von hinten den Mund zu. Sarah wollte schreien, aber es gelang ihr nicht. Sie fühlte sich hochgehoben, und als sie aus der Dusche gezogen wurde, sah sie in Orsons Augen. „Spinnst du?", flüsterte sie. „Du hast mich zu Tode erschreckt!!!" Sie wollte ihn wegstoßen, aber er antwortete ihr mit einem leidenschaftlichen Kuss. Seine Hände glitten über ihre nackte, nasse Haut. Sein Verlangen nach ihr war stärker denn je. Sarahs Knie wurden weich.

„Nicht jetzt!", hauchte sie. „Die Comtesse."

Orson machte sich widerwillig von ihr los und wischte sich die Wassertropfen aus dem Gesicht. Seine Kleidung war feucht. Mit Bedauern sah er sie an. „Aufgeschoben ist nicht aufgehoben."

Bevor er das Zimmer verließ, vergewisserte er sich, dass niemand auf dem Flur herumgeisterte.

Sarah streckte sich auf ihrem Bett aus und versuchte ihre Gedanken zu ordnen. *Fälschung! Wer könnte die Finger im Spiel haben? Würde Orson ihr so etwas antun? Hatte er sie von Anfang an benutzt? Benutzte er sie immer noch? Oder hatte die Comtesse in ihrer Verzweiflung, an Geld zu kommen, in illegale Machenschaften eingewilligt? Oder Dantès?* Er war ihr von Anfang an eigenartig vorgekommen. Er passte so wenig hierher und zur Comtesse wie ein Eisbär in die Provence.

Pling. Eine SMS! Sie griff zu ihrem Handy. Aleandro hatte seine Nummer geschickt. Sie rief ihn an.

„Sarah?" Hoffnungsvoller war ihr Name niemals ausgesprochen worden.

„Ich tu's. Ich werde mich heute umhören und versuchen, die Gemälde zu lokalisieren, vor allem die ‚Vue infernale'."

„Das ist großartig. Glauben Sie, es könnte klappen?"

„Wir haben einen Joker: die Japaner."

Aleandro verstand nicht. „Welche Japaner?"

„Japanische Interessenten für die Bilder von De Lacroix. Eigentlich sollten sie in die Galerie nach Luxemburg kommen, aber wegen des …" – Sarah stockte – „ ...Mordes wurde umdisponiert. Morgen kommen sie ins Schloss. Dann müssen die Bilder irgendwo aufgestellt werden. Das wäre meine Chance."

„Wie kann ich Ihnen danken, Sarah?"

Es klopfte an der Tür. „Ich muss auflegen", flüsterte Sarah. „Melde mich." Schnell verbarg sie ihr Handy unterm Kopfkissen.

„Lady Sarah, das Abendessen ist bereit", informierte Orson sie ganz *butlerlike*.

„Fünf Minuten, Orson. Vielen Dank."

Die Comtesse und Luc Dantès standen neben der Vitrine, in der die Ritterausrüstung von Comte Celin De Lacroix an kämpferische Zeiten erinnerte. Luc begrüßte Sarah freundlich: „Haben Sie sich etwas von Ihrem Schock erholt?“, fragte er.

„Gesundheitlich geht es mir besser, wenn Sie das meinen, Herr Dantès.“

„Für das andere gibt es leider keine tröstenden Worte. Nur die Zeit kann Wunden heilen.“

Sarah war verwundert über so viel Einfühlsamkeit seitens Dantès’.

„Ich wollte Sie heute Nachmittag nicht gleich belästigen“, mischte die Comtesse sich ein. „Wie laufen die Ermittlungen?“

„Die Polizei tappt im Dunkeln“, meinte Sarah lakonisch. Sie wollte Aleandro nicht beschuldigen, bis sie seinen Verdacht aus der Welt geräumt hatte oder aber seine Schuld bewiesen war.

„Sie Arme!“ Die Comtesse führte sie zu ihrem Stuhl. „Das ist keine einfache Situation.“

„Verdächtigt die Polizei Sie denn nicht?“, fragte Dantès mit Unschuldsmiene.

„Luc!“, entfuhr es der Comtesse. „Sarah hat doch genug Sorgen!“

„Jeder, der an dem Abend auf der Vernissage war, ist verdächtig, jeder!“

Die Bemerkung verfehlte ihre Wirkung nicht. Luc wurde wie ein zurechtgewiesener Schuljunge rot bis hinter die Ohren.

„Mein Angebot steht. Bleiben Sie ein paar Tage auf Beauregard, Sarah. Sie werden sehen, nachher fühlen Sie sich wie neugeboren.“

„Ich glaube, ich werde Ihren Vorschlag tatsächlich annehmen. Zwei oder drei Tage kann die Galerie noch geschlossen bleiben.

Ich habe meinen Laptop dabei, ich kann von hier aus arbeiten, meine E-Mails beantworten und die anstehenden Ausstellungen organisieren."

„Na sehen Sie. Ich bin sicher, dass Ihnen einige Tage in anderer Umgebung guttun werden."

Orson trat ins Zimmer. Der Kontrast zwischen Freizeitkleidung und dem schwarzen, strengen Anzug war verblüffend. Er servierte eine leichte Tomatensuppe, die nach Zwiebeln, Lorbeerblättern und Gewürznelken duftete.

Luc Dantès führte einen Löffel Suppe zum Mund. „Sind alle Bilder unversehrt?"

„Es ist alles in Ordnung."

„Ich nehme an, die Gemälde haben wieder ihren alten Platz eingenommen?"

„Noch nicht. Ich habe sie erst mal ins Atelier abstellen lassen. Wenn du möchtest, kannst du dich darum kümmern, Luc."

„Natürlich. Gleich nach dem Essen, *chérie*."

Scheinbar teilnahmslos speicherte Sarah jedes Detail des Wortwechsels.

„Die Suppe ist köstlich!", murmelte Dantès.

„Oh ja, sehr!", lobte auch Sarah. Lieber hätte sie mehr über die Gemälde erfahren, aber das Thema war nun abgehakt.

„Régine ist eine Spitzenkraft. Sie war Köchin beim französischen Präsidenten in Paris, bevor sie zu mir kam. Hatte keine Lust mehr auf diese Schickimicki-Gesellschaft. Aber ich weiß nicht, ob ich sie mir ewig leisten kann."

„Wenn die Japaner morgen einige Gemälde erwerben, sind Sie doch finanziell aus dem Gröbsten raus."

„Es sieht schon nicht schlecht aus, aber zwei oder drei Gemälde müssten es schon sein."

„Du kennst doch die Japaner, *chérie*. Die arbeiten Tag und Nacht und haben zehn Tage Urlaub im Jahr. Dann fahren sie nach Europa, fotografieren alles, was ihnen vor die Linse kommt, und kaufen, bis das Portemonnaie leer ist. Du darfst sie einfach nicht ziehen lassen, bevor sie gekauft haben."

„Sie können niemanden zwingen." Sarah tupfte sich mit der Serviette die Mundwinkel.

„Aber nachhelfen kann man. Eine *dégustation* in den Privatkellern des Schlosses lockert die Stimmung und öffnet die Geldbeutel."

„Luc! Also auf die Art und Weise möchte ich Papas Bilder nicht verkaufen. An betrunkene Japaner. Was stellst du dir vor?"

„Sei still, Louise!"

Erschrocken sah die Comtesse ihren Geliebten an.

„*Pardon, chérie* …" Dantès sprang auf und küsste Louises Hand. „*Excuse-moi.* Es ist die Aufregung. Endlich geht es bergauf mit Beauregard. Und wenn es Beauregard gut geht, brauchst du dich nicht mehr so zu sorgen. Ich denke doch nur daran. Und in den Genuss unseres guten Weines kommt schließlich auch nicht jeder."

Louise hatte sich etwas beruhigt und nickte. Sie streichelte ihm über den Arm. „Du bist so fürsorglich."

Wie kann man nur so naiv sein!, dachte Sarah. *Dieser Dantès ist eine geldgierige Schlange. Das steht fest. Malen kann er anscheinend auch. Gar fälschen? Angenommen, die Japaner kaufen eine seiner Fälschungen und nehmen sie mit nach Japan. Kein Hahn wird jemals wieder danach krähen. Wenn sich die Fälschung einmal als solche herausstellen sollte, wer könnte dann noch beweisen, dass das Gemälde bereits so verkauft wurde? Schlau, schlau!* Aleandros Verdacht nahm Konturen an.

Mittlerweile hatte Orson die Suppenteller entfernt und servierte einen leichten Roséwein aus der Provence zur Hauptspeise. „Hähnchenfilets *à la provençale* mit Spargel."

Dantès wandte sich an Sarah: „Kennen Sie Charles de Gaulles Aussage zu Spargel?"

„Nein."

„Er sagte einmal: ‚Es hat mich nie gestört, dass man mich manchmal mit einem Spargel verglichen hat, denn am Spargel ist der Kopf das Wichtigste'."

Die Comtesse lachte amüsiert.

Angeber!, dachte Sarah.

Orson trat extrem förmlich auf an diesem Abend. Er spulte sein Programm ab wie ein Spinnrad einen gleichmäßigen Faden. Es fiel auch der Comtesse auf.

„Ist etwas nicht in Ordnung, Orson? Sie wirken so … so streng."

„Pardon, *Comtesse*. Das muss die Umstellung sein. Urlaub und dann wieder Arbeit." Ein entschuldigendes, charmantes Lächeln huschte über sein Gesicht. Durch sein Lächeln schnürte sich Sarahs Magen zusammen.

„Wo waren Sie überhaupt in den letzten Tagen, Orson?"

„Ganz in der Nähe", log er, „in Lyon. Habe mit ein paar Jugendfreunden die Gegend unsicher gemacht. Sie entschuldigen mich jetzt, ich hole noch Baguette aus der Küche."

Stimmung wollte an diesem Abend nicht so richtig aufkommen. Sarahs Gedanken schweiften bei jeder Gelegenheit ab zu einer neuen Verschwörungstheorie. Nach dem Kaffee entschuldigte sie sich. „Ich bin ziemlich müde. Es war ein anstrengender Tag."

„Ruhen Sie sich aus, Sarah. Können Sie eigentlich reiten?"

„Als Kind war ich zwei Jahre in der Reitschule."

„Das reicht. Morgen früh reiten wir beide aus. Ich zeige Ihnen etwas vom Charme der Provence."

„Eine gute Idee. Hoffentlich falle ich nicht vom Pferd", scherzte Sarah.

„Ich gebe Ihnen Pommery, eine Trakehner-Stute. Trakehner sind zwar recht eigenwillige Turnierpferde, aber feinfühlige Reiter schätzen ihre Sensibilität." Die Comtesse schmunzelte und strich sich eine Locke aus der Stirn. „Da wir beide ja morgen kein Turnier veranstalten, werden Sie Ihren Spaß mit Pommery haben."

„Danke, *Comtesse*. Gute Nacht. Gute Nacht, Herr Dantès."

„Ich begleite Sie zu Ihrem Zimmer", bot er freundlich an.

„Nicht nötig. Ich muss ja nur über die Galerie auf die andere Seite."

Sarah setzte sich nachdenklich auf ihr Bett. Sie musste in De Lacroix' Atelier. Aber wie? Würde sie den Weg noch finden, nach all den Monaten? Was, wenn Orson kommen und sie nicht in ihrem Zimmer vorfinden würde? Nachdenklich ließ sie sich rücklings aufs Bett fallen und schloss die Augen. Plötzlich hatte sie *die* Idee. Sie kramte nach ihrem Handy und schrieb eine SMS.

Orson. Ich glaube, ich habe eine Magenverstimmung. Bringst du mir einen Tee?

Wenige Minuten später dampfte ein aromatisch duftender Magentee auf ihrem Nachttisch.

„Anis, Fenchel, Kümmel und Kamille. Das wird deinen Magen beruhigen." Orson sah sie liebevoll-besorgt an.

„Ich hoffe", stöhnte Sarah mit wehleidiger Miene. „Ich glaube, ich brauche heute Nacht meine Ruhe."

„Sicher, *my little lady.* Die lange Fahrt und der ganze Stress haben dich geschwächt. Ruhe dich aus heute Nacht. Ich werde dich nicht stören."

„Du bist mir nicht böse?"

„Dummerchen! Natürlich nicht. Falls du etwas brauchst, schreibst du mir eine SMS."

Sarah zog sich die Daunendecke bis zum Kinn und gähnte ausgiebig. „Okay."

Um halb zwölf war es endlich still im Haus. Sarah hatte auf alle Geräusche geachtet und war sich ziemlich sicher, dass jeder in seinem Bett lag und schlief. Vorsichtshalber stopfte sie einige Kissen unter die Bettdecke, damit es aussah, als läge sie darunter, machte das Licht aus und öffnete die Zimmertür.

In einem bequemen Hausanzug und ihren rutschsicheren Strümpfen schlüpfte sie aus dem Zimmer. Sie hasste Pantoffeln. So mancher Besucher hatte schon gelächelt, wenn sie in ihren komischen Strümpfen die Haustür öffnete. *Ist doch was für Kleinkinder!* Dann mochte Sarah gerne ein Kleinkind sein. Heute Abend waren diese Strümpfe jedoch von großem Nutzen. Auch die Reisetaschenlampe war dienlich. Sie war ein Werbegeschenk ihres Versicherungsagenten gewesen. Sie befand sich immer in der Seitentasche ihres Koffers. Lautlos schlich sie über die Galerie, an der „Vom Winde verweht"-Treppe vorbei zu dem Bogen, der in den linken Flügel des Schlosses führte. Rechts vom Bogen stand eine Ritterrüstung, deren Schatten sich gespenstisch im Flur verlief. Jetzt war sie sich wieder sicher, das Zimmer zu finden.

Weiter ging es zum Turmzimmer und zu Antoine De Lacroix' Atelier. Aus einigen Metern Entfernung bemerkte Sarah einen Lichtstrahl hinter der Tür des Ateliers. Merkwürdig! Wer konnte dort sein? Sarah näherte sich der Tür. Sie hörte verhaltene Stimmen. Mindestens zwei. Frau? Mann? Ungewiss. Sie hatte keine Zeit es herauszufinden, denn plötzlich bewegte sich der Türknauf. Verzweifelt suchte Sarah einen Schlupfwinkel. Sie huschte behände zurück hinter den Torbogen und presste ihren Körper hinter die Rüstung, die ein kaum hörbares Rasseln von sich gab. Den Schatten, der ihr zum Atelier gefolgt war, bemerkte sie nicht. Die Tür des Ateliers öffnete sich. Es war nun stockdunkel. Kein Lichtstrahl verriet, was vor sich ging, denn das Licht im Inneren des Ateliers war gelöscht worden. Sarahs Herz klopfte wild, während sie wartete. Eine halbe Stunde. Nichts geschah. Ihr Rücken fing an zu schmerzen und ihre Beine kribbelten. Alles blieb still in der unheimlichen Dunkelheit.

Aber es muss doch jemand an mir vorbei! Sie harrte noch etwas aus, bevor sie beschloss ihr Versteck zu verlassen. Vorsichtig kroch sie hinter der Rüstung hervor. Wohin waren diese Leute verschwunden? Es waren mindestens zwei gewesen. Behutsam rüttelte sie an der Tür. Verschlossen! Was hatte sie erwartet? Hineinzuspazieren, die ‚Vue infernale' als Fälschung zu identifizieren, und alles wäre gut? Das wäre zu schön gewesen. So einfach ist das wirkliche Leben eher selten. Sie beschloss, ihr Glück noch in der Mansardengalerie De Lacroix' zu versuchen. Sie stieg die steile Treppe nach oben. Dabei stieß sie sich einen Zeh am Schaukelstuhl, auf dem die Comtesse gesessen hatte, als sie das erste Mal mit Eva hier oben gewesen waren. Das war der Nachteil, wenn man ohne festes Schuhwerk unterwegs war. Sie unterdrückte einen Schmerzlaut und biss sich auf die Unterlippe. Einen Augenblick lauschte sie. Aber auch hier fand sie nichts als Dunkelheit und Leere. *Haben die sich denn in Luft aufgelöst? Mist! So einfach, wie ich mir das vorgestellt hatte, läuft das nicht. Ich brauche einen richtigen Plan.* Unverrichteter Dinge kehrte sie in ihr Zimmer zurück, vorbei an der Ritterrüstung und an dem Schatten, der ihr gefolgt war. Sie musste den nächsten Tag abwarten. Wenn die Japaner im Schloss wären, ergäbe sich sicher eine Möglichkeit, die Gemälde zu begutachten.

Der Schatten blieb ihr auf den Fersen, bis die Zimmertür ins Schloss fiel. *Was wollte diese Frau tatsächlich auf Beauregard? War sie eine Diebin, Spionin oder gar Mörderin?*

Sarah war aufgewühlt und irritiert, als sie sich in ihr Bett legte. *Was wird hier gespielt? Gefälschte Gemälde, Menschen, die verschwinden, Orson, Luc Dantès.* Irgendwann nahm die Erschöpfung überhand und sie fiel in einen unruhigen Schlaf mit wirren Träumen.

*

Kommissar Tom Becker war wütend. Hätten diese Idioten in Grevenmacher Dimillo nicht entwischen lassen, hätte er seinen Mörder. Das Blut an Aleandro Dimillos Pullover stammte eindeutig von Eva May. Eine dringende E-Mail aus dem Büro hatte ihn an diesem Sontagmorgen darüber informiert.

Außerdem war er schlecht gelaunt, weil er vor zwei Wochen einen Hometrainer bestellt hatte und die Lieferbestätigung immer noch auf sich warten ließ. Zu allem Übel schneite es auch noch. Die Krönung war der Inhalt seines Kühlschrankes: Magerjoghurt, Magermilch, Ananas, Äpfel! Tom wollte Schokolade, ein Brot mit guter Butter und Schinken! Wütend knallte er die Tür zu und holte die Müslischachtel aus dem Schrank.

Aleandro Dimillo. Wo bist du? Wenn jemand so unverhofft von einem Ereignis überrollt wird, wo zum Teufel geht er hin? Ohne Kleidung, ohne Geld? Tom schüttete das Müsli in eine Schale und sah mit Bedauern auf den Zuckertopf. Aus dem Kühlschrank entnahm er fettarme Milch und goss sie über das Müsli. Er kreuzte seine Arme, legte sie auf die Tischkante und während er zusah, wie das Müsli quoll, dachte er weiter nach.

Seit dem Tag seines Verschwindens war keine Bewegung auf Aleandros Konten zu verzeichnen gewesen, kein Geschäft per Kreditkarte abgewickelt worden und kein Telefonat mit seinem Handy geführt worden. Etwas stand fest: Aleandro hatte einen Komplizen. Jemanden, der ihn bedingungslos unterstützte. Einen Freund? Diesen Gabriel!

Es war zwar Sonntag, aber da Tom sowieso nichts Besseres vorhatte, beschloss er dem Altbuchhändler noch einmal einen Besuch abzustatten. Es konnte sogar sein, dass der Laden am Nachmittag wie viele andere Antiquariate ganz offiziell geöffnet hatte. Tom schaltete seinen Computer ein. Dort, wo der normale Mensch eine eingebaute Mikrowelle hatte, war ein Computer integriert. Er hatte ein Vermögen gekostet, aber er war es wert. Seine Ex-Freundin Catherine war nie damit einverstanden gewesen, dass Tom so viel Geld für Technik ausgab. In seiner Wohnung reagierten alle Lichtschalter auf sein Händeklatschen, die Stereoanlage und der Fernseher funktionierten per Stimmerkennung, die gläsernen Türen öffneten sich über Sensor, wenn jemand auf einen Meter an sie herantrat. Sesam öffne dich! Tom hatte aber auch noch einige andere Spielereien eingebaut. Manche fanden es albern, andere genial. Zum Beispiel das Gästeklo. Wer vergaß die Spülung zu bedienen, wurde zehn Sekunden, nachdem der Körperkontakt mit der Klobrille abgebrochen war, dazu ermahnt. Nach fünfzehn Sekunden lief klares Wasser aus dem Wasserhahn und eine Stimme forderte den Benutzer auf, sich die Hände zu waschen. Stehpinkler allerdings waren mangels Körperkontakt zur Klobrille von hygienischen Zwängen befreit. Catherine hatte sich immer strikt geweigert, die Gästetoilette zu benutzen. Sie meinte, es sei eine Einschränkung der persönlichen Freiheit.

Gabriels Internetseite informierte Tom darüber, dass das Antiquariat sonntags von 14-18 Uhr geöffnet hatte. Da kam ihm eine Idee! Drei Mausklicks, und schon ertönte ein Klingelzeichen über die Lautsprecher.

„Hallo." Der Klang ihrer Stimme über das Allround-System der Lautsprechanlage ließ Toms Adrenalinspiegel steigen. Zwei Monate hatten sie nichts voneinander gehört. Catherine und Tom hatten sich im Guten getrennt. Das Schlimme an der Trennung war, dass sie noch etwas füreinander empfanden, aber einfach nicht miteinander auskamen. Die Interessen waren zu unterschiedlich. Sie hatte Toms Besessenheit und den Polizeidienst gehasst. Sie hatte ihren Job als Polizeipsychologin aufgegeben und sich mit einer eigenen Praxis selbstständig gemacht.

„Catherine, ich bin's. Tom. Wie geht's dir so?"

„Gut. Aber bitte, nimm den Hörer in die Hand, oder ich lege sofort auf."

Das ist meine Catherine! Fix schaltete er auf manuell um und griff zum mobilen Hörer. „Hey. Hast du schon was vor heute Nachmittag?"

„Zufälligerweise nein."

„Darf ich dich zu einem Antiquariatsbesuch einladen?"

„Einem was?"

„Eine Altbuchhandlung, Catherine."

„Ich weiß, was ein Antiquariat ist, Tom. Aber ich habe mich sicher verhört, oder du bist krank."

„Nein, überhaupt nicht. Ich dachte mir, weil du so gerne liest …"

Catherine war mehr als erstaunt. Hätte er sie auf eine Computerfachmesse oder gar zum Elektriker eingeladen, wäre das verständlicher gewesen.

„Ich bin dabei. Aber dann lad' ich dich anschließend auf eine Pizza ein!"

Mmhhh! Eine Pizza Frutti di Mare mit Knoblauch und pikantem Öl. Tom sah sie schon vor seinem inneren Auge. Das Wasser lief ihm im Mund zusammen. Er seufzte innerlich, als er sich von dem Bild verabschiedete. „Mal sehen. Habe ziemliche Magenprobleme in letzter Zeit."

„Oh. Du bist doch nicht ernsthaft krank, Tomi?"

Tomi. Das war Musik in Toms Ohren. „Nee. Das vergeht wieder."

„Warst du beim Arzt?"

„Ich liege nicht im Sterben, Catherine." Tom lachte fröhlich. Es gefiel ihm, dass sie sich Sorgen machte. „Ich hol dich ab. Sagen wir vierzehn Uhr?"

„Ich warte am Portal auf dich."

Catherine stieg in den Wagen und drückte Tom einen Kuss auf die Wange. Er sog den Duft ihres Parfüms in sich auf. Es war immer noch das gleiche und es war immer noch betörend. Tom hatte sich nach der Trennung ein Flacon davon gekauft und abends das Kopfkissen damit besprüht. Schnell hatte er gespürt, dass der Duft keinen Trost spendete, sondern Catherines Abwesenheit nur noch schmerzhafter machte. Das volle Fläschchen verteilte seinen Duft mittlerweile auf einer Müllhalde.

„Hey, Tomi! Hast dir ein Bäuchlein zugelegt!"

Tom verkniff sich eine bissige Bemerkung. Dabei war er schon wesentlich schlanker als zwei Wochen zuvor.

„Steht dir gut!"

Zweifelnd sah er Catherine an. Wollte sie ihn auf den Arm nehmen?

„Ehrlich!"

Aus diesem Blickwinkel hatte Tom seinen Bauchansatz noch nicht gesehen. Seine gute Laune stieg. Er konnte die Pizza Frutti di Mare förmlich riechen.

Die Fahrt war angenehm, fast idyllisch. Die Straßen waren frei, die Landschaft lag unter einer dünnen Schneedecke. Feine Flocken rieselten vom Himmel herab. Bei Tageslicht machte Gabriels Haus einen komplett anderen Eindruck als damals nachts. Die helle Backsteinfassade war höchstwahrscheinlich erst kürzlich renoviert worden. Die zweifellos neuen Holzsprossenfenster vermittelten einen behaglichen Eindruck. Passend für ein Antiquariat. *Bestimmt hatten die nostalgischen Sprossenfenster auch moderne Sicherheitsschlösser zum zusätzlichen Schutz vor Einbrüchen in dieser einsamen Gegend*, dachte Tom. Als Polizist aus Leidenschaft war er immer im Dienst. Er hatte tatsächlich ein fantastisches Gespür für Sicherheitsmängel an Gebäuden und war bekannt dafür, dass es so schnell kein Schlupfloch für einen Dieb gab, wenn er einmal in Toms Revier in die Falle getappt war. Bei seinen ersten Einsatzleitungen postierten sich junge Kollegen kopfschüttelnd an Stellen, wo sie ziemlich sicher waren, dass der Kriminelle niemals auftauchen würde. Tom Beckers Logik, Aufmerksamkeit und Kombinationsgabe strafte sie jedoch Lügen.

Der Name „Antiquariat Gabriel" war kunstvoll in goldenen Lettern in eine Holzplatte gebrannt. Auf dem großzügig angelegten Parkplatz neben dem Haus parkten trotz des schlechten Wetters verhältnismäßig viele Autos.

„Mit so einem Parkplatz können fünf Läden zusammen in der Hauptstadt nicht aufwarten.“ Catherine war beeindruckt.

„Deshalb haben die andere Vorteile, die mit einem guten Parkplatz nicht aufzuwiegen sind.“

„Ich wusste gar nicht, dass hier ein Antiquariat ist.“

„Außer dem Schild über der Tür deutet ja auch nichts darauf hin. Außerdem kommt man hier ja auch nicht unbedingt vorbei, wenn man es nicht kennt.“

„Scheint aber trotzdem bekannt zu sein. Der Parkplatz ist ziemlich belegt.“

Im Laden befanden sich mindestens ein Dutzend Leute. Alle stöberten an irgendwelchen Regalen in irgendwelchen Büchern. Sanfte Klaviermusik lief im Hintergrund. Catherine stürzte sich verzückt auf ein freies Regal und wurde sofort fündig.

„Sieh nur, Tomi!“ Ihre Wangen glühten. „Novalis. Tagebücher, 1787-1801.“

Der bekannte Dichter war auch ein bedeutender Philosoph gewesen. Catherine hatte einige seiner Werke während ihres Studiums gelesen und war fasziniert von ihm. Während sie sich in das Buch vertiefte, schlich Tom wie ein Kater auf der Jagd durch das Antiquariat. Er spähte die Treppe nach oben, wie die Katze beim Anpirschen ihrer Beute. Hier und da klopfte er unauffällig an die Seitenwand eines Bücherschrankes, eigentlich der Moment, wo die Katze zum Sprung ansetzt. Toms Problem: Es gab keine Beute. Von Gabriel keine Spur, von Aleandro selbstverständlich auch nicht. Eine Frau kümmerte sich um die Kunden.

Tom umrundete die verschiedenen antiken Schreibpulte und blieb genau vor dem stehen, in dem Aleandro versteckt gewesen war.

„Herr Kommissar! Was verschafft mir die Ehre?“

Gabriel! Tom erschrak. Catherine durfte nicht erfahren, dass er Gabriel kannte, jedenfalls nicht in Zusammenhang mit dem Mord. Sie würde ausrasten, wenn sie den wahren Grund der Einladung erfahren würde.

„Oh, hallo“, murmelte er. „Nennen Sie mich nicht Kommissar. Es ist doch Sonntag“, nuschelte er verlegen.

Verständnislos schüttelte Gabriel ihm die Hand. Er wirkte nervös. „Sie sind nicht beruflich hier?“

„Keineswegs.“

„Sie möchten mich nicht weiter nach Aleandro aushorchen?“

„Aushorchen?“ Catherine war zu ihnen getreten.

Verdammt! „Das ist der Besitzer des Ladens“, stellte er Gabriel vor. „Catherine. Eine Freundin.“

„Sie wären sowieso umsonst gekommen, wenn es wieder wegen Aleandro gewesen wäre. Seit neulich abends hat sich nichts an der Ihnen bekannten Situation geändert.“

Tom kam sich tapsig und unbeholfen vor.

Catherines Blick bedeutete nichts Gutes. Sie drehte sich um und verschwand hinter einem Bücherregal.

„Habe wohl was Falsches gesagt.“ Gabriel hob entschuldigend die Schultern.

Tom hatte sich wieder gefangen. „Halb so schlimm“, log er. „Dimillo hat sich also nicht gemeldet.“

„Der ist untergetaucht, aber nicht bei mir. Das können Sie mir glauben, Herr Kommissar! Denken Sie etwa, dass der bei Ihrer groß aufgezogenen Fahndung und seinem Bild in allen Tageszeitungen bei mir aufkreuzt?“

„Irgendwo muss er ja hin. Warum nicht zu seinem Freund? Und Sie sind doch Freunde.“

„Vergessen Sie es, Herr Kommissar. Suchen Sie woanders!"

Unter normalen Umständen hätte Tom nicht lockergelassen, aber Catherine war ihm jetzt wichtiger. So bemerkte er auch nicht, wie Gabriel seiner Partnerin etwas zuflüsterte und das Antiquariat verließ.

Er fand Catherine hinter dem Bücherregal. Sie schäumte. „Du hast mich ausgenutzt. Von wegen, ‚ich führe dich aus in ein Antiquariat'! Ich hatte schon fast geglaubt, *ich* wäre dir wichtig gewesen."

„Catherine, es ist nicht so ..."

„Es *ist* so, Tom Becker!" Wenn Catherine *Tom Becker* sagte, brodelte es gehörig in der Hexenküche. „Du hast mich benutzt, um hier herumzuschnüffeln."

Tom senkte den Kopf. Es hatte keinen Sinn zu lügen. Sie war nicht nur Psychologin, sie kannte ihn in- und auswendig.

„Du hast ja Recht. Trotzdem musst du mir glauben, dass ich nur mit dir hier sein wollte. Catherine, bitte. Du hast mich lange genug leiden lassen, komm zu mir zurück!"

„Du bist ein naiver Kindskopf, Tom! Ich mag dich, ich mag dich sogar sehr. Aber unter diesen Umständen kann ich doch nicht zu dir zurück! Du belügst und benutzt mich und wir streiten schon, bevor es überhaupt dazu kommen könnte."

Im gleichen Augenblick hörte Tom ein Motorrad. Er spitzte die Ohren.

„Was ist?", fragte Catherine besorgt. Sie fürchtete, dass sie mit ihrer Szene übertrieben hatte.

Das Motorrad drehte auf und entfernte sich. Tom rannte nach draußen. Er konnte das Nummernschild nicht mehr erkennen. Rot. Es war ein rotes Motorrad. Und dann sah er die Fußspuren im frisch gefallenen Schnee. Viele Trittspuren an einer Stelle, dann zwei, die zur Radspur des Motorrades führten, und zwei Spuren hinters Haus. Tom folgte ihnen. Er dachte, dass sie zu einer Hintertür ins Haus führten. Aber sie führten in den Wald. Je mehr er vordrang, umso dünner wurde die Schneedecke.

Hinter einem Holzstapel hörte Gabriel ihn näher kommen. Vielleicht fünf Meter noch. Vier … drei … „Verdammt!", hörte er Tom zu sich selbst sagen. Er hatte die Spur verloren. Er rammte seinen Fuß gegen einen Baumstamm und schrie seinen Frust in den Wald hinein, bevor er zurück zum Antiquariat ging. Währenddessen harrte Gabriel zitternd vor Kälte und Aufregung hinter dem Holzstapel aus, ohne Tom aus den Augen zu lassen. Sobald er weit genug entfernt war, schlich er ihm wachsam hinterher.

Tom polterte zurück in das Geschäft, knallte die Holztür zu, dass die Wände wackelten, und stapfte direkt auf die Angestellte zu. „Wo ist er?"

„Wer?" Die Angestellte sah ihn ängstlich an.

„Gabriel."

„Sie meinen Herrn Gabriel?"

„Gabriel, Herr Gabriel. Ja, HERR GABRIEL!" Wenn Tom Gabriels Nachnamen bisher noch nicht gekannt hatte, dann tat er es jetzt.

„Ich nehme an, oben. Aber da dürfen Sie nicht …"

Tom machte eine wegwerfende Handbewegung und lief nach oben. Seine nassen Sohlen hinterließen Spuren auf der schönen Holztreppe. Gabriel stand locker am Kühlschrank und hielt ein Bier in der linken Hand.

„Wo waren Sie die letzten zehn Minuten?"

„Hier."

„Zeigen Sie mir Ihre Schuhe, sofort."

Sie waren trocken. „Ich verdächtige Sie, soeben Aleandro Dimillo zur Flucht verholfen zu haben. Das berechtigt mich das Zimmer zu durchsuchen.“

Gabriel nahm gelassen einen Schluck Bier. „Bin mir zwar nicht sicher, ob Sie wirklich dazu berechtigt sind! Aber bitte. Tun Sie sich keinen Zwang an.“

Er beobachtete interessiert, wie Tom die verschiedenen gut versteckten Stauräume seiner Wohnung problemlos aufdeckte. „Sie haben eine gute Spürnase, Herr Kommissar. Trotzdem: Sie werden nicht finden, wonach Sie suchen.“

So war es auch. Tom entdeckte weder nasse Schuhe noch ein Indiz für Gabriels Schuld oder sonst einen Hinweis auf Aleandro Dimillo.

„Sie haben sich verrannt, Herr Kommissar. Ich habe nichts mit der Sache zu tun.“

„Na gut“, meinte Tom einlenkend. „Dann irre ich mich eben dieses Mal.“ Er reichte Gabriel zum Abschied versöhnlich die Hand.

„Nichts für ungut, Herr Kommissar.“ Gabriel langte kräftig zu, zog seine Hand dann aber erschrocken zurück. Sie war eiskalt!

Tom war dies nicht entgangen. Er musterte Gabriel höhnisch. „Wir sehen uns wieder, Herr Gabriel. Sehr bald!“

Als Tom unten im Antiquariat ankam, war Catherine verschwunden. Er wandte sich an die Angestellte.

„Wo ist die Frau, mit der ich gekommen bin?“

„Sie ist soeben mit einem Taxi weggefahren.“

Mit nach vorn gebeugten Schultern schritt Tom zu seinem Wagen. Er hatte mal wieder Mist gebaut und fragte sich, ob Catherine ihm diesen Fauxpas jemals verzeihen würde.

*

Louise de Lacroix und Sarah standen zusammen mit Orson an der Box, in der das bereits gesattelte Pferd schnaufte.

„Pommery ist etwas unruhig heute", meinte der Stallbursche.

„Sie freut sich sicher auf den Ausritt", erwiderte die Comtesse.

Sarah streichelte der schwarz-braunen Stute über den Kopf. Sie wich erschrocken zurück, als diese wieherte und mit den Hinterhufen gegen die Boxenwand schlug.

„Hoho", beruhigte Orson das Pferd. „Sie war lange nicht mehr gesattelt." Er half der Comtesse und anschließend Sarah in den Sattel. „Ich wünsche einen angenehmen Ausritt."

„Danke, Orson. Kümmern Sie sich bitte um ein leichtes Mahl, so gegen zwölf Uhr. Um vierzehn Uhr erwarten wir die Japaner. Dann müssen wir bereit sein."

„Sehr wohl, *Comtesse*."

Die Pferde trotteten davon. Eine leichte Brise versprühte fremdartige Düfte. Sarah sog das Aroma in sich hinein.

„Ich liebe meine Heimat", schwärmte die Comtesse. „Ihr kleines Luxemburg hat es mir zwar auch angetan, aber die Provence … Ich könnte niemals weg von hier."

„Ich würde Luxemburg aus einem einzigen Grund verlassen, *Comtesse*. Das Wetter!"

„So schlecht?"

„Unbeständig. Unvorhersehbar. Weder Sommer noch Winter, weder Frühjahr noch Herbst. Eine Freundin hat mir heute früh eine SMS geschickt. Es schneit!"

„Sehen Sie. Ein Grund mehr, einige Tage hierzubleiben. Haben Sie eigentlich gut geschlafen im blauen Zimmer?"

„Sehr gut."

„Dann liegt es wohl an Ihren Sorgen, dass Sie so blass sind. Sie haben dunkle Ringe unter den Augen."

Pommery schnaubte und warf den Kopf in den Nacken. Sarah straffte die Zügel und tätschelte den Hals des Pferdes.

„Die Anreise, Eva, die Galerie … Ich muss über so vieles nachdenken."

„Das verstehe ich. Auf Beauregard werden Sie abschalten. Wenn Sie einen Wunsch haben, sagen Sie es mir, oder besser noch, Orson. Er macht das Unmögliche möglich."

Sarah witterte die Gelegenheit, etwas mehr über ihr Verhältnis zu Orson zu erfahren. „Er würde sicher alles für Sie tun."

„Er ist ehrlich und zuverlässig. Seit er auf Beauregard ist, weht ein frischer Wind."

Sarah überkam eine Welle der Eifersucht. „Ich hatte den Eindruck, er sei ewig hier."

„Oh nein. Mein vorheriger Dienstbote hat vor einigen Monaten gekündigt und mir Orson vermittelt. Ich war alles andere als entzückt, als William ging, aber ich muss sagen, ich merke keinen Unterschied. Es war ein fließender Übergang und Orson ist sehr, sehr bemüht um mein Wohlbefinden."

„Das gefällt Herrn Dantès wohl nicht so gut."

Die Comtesse lächelte verschmitzt. „Er ist tatsächlich sehr eifersüchtig."

Vor ihnen öffnete sich eine weite Flur mit riesigen Feldern, auf denen der Lavendel in langen Reihen angepflanzt war.

„Sie müssen uns unbedingt im Juni besuchen. Ab Mitte Juni stehen die violetten Blumen des Lavendelstrauches in voller Blüte. Eine Traumlandschaft, das kann ich Ihnen garantieren!"

Plötzlich, wie aus heiterem Himmel, warf Pommery die Vorderhufe in wilden Bewegungen nach oben. „Hoho ...!" Sarah bemühte sich, dem scheuenden Pferd Paroli zu bieten. Aber zwei Jahre Reitunterricht genügten nicht, um das nervöse Tier zu beruhigen. Nach einem weiteren Aufbäumen konnte sich Sarah nicht mehr halten und stürzte aus dem Sattel. Ein Fuß verhedderte sich im Bügel. Sarah schrie vor Angst und Schmerz. Pommery galoppierte laut wiehernd los und schleifte sie mit sich. *Jetzt werde ich sterben!*, durchfuhr es Sarah, bevor sie bewusstlos wurde.

Die Comtesse brauchte nur einige Sekunden, um aus ihrer Schreckstarre zu erwachen. Sie gab ihrem Pferd die Sporen und preschte an Pommery heran. Immer wieder rief sie : « ... *Arrête, Pommery, arrête-toi, Pommery, calme, calme!* » Dann endlich holte sie das Pferd ein und griff beherzt nach den Zügeln.

Pommery blieb stehen und schnaubte wild. Die Comtesse sprang vom Pferd, band die stampfende Pommery an eine Zeder und beugte sich zu Sarah, die langsam wieder zu Bewusstsein kam. Aus unzähligen Schrammen und Schürfwunden sickerte Blut.

„Das war knapp." Die Comtesse entfernte sanft Erde aus Sarahs Gesicht. „Haben Sie Schmerzen?"

„Mein Fuß! Ich glaube, er ist gebrochen."

„Bleiben Sie ganz ruhig, ich rufe Hilfe!", sagte die Comtesse mit beruhigender Stimme und griff zu ihrem Mobiltelefon. Sie rief Orson an und erklärte ihm, was geschehen war.

„Bewegen Sie sie nicht, *Comtesse*, ich bin gleich dort."

Die Minuten kamen der Comtesse wie eine Ewigkeit vor. Sie kniete neben Sarah und hielt ihren Kopf in ihrem Schoß. Dabei streichelte sie beruhigend über Sarahs Haar. Endlich kamen der Stallbursche und Orson angeritten.

„Ich weiß nicht, was mit ihr los war. Pommery ist doch sonst nicht so.“

Mit zur Schau gestellter Gleichgültigkeit kümmerte Orson sich um Sarah. Das passte ihr überhaupt nicht. Kein Anzeichen von Mitgefühl oder Besorgnis. Wenigstens jetzt hätte er sich zu ihr bekennen können. Er begutachtete ihren Fuß fachmännisch. „Sieht nicht nach einer Fraktur aus“, meinte er kurzerhand. Nachdem er sich vergewissert hatte, dass ihr sonst nichts fehlte, hob er sie vorsichtig auf sein Pferd.

„Sind Sie jetzt auch noch Arzt?“, bemerkte Sarah spitz.

„Natürlich nicht, Lady Sarah“, antwortete er gelassen. „Ein qualifizierter Arzt ist angefordert.“

Louise wandte sich an den Burschen. „Olivier! Kümmern Sie sich um Pommery. Beobachten Sie sie ganz genau in den nächsten vierundzwanzig Stunden. Dann will ich einen ausführlichen Bericht über ihr Verhaltensmuster.“ Traurig fügte sie hinzu: „Dieser Vorfall kann nicht ohne Konsequenzen bleiben.“

Der Stallbursche nickte. „Natürlich, *Comtesse*.“

Am Schloss angelangt, hob Orson Sarah vom Pferd und trug sie die Eingangstreppe hoch. Zum gegebenen Zeitpunkt wäre das ja äußerst romantisch gewesen, aber Sarah war ziemlich angeschlagen. „Lass mich runter!“, zischte sie.

Orson ließ sie sanft auf die Füße gleiten und Sarah humpelte ins Schloss. Sie fühlte sich schwach und zitterte wie Espenlaub.

„Orson sollte Sie in Ihr Zimmer tragen, Sarah! Sie kippen ja fast von den Beinen.“

„Geht schon, *Comtesse*.“

Louise nahm ihren Arm und stützte sie. „Sie sind hart im Nehmen, meine Liebe, aber manchmal darf man auch schwach sein."

Sarah lächelte die Comtesse an. „Sie haben ja recht."

„Ich werde Ihnen ein Bad einlassen, Lady Sarah. Dann schlafen Sie ein wenig und heute Nachmittag sieht der Arzt nach Ihnen."

„Ich brauche keinen Arzt!", meinte Sarah störrisch.

„Das entscheide ich!", flüsterte Orson bestimmt. Sein Ton erlaubte keine Widerrede.

Bei Sarah meldete sich das schlechte Gewissen. *Treib es nicht zu weit!*, sagte ihr eine innere Stimme. Sie lächelte Orson versöhnlich an. „Na gut! Ein Bad, achtunddreißig Grad warm, mit Lavendelbadesalz und sanfter Musik. Bitte sehr!"

„Sofort, Lady Sarah!"

Erst vor der Zimmertür ließ die Comtesse ihren Arm los. „Ich ziehe mich erst mal um und sehe später nach Ihnen. Klingeln Sie nach Orson, wenn Sie etwas brauchen."

Sarah konnte sich ein verliebtes Lächeln nicht verkneifen, als sie in das lila Badewasser glitt. Im ersten Augenblick brannten ihre Schürfwunden leicht. Es duftete nach Lavendel. In einer weißen Porzellanschale glitzerte weiteres Lavendelbadesalz. Aus einem CD-Player erklang Mozart. Eine Arie aus der „Zauberflöte". Sarah liebte Mozart. Orson musste die Plattensammlung in ihrer Wohnung gesehen haben. Entspannt genoss sie die Ruhe und wurde sich jetzt erst bewusst, wie viel Glück sie bei ihrem Sturz vom Pferd gehabt hatte. Zu den Klängen der „Kleinen Nachtmusik" wäre sie fast eingedöst. Bevor sie Gefahr lief auch noch zu ertrinken, entschied sie sich, das gemütliche Badewasser gegen die mollig warme Bettdecke einzutauschen. In ihrem Fuß pochte es leicht, der Sturz war wirklich glimpflich verlaufen. Sie hopste auf einem Bein zum Bett, schlüpfte in ein T-Shirt und glitt unter die

Bettdecke. Noch bevor sie ihre Gedanken weiterführen konnte, war sie eingeschlafen.

Die Japaner fuhren in einem Minibus vor. Orson empfing sie am Tor und führte sie zur Nordseite des Schlosses. Der Ablauf war minutiös organisiert und abgesprochen. Luc Dantès strahlte wie die Sommersonne. Die Comtesse war charmant und an simpler Eleganz nicht zu übertreffen. Sie begrüßte jeden einzelnen der Gäste auf Japanisch, um sie anschließend auf ein Glas Wein des Hauses einzuladen. Es sei ihr Gastgeschenk, betonte sie. So konnten die Gäste das Glas nicht ablehnen. Sie schritt voran in die alten Gewölbe des Schlosses, die als Weinkeller dienten. Orson betrat diesen zum ersten Mal, seit er auf Beauregard war. Die Köchin war auch die Kellermeisterin und kümmerte sich höchstpersönlich um den Tafelwein. Orson ließ seinen Blick im Raum umherschweifen und speicherte jedes Detail. Von einer modrigen Holzbank aus beobachtete er das Geschehen. Bei Dantès hatte sich ein ewiges Lächeln ins Gesicht gefräst. Mit Gesten verständigte er sich. Er verbeugte sich hundert Mal. Die Comtesse fühlte sich sichtlich unwohl durch seine übertriebene Gastlichkeit. Dennoch schien es den Japanern zu gefallen. Luc Dantès' Plan ging auf: Die japanischen Gäste kosteten einige der edlen Tropfen, und bevor sie überhaupt die Gemälde zu Gesicht bekamen, hatten sie schon ein stolzes Sümmchen investiert.

„Das Verschiffen wird doch keine Probleme bereiten?", fragte der Dolmetscher.

„Keinesfalls. Ich kümmere mich persönlich darum", antwortete Luc Dantès.

Der Dolmetscher verneigte sich dankend. Luc Dantès verneigte sich zweimal.

Nach der Weinprobe folgten die Gäste der Comtesse fröhlich schnatternd zum Atelier.

„Die Herren können es kaum erwarten, die Werke Ihres erhabenen Vaters in Augenschein zu nehmen. Es ist ihnen eine außerordentliche Ehre!", erklärte der Dolmetscher.

Der Verkauf übertraf alle Erwartungen. Die Geldbeutel saßen locker und jeder der sechs Gäste kaufte ein Bild. Es war mehr, als die Comtesse und Luc Dantès zu hoffen gewagt hatten. Zwei der Herren inspizierten die Gemälde pedantisch mit einer Lupe und redeten intensiv aufeinander ein. Das Gespräch in dieser fremden Sprache wirkte ausgesprochen aggressiv auf europäische Ohren.

„Ein Problem?", fragte Orson den Dolmetscher.

„Nein. Es geht um etwas Fachliches. Die Herren sind Kunstkritiker. Sie streiten immer." Zum ersten Mal lächelte der Dolmetscher.

Obwohl Orson in Gedanken bei Sarah war, hatte er die Truppe nicht eine Sekunde aus den Augen gelassen.

In der Bibliothek wurden die Kaufverträge unterzeichnet, die Versandmodalitäten festgelegt und Vorschussschecks ausgestellt.

„Den Rest erhalten Sie bei der Lieferung", informierte der Übersetzer.

Die Comtesse nickte zufrieden. „In ein paar Wochen hängen die Gemälde an ihren neuen Bestimmungsorten. Ich bin sicher, dass sie dort ebenso verehrt werden, wie ich sie verehrt habe."

Schlaftrunken blinzelte Sarah in die gutmütigen Augen eines älteren Herrn. „Na, mein Fräulein! Noch alles dran?" In seinen Händen hielt er ein Stethoskop.

„Ich glaube schon, Herr Doktor."

„Ich möchte Sie gerne untersuchen, wenn Sie erlauben."

„Natürlich."

„Orson berichtete mir von Ihrem Fuß."

Sarah schlug die Decke zurück. Er war leicht angeschwollen.

„Tut es weh?"

„Ein leichter Schmerz innen drin", sagte sie.

Der Arzt untersuchte den Fuß. „Ich glaube, mit zwei Tagen Ruhe sind wir über den Berg. Auch sonst scheinen Sie fit zu sein. Sind Sie mit dem Kopf aufgeschlagen?"

„Ich bin mir nicht sicher. Ich war kurz ohnmächtig. Mein Rücken tut ziemlich weh!"

„Drehen Sie sich mal um." Der Arzt hob ihr T-Shirt nach oben. „Ein paar blaue Flecken." Seine Finger glitten an ihrer Wirbelsäule hinunter.

„Autsch!"

„Prellungen. Sie hatten Glück, meine Liebe! Es hätte sehr, sehr viel schlimmer enden können. Kann sein, dass es morgen noch etwas mehr schmerzt. Ich verschreibe Ihnen ein Sedativum. Übermorgen sehe ich dann noch einmal nach Ihnen. Bis dahin verordne ich vor allem Ruhe. Schonen Sie Ihren Rücken und Ihren Fuß. Keine Spaziergänge."

„Na wunderbar. Muss ich jetzt im Bett vor mich hinvegetieren?"

„Orson könnte Ihnen einen Liegestuhl im Garten an der Südseite des Schlosses herrichten. Dort dürfen Sie den morgigen Nachmittag verbringen. Ein gutes Buch, ein Vitamindrink, und Sie werden sehen, wie schnell Sie wieder auf den Beinen sind."

Sarah nickte unglücklich. *Immerhin besser, als im Zimmer zu vermodern!* Sie wollte alles, nur nicht im Bett bleiben. „Danke, Doktor."

„Nichts zu danken. *Au revoir*."

Orson und Sarah waren alleine im Zimmer.

„Sind die Japaner schon da?"

„Die sind schon längst weg."

„Was?" Erschrocken richtete Sarah sich auf. „Das kann doch nicht sein!"

„Du hast den Nachmittag verschlafen, Sarah. Es ist neunzehn Uhr!" Orson verstand ihre Aufregung nicht. „Du hast den Schlaf gebraucht. Warum regst du dich so auf?"

Sarah hatte sich schnell wieder gefangen. Das Bad und der Schock waren wohl die Ursache dafür, dass sie so lange und tief geschlafen hatte. Eine wertvolle Chance, die Bilder zu inspizieren, war somit jedoch verspielt. „Ich wäre halt gerne dabei gewesen, als die Japaner da waren. Ich ... egal." Sie schüttelte den Kopf. „Was haben sie denn gekauft?"

„Wein und sechs Gemälde."

„Sechs Gemälde! Was ist mit der ‚Vue infernale'?"

„Nix. Zu groß."

Sarah konnte ihre Freude verbergen, aber die Erleichterung in ihrem Blick entging Orson nicht. Er hatte ein Auge dafür, ein geschultes Auge. *Was führt sie im Schilde?*

Leise klopfte es an der Tür. Es war die Comtesse. Orson setzte seine undurchdringliche Miene auf, nahm die leere Teetasse von Sarahs Nachttisch und stellte sie auf ein Tablett. „Sonst noch etwas, Lady Sarah?"

„Vielleicht etwas Wasser.“

„Sehr gerne.“

„Das tut mir alles so leid, Sarah.“ Die Comtesse trat heran und ergriff ihre Hand. Ehrliche Anteilnahme spiegelte sich in ihrem Gesicht. „Der Arzt hat mir die Folgen des Sturzes geschildert. Sie bleiben natürlich auf Beauregard, bis Sie wieder ganz gesund sind.“

„Ach, *Comtesse*.“

„Keine Widerrede.“ Sie drehte sich zu ihrem Butler. „Orson! Für Sarahs Wohl zu sorgen hat höchste Priorität.“

„Wie Sie wünschen, *Comtesse*.“

Das Gespräch wurde durch heftiges Hämmern an der Schlosspforte unterbrochen. Es war so eindringlich, dass Orson zwei Stufen auf einmal nehmend die Treppe hinunterhastete. Olivier aus dem Reitstall stand atemlos an der Pforte. Er war sehr aufgeregt und es dauerte einige Sekunden, bevor er sprechen konnte. „Pommery“, keuchte er, „Pommery. Es geht ihr schlecht. Sie wälzt sich auf der Erde, wiehert und schnauft erbärmlich.“

„Haben Sie den Tierarzt verständigt?“, rief die Comtesse von oben. Auch Sarah war zum Treppenabsatz gehumpelt.

„Er ist unterwegs. Aber *Comtesse*, bitte kommen Sie. Pommery hört auf Sie. Vielleicht wirkt Ihre Anwesenheit beruhigend auf sie.“

„Ich komme sofort!“

Fünf Minuten später kniete die Comtesse neben dem kranken Pferd. Ihre Augen füllten sich mit Tränen. „Das sieht nach Krampfkoliken aus. Sie leidet! Hoffentlich kommt sie wieder auf die Beine.“

„Das werden wir gleich sehen.“ Der Tierarzt war angekommen. Er hockte sich neben das Pferd und öffnete seine Tasche.

„Das ging aber schnell, Doktor.“ Die *Comtesse* streichelte den Kopf ihres Pferdes.

„Ich war auf dem Nachbargestüt.“ Der Arzt verabreichte Pommery eine Spritze. Schon nach wenigen Minuten hörte das Schnaufen und Treten auf und es wurde stiller im Stall. Orson, Olivier und die Comtesse warteten gespannt auf die Diagnose. War es schlimm? Müsste Pommery eingeschläfert werden? Allein bei der Vorstellung grauste es der Comtesse. Orson erzählte dem Veterinär von dem Abwurf am Morgen. „Sie war schon den ganzen Vormittag nervös; ich würde fast sagen, zickig.“

„Könnten wetterbedingte Koliken sein. Die treten meist im Frühling oder bei Wetterwechsel auf. Bekommt sie anderes Futter als sonst?“

Olivier verneinte. „Ich habe nichts an den Gewohnheiten der Pferde geändert. Diesen Monat steht Pferdemüsli auf dem Essensplan.“

„Was ist da drin?“

„Es ist ein Pferde-Mischfutter. Es enthält Kraftfutter, Raufutter und Mineralien.“

„Ich werde einige Proben von Speichel, Urin und Kot mitnehmen und in meinem Labor untersuchen. Bis zum Abend wissen wir mehr. Ich denke, vorerst reicht die Spritze. Kein Futter, nur Wasser, bis ich mich gemeldet habe.“

„Geht in Ordnung, Herr Doktor.“

Pommery versuchte wieder auf die Beine zu kommen.

„Sehr gut“, sagte der Arzt und wandte sich an Olivier. „Führen Sie sie am Halfter; sie muss gehen und darf sich nicht wieder hinlegen, bis die Koliken endgültig abgeklungen sind.“

Die Comtesse vermochte sich kaum von ihrem Pferd zu trennen. „Ich lasse sie nicht aus den Augen, *Comtesse*“, versprach Olivier und klopfte Pommerys Hals. „Bei dem geringsten Anzeichen einer Verschlechterung ihres Zustandes melde ich mich!“

Aufgewühlt wartete Sarah auf die Rückkehr der Comtesse und hörte sich an, was der Arzt gesagt hatte. Sie hatte ein ungutes Gefühl, wie auch einige andere Bewohner von Beauregard. *Was ist nur los in letzter Zeit? Eine Katastrophe jagt die nächste: der Mord an Eva, die Ablehnung von Evas Familie, Aleandro unter Verdacht, der Abwurf, nun die Koliken. Wer eins und eins zusammenzählt, kommt zu einer einzigen Schlussfolgerung ...*

Der Anruf des Tierarztes erreichte sie beim Abendessen.

Nachdem Orson Sarah ins Esszimmer begleitet hatte, servierte eine Küchengehilfin die Vorspeise. Die Comtesse hatte darauf bestanden, damit Orson jederzeit für Sarah verfügbar war. Safranreis mit Ananas und Putenfleisch. Das Ganze war auf einem Salatbett in einem funkelnden Glaskelch angerichtet, dekoriert mit Tomatenstücken und frischer Petersilie. Just in dem Moment klingelte das Telefon. Orson nahm das Gespräch entgegen. „Guten Abend, Herr Doktor. Sie haben den Befund, nehme ich an.“

„Es handelt sich tatsächlich um Koliken, bedingt durch zu viel Abführmittel.“

Orson hatte bereits so etwas geahnt.

„Eine enorme Dosis. Sie muss Pommery am frühen Morgen verabreicht worden sein. Ich nehme an, durch das Müslifutter, das sie zurzeit frisst, verzögert sich der Abführeffekt. Aber die Koliken sind schmerzhaft und bei einem Pferd auch nicht ungefährlich.“

„Dann waren das Scheuen und Frau Peters’ Unfall eine Reaktion auf die Abführmittel?“

„Ich denke schon. Ich möchte mich keinesfalls einmischen. Aber man könnte schon meinen, dass jemand Frau Peters nichts Gutes will.“

„Ich befürchte es auch.“

„Vielleicht wollte ihr jemand einen Schrecken einjagen.“

„Hm. Was wird jetzt aus Pommery?“

„Die wird schon wieder. Ich fahre gleich rüber und spritze ihr noch etwas Krampflösendes, was auch die Schmerzen nimmt. Das beruhigt. Das, was noch kommt“, meinte der Arzt leicht belustigt, „sieht mir eher nach Arbeit für den armen Olivier aus. Aber es scheint mir so, als wenn sie doch sehr viel Abführmittel bekommen hätte. Das kann ins Gegenteil umschlagen. Wenn dem der Fall sein sollte und Pommery sich bis morgen früh nicht entleert hat, dann helfe ich nach.“

„Einverstanden, Doktor. Vielen Dank.“

Orson legte das Telefon auf den Kaminsims und sah in die Runde. Luc Dantès hielt seinem Blick stand. Angst und Schrecken prägten die Gesichter der Frauen.

„Sie haben sicher mitbekommen, was der Doktor gesagt hat.“

Alle nickten.

Sarah sprang auf, sodass ihr Stuhl nach hinten umkippte. „Man wollte mich verletzen, vielleicht sogar wie Eva umbringen!“

Orson hob den Stuhl auf und drückte Sarah auf die Sitzfläche. Sie rieb sich den schmerzenden Fuß. „Beruhige dich … Sie sich, Lady Sarah. Wir werden die Polizei einschalten.“

„Die Polizei!“ Die Comtesse wurde kreidebleich und verlor für Sekunden ihre Contenance. „Beim Andenken an meine Ahnen, was ist los auf diesem verfluchten Schloss und in meinem verfluchten Leben?“

Dantès legte beruhigend seine Hand auf ihren Arm. „Alles halb so schlimm. Es gibt sicher für alles eine Erklärung."

„Halb so schlimm?" Sarah war empört. „Welche Erklärung hätten Sie denn für das alles?"

„Vermutlich hat Olivier aus Versehen dieses Mittel unters Futter gemischt."

Sarah sah Dantès ungläubig an. „Das glauben Sie doch selbst nicht."

„Vielleicht hatte er nur Angst es zuzugeben."

„Das wird dann ja wohl die Polizei herausfinden, Monsieur Dantès. Ich jedenfalls möchte Anzeige erstatten. Und es ist mir egal, ob Sie das verstehen oder nicht."

„Ich verstehe es sehr gut", flüsterte die Comtesse.

Obwohl es schon spät war, machte *Commissaire en chef* Claude Soisson sich sofort auf den Weg ins Schloss. Er wollte sich persönlich ein Bild davon machen, was geschehen war, und gegebenenfalls am nächsten Tag mit einem Kollegen die offiziellen Schritte einleiten. Er hatte Antoine De Lacroix hoch geschätzt, und der Gedanke, die Familie in den Schlagzeilen zu sehen, passte ihm überhaupt nicht. Er begrüßte die Comtesse außerordentlich respektvoll, setzte sich ihr gegenüber und sprach mit ihr wie mit einer Tochter. Aus seinem gutmütigen Gesicht blickten aufmerksame blaue Augen. Es war nicht zu übersehen, dass ihn Wertschätzung, aber auch Vertrautheit mit der Comtesse verband.

„Louise, *ma fille*. Erzählen Sie mir, was sich zugetragen hat." Sein dicker grauer Schnauzbart sträubte sich beim Reden und ein gelblicher Schimmer der Schnurrbarthaare zeugte davon, dass Claude Soisson dem Rauchen nicht abgeneigt war.

Die Comtesse war blass. Orson, Luc Dantès und Sarah saßen ebenfalls in der Bibliothek und hörten sich ihre Version der Geschichte an.

Der Kommissar unterbrach sie nicht. Manchmal nickte er verständnisvoll.

„Soso. Haben Sie Olivier wegen des Abführmittels befragt?“

„Er schwört, nichts davon zu wissen.“

Der Kommissar drehte sich zu Sarah. „Ich bedaure, aber das sieht nicht gut für Sie aus, Fräulein. Traurig genug, dass Ihre Freundin in Luxemburg ermordet wurde, und nun dieser Vorfall hier. Ich sehe da in der Tat eine Verbindung. Wenn Sie mich fragen, verlassen Sie Beauregard so schnell wie möglich. Ich setze mich umgehend mit den Kollegen in Luxemburg in Verbindung. Dort wird man dann für Ihre weitere Sicherheit sorgen.“

Sarah schluckte den Kloß in ihrem Hals herunter.

„Orson wird Sie nach Luxemburg bringen, Sarah“, sagte die Comtesse. „Selbst fahren ist ja wohl unmöglich wegen Ihrer Verletzung, und eine Zugfahrt möchte ich Ihnen nicht zumuten. Das Risiko ist mir zu hoch.“

Sarah nickte zustimmend. Sie hatte Angst, noch länger auf Beauregard zu bleiben, aber sie wollte ihr Versprechen gegenüber Aleandro einhalten. Sie musste die letzte Nacht auf dem Schloss ausnutzen und die ‚Vue infernale‘ finden.

„Sie sind also der Meinung, *Commissaire*, dass mein Leben in Gefahr ist?“

Soisson strich mit beiden Händen über seinen Schnauzbart. „Der Sturz an sich, *Mademoiselle*, hätte mich nicht stutzig gemacht. Aber der Mord an Ihrer Freundin lässt diese Schlussfolgerung zu.“ Er sah sie eindringlich an. „Ich sage es nur ungern, aber ja, für mich sieht es nach einem weiteren Verbrechen aus.“

Eigentlich sagte der *Commissaire en chef* damit nichts Neues. Er sprach nur aus, was alle gedacht hatten. So blieb es still im Zimmer, bis Orson aufstand und eine Flasche Cognac sowie ein Glas aus einem Schrank nahm.

„*Commissaire*?“

„Gerne. Eine kleine Stärkung, bevor ich mich auf den Weg mache.“

Eine richtige Unterhaltung wollte sich nicht einstellen. Kurze Zeit später verließ der *Commissaire* das Schloss.

Sarah lag lange wach und starrte zur Decke. Sie durfte Aleandro nicht enttäuschen. Wenn er tatsächlich hinter Gitter müsste, dann wollte sie wenigstens vorher alle Möglichkeiten, seine Unschuld zu beweisen, ausgeschöpft haben. Genau wie am Vorabend formte Sarah einen Körper aus Kissen unter ihrer Bettdecke. In ihrem bequemen Hausanzug und ihren rutschsicheren Strümpfen schlüpfte sie aus dem Zimmer. Dank der Schmerzmittel konnte sie normal auftreten.

Wieder huschte sie über die Galerie, an der „Vom Winde verweht“-Treppe vorbei zu dem Bogen, durch den sie musste, um den linken Flügel des Schlosses zu erreichen. Rechts vom Bogen stand die Ritterrüstung, deren Schatten gespenstisch im Flur lag. Sarah hatte keine Ahnung, wo sie nach der ‚Vue infernale‘ suchen sollte.

Sie schlich weiter zum Turmzimmer und erreichte zuerst Antoine De Lacroix’ Atelier. Mit ihrer Taschenlampe tastete sie die Tür ab und drückte dagegen. Verschlossen! Sie ließ den Lichtschein an der Tür entlanggleiten und tastete den oberen Absatz nach einem Schlüssel ab. Nichts! *Scheiße!*, fluchte sie leise mit zusammengebissenen Zähnen. Es blieb ein winziger Hoffnungsschimmer: die Galerie. Die Stiege zur selben war steil und eng. Orsons mahnende Worte der Vorsicht begleiteten Sarah. Sie leuchtete mit ihrer Taschenlampe nach oben, als sie für eine Sekunde das Gleichgewicht verlor und zu allem Unglück ihr verletzter Fuß auf der Stufe abrutschte. Ein höllischer Schmerz durchfuhr sie. Aus der Wärme ihres Körpers zog Sarah die Kraft, nicht zu schreien. Unbedacht ließ sie dabei das Führungsseil los, kam ins Schwanken und ruderte mit den Armen. Ein Sturz war jedoch nicht zu vermeiden. Zum Aufprall kam es trotzdem nicht, weil sie rücklings jemandem in die Arme fiel. Eine Hand presste ihr den Mund zu.

„Wenn wir nicht beide stürzen sollen, verhalte dich jetzt still!"

*

Tom Becker observierte das „Antiquariat Gabriel". Sein Einsatzfahrzeug war ein kleines, schwarzes Auto mit Allradantrieb, extra angemietet für diese Überwachung. Unauffällig und genau das Richtige für diese Aufgabe. Er hatte den Wagen im Rückwärtsgang ein Stück in den Wald hineingefahren. So stand er im Schutz der Bäume und der Dunkelheit, unsichtbar für die vorbeifahrenden Autos und für Gabriel. Seit zweiundzwanzig Uhr schob er hier Dienst. Freiwillig! Er hatte Hunger, war frustriert und wütend, weil er Catherines Reaktion unterschätzt hatte. Dabei hatte er gespürt, dass sie immer noch etwas für ihn empfand. Dazu kam noch, dass er sich wie ein Depp angestellt hatte. Hätte er sie heute nicht in die Geschichte mit hineingezogen, oder ihr zumindest die Wahrheit gesagt, wäre Dimillo ihm vermutlich nicht durch die Lappen gegangen. Er war genau so trottelig wie die beiden Idioten, die ihn das erste Mal hatten laufen lassen.

Seine Handy-Uhr zeigte Mitternacht an. Er drückte die Taste mit der Nummer eins und hielt sie. *Caty* erschien auf dem Display. Er schaltete den Lautsprecher ein. Es klingelte, es knackte. Dann war die Leitung tot. Sie hatte aufgelegt. Er drückte noch einmal.

Bip.Bip.Bip. Besetzt! Tom schmiss sein Handy auf den Beifahrersitz und öffnete das Handschuhfach, in dem eine XXL-Tafel Schokolade als Beweis seiner Willensstärke lag. Jetzt war es an der Zeit zu beweisen, dass er Charakter besaß, indem er sie ignorierte. Doch er riss sie auf und biss mit seiner ganzen Wut hinein. Das Schlimmste, was eintreten konnte, geschah. Sie schmeckte ihm nicht. Er schleuderte die Tafel gegen die Frontscheibe und hieb mit der Faust auf das Lenkrad. Und dann sah er ihn. Es war genau fünf Minuten nach Mitternacht. Gabriel lenkte sein Auto aus der Garage. Das Garagentor schloss sich automatisch und er fuhr davon.

Tom wartete, bis er außer Sichtweite war, und startete den Motor. Jetzt würde sich zeigen, was das Allradgetriebe wert war. Die Räder jaulten auf, drehten durch, der Wagen ruckelte, bewegte sich aber um keinen Zentimeter. Je öfter Tom Gas gab, desto mehr bohrten sich die Räder in den schlammigen Waldboden. Tom brüllte vor Wut, aber es war definitiv nicht sein Tag, das Auto kam nicht frei. Geistesgegenwärtig lancierte er noch einen Appell per Funk, beschrieb das Auto, den Ausgangspunkt und die Fahrtrichtung. Dann stieg er aus dem Wagen und sackte bis zum Knöchel in den Morast; der eisige Modder lief ihm sofort in die Schuhe. Er trat mit dem Fuß gegen den Reifen und ließ seinem Frust freien Lauf.

*

Sie hörte auf zu zappeln. Glücklicherweise hatte sie seine Stimme sofort erkannt. *Orson!* „Was machst du hier?“, flüsterte er.

„Ich … also … Und du?“

„Ich arbeite schließlich hier. Bitte, Sarah, gib mir eine logische Erklärung für dein Verhalten. Du geisterst schließlich nicht zum ersten Mal hier rum."

„Wie meinst du das?"

„Keine Spielchen mehr! Ich geb dir ein Stichwort: Versteck Ritterrüstung!"

„Du warst da?"

„Ich habe dich beobachtet, ja. Was hast du vor?"

Sarah ging nicht auf seine Frage ein. Vielleicht hatte Orson gesehen, was ihr entgangen war. „Weißt du, wohin die Leute verschwunden sind?"

„Nein."

„Das ist doch merkwürdig, oder?"

„Lass uns von hier verschwinden, bevor uns jemand entdeckt." So prekär die Lage auch war, Orson konnte seinem Drang, sie zu küssen, nicht widerstehen. Die Situation war grotesk, aber der Kuss prickelte auf ihren Lippen wie Strom.

Zuckerbrot und Peitsche, Orson ließ nicht locker: „Ich warte immer noch auf eine plausible Erklärung."

„Die habe ich. Aber wer sagt mir denn, dass ich dir vertrauen kann? Und warum hast du mich nicht schon gestern zur Rede gestellt?"

„Das besprechen wir am besten in deinem Zimmer."

Schweigend schlichen sie zurück.

Sarah nahm ein Glas Wasser, schluckte eine Schmerztablette und machte es sich in einem riesigen Sessel bequem. Orson hockte auf dem Bettrand.

„Du hast mich also bereits gestern beobachtet. Warum hast du mir nichts gesagt, Orson?"

„Ich wollte herausfinden, was du vorhast."

„Warum?"

„Weil", er stockte, „ich bin auch nicht der, der ich zu sein scheine."

„Ich verstehe nicht …"

„Ich bin kein Butler!"

Es fiel Sarah wie Schuppen von den Augen. Jetzt würde ihre Welt gänzlich zusammenbrechen. Aber sie würde sich ihre Enttäuschung nicht anmerken lassen. „Das weiß ich. Du bist der Geliebte der *Comtesse*."

Orsons Gesichtsausdruck schwankte zwischen Belustigung und Erstaunen.

„Wie kommst du denn darauf?"

„Du hast kein Verhältnis mit ihr? Aber wer bist du dann?"

„Ich bin Privatdetektiv!"

Sarah staunte. „Privatdetektiv?"

Orson nickte und wartete auf die Explosion, die unweigerlich folgen würde. Sarah schien gefasst; aber ihre Stimme wurde mit jedem Wort wütender: „Die ganze Zeit über belügst du mich. Die ganzen letzten Monate lässt du mich im Glauben, du wärst ein ...", sie malte Anführungszeichen in die Luft, „ ...edler Kammerdiener." Sie schnaubte.

„Ich wollte es dir schon längst sagen, aber es ist soviel passiert."

„Raus! Ich will dich nicht mehr sehen." Sie funkelte ihn an und drehte ihm den Rücken zu.

„Sarah. Ich habe gute Gründe …"

„Gute Gründe? Ja, es gibt gute Gründe, weswegen du mir längst die Wahrheit hättest sagen müssen." Ihre Stimmlage war nun einige Dezibel angestiegen.

„Schrei bitte nicht, du weckst noch das ganze Haus! Lass es mich erklären."

Sarah war zwar wütend, aber sie befand sich in einer misslichen Lage. Sie wollte diesen Mann nicht verlieren. Sie drehte sich wieder um und beschloss ihm eine Chance zu geben. „Na gut. Ich höre."

„Also, die Sache ist folgende: Antoine De Lacroix hat mich vor seinem Tod angeheuert. Er war nicht so arm, wie jeder das glaubte. Er hatte für seine Tochter vorgesorgt. Sie weiß nur nichts davon. Er malte regelmäßig Bilder für sehr reiche Leute und verkaufte sie ohne Louises Wissen. Das Geld floss in einen Fonds, der Louise nach seinem Tod zukommen sollte. Aber dann lernte Louise Luc Dantès kennen. Antoine vertraute ihm nicht. Er hatte Angst, er würde das Geld verprassen und Louise nur ausnutzen. So legte er eine Bedingung fest. Falls er unverhofft sterben würde, das bedeutet: bevor er wüsste, was dieser Dantès für ein Mann sei, würde der Fonds erst zwölf Monate nach seinem Tod ausbezahlt, um zu vermeiden, dass dieser Luc Dantès sich das ganze Geld unter den Nagel reißt. De Lacroix hatte darauf spekuliert, dass Dantès seine Tochter verlassen würde, sobald es nichts mehr zu holen gäbe. Antoine De Lacroix hat Dantès nie gemocht."

„Naja. Ich auch nicht", gab Sarah zu, „aber eine Chance hätte er verdient gehabt. Ist mal wieder typisch Vater, so das Leben seiner Tochter zu manipulieren."

„Ich habe zwei Aufträge von De Lacroix. Erstens soll ich die *Comtesse* während zwölf Monaten vor allen möglichen Leuten beschützen, die an die Bilder wollen."

„Und zweitens?"

„Zweitens soll ich Luc Dantès, falls er sie dann noch nicht verlassen hat, ein bisschen auf den Zahn fühlen, von wegen Treue und so weiter."

„Was geschieht nach den zwölf Monaten mit dem Geld für Louise, falls sie es nicht bekommt?"

„Es wird für weitere zwölf Monate angelegt."

„Das mit den Gemälden ist aber gründlich daneben gegangen."

„Der Verkauf wirft für mich ein mieses Bild auf Dantès. Es bestätigt seine Geldgier."

„Nicht so hastig, Orson. Er ist ein unsympathischer Typ, aber nehmen wir an, er liebt sie wirklich. Dann tut er es, um das Familienerbe zu retten."

„Was ist das für ein komisches Geräusch?" Orson horchte.

„Mein Handy!" Sarah fischte es aus einer Kommodenschublade. „Hallo … nein, leider noch nicht … vielleicht morgen … Sie müssen Geduld haben … Ich melde mich."

Orson sagte nichts. Er sah Sarah nur an.

„Das war Aleandro."

Jetzt staunte er. „Aleandro?"

„Ja. Und da kommt mein Verhalten ins Spiel."

„Bin sehr gespannt."

„Aleandro beteuert unschuldig zu sein."

„Glaubst du ihm?"

„Ich ziehe es in Erwägung."

„Warum?"

Sarah berichtete von Aleandros Verdacht.

Orson war nicht überzeugt. „Eine Fälschung? Die ‚Vue infernale'? Das ist doch absurd!"

„Er ist sich sicher. Und er hat eine Chance verdient. Schließlich ist er in den ganzen Schlamassel hineingeraten, weil wir ihm die Ausstellung gekündigt hatten. Orson, bitte, hilf mir die ‚Vue infernale' zu finden. Irgendwo im Schloss muss sie sein."

„Da sie nicht an ihrem Platz hängt, kann sie nur im Atelier sein. Und das ist verriegelt."

Sarah dachte nach. „Es ist dir doch auch aufgefallen, dass sich die Leute im Atelier gestern Nacht in Luft aufgelöst haben."

„Ja."

„Es gibt vielleicht einen anderen Zugang zum Atelier", drängte Sarah, „das müssen wir herausfinden. Meine Abreise ist morgen, du sollst mich begleiten, und wenn wir das Gemälde heute Nacht nicht finden, haben wir unsere Chance vertan."

Orson schnippte mit dem Finger. „Mir fällt da was ein. Der Weinkeller."

„Es ist jetzt nicht der Zeitpunkt über Wein zu reden, Orson."

Er ging nicht darauf ein. „Da ist mir eine Tür aufgefallen. Die könnte theoretisch …"

Sarah war aufgesprungen und verzog sofort das Gesicht. „Autsch! Lass uns gehen."

„Aber diesmal mit anständigem Schuhwerk!", sagte Orson und zwinkerte ihr zu.

Leise schlichen sie zum Haupteingang, verließen das Schloss und drückten sich an der Mauer entlang bis zum Weinkeller. Mit dem Hauptschlüssel öffnete er die Tür. Im Weinkeller leuchtete er mit einer Taschenlampe auf die schwere Holztür. Sie war verschlossen. Orson besaß keinen Schlüssel dazu. Er griff in seine

Tasche und holte ein Gerät hervor, das nicht größer war als eine Zigarettenschachtel. Er betätigte einen Knopf und eine Art Feile schoss hervor. „Zu klein." Beim vierten Mal hatte er die richtige Größe gefunden. Er führte das Stück Metall in das Schloss ein, bewegte es vorsichtig einige Male hin und her, drückte die Eisenklinke und die Tür öffnete sich lautlos. Nicht mal ein zaghaftes Quietschen oder Knarren erklang. „Diese Tür wird regelmäßig benutzt und geschmiert", stellte er nüchtern fest.

Sarah staunte nun nicht mehr über Orson. Das musste man ihm lassen, als Privatdetektiv kannte er sich aus. Sie stiegen eine Treppe hinunter. Ein übler, modriger Geruch hinderte sie daran richtig durchzuatmen. Sie atmete in kleinen Schüben und hielt sich angewidert die Nase zu.

„Der Gestank kommt vom Grundwasser. Wir sind hier ziemlich tief unter dem Schloss."

Boden und Wände um sie herum waren aus Sandstein. „Dies war früher vielleicht ein Notausgang."

„Oder ein regelrechter Geheimgang."

Mit ihren Taschenlampen beleuchteten sie den Weg. Er führte leicht nach oben.

„Die Richtung stimmt, Sarah. Wir gehen genau auf das Atelier von De Lacroix zu." Nach einigen Metern standen sie erneut vor einer verschlossenen Tür. Orson wiederholte das gleiche Verfahren mit den Feilen. Das Schloss sprang auf, aber die Tür nicht. Er drückte sanft dagegen, bis Platz genug war, um mit der Hand nach innen zu tasten. „Es lehnt etwas dagegen. Hilf mir mal."

„Was kann ich tun?"

„Ich drücke die Tür vorsichtig auf. Wenn der Spalt breit genug ist, schlüpfst du hinein. Mach dich bereit."

Im Raum schrubbte der Gegenstand über die Steinfliesen. Ein röhrendes Geräusch erklang. Orson und Sarah hielten die Luft an.

„Hoffentlich hat das niemand gehört", flüsterte Sarah.

„Jetzt!" Orson hielt die Tür mit beiden Armen und lehnte seinen Oberkörper soweit zurück, dass Sarah durchschlüpfen konnte. Sie bückte sich, drückte sich unter Orsons Armen hindurch und presste sich durch die Öffnung.

„Ich bin drin."

An den Wänden lehnten Landschaftsgemälde, die sie nicht besonders ansprachen. „Eine Sekunde. Es sind Gemälde. Ich werde sie so weit zur Seite schieben, dass du rein kannst."

Es dauerte zwei Minuten, dann war auch Orson drinnen. Sie befanden sich tatsächlich im Atelier von Antoine De Lacroix.

„Wenigstens wissen wir jetzt, wohin die Personen vorgestern verschwunden sind", meinte Sarah.

„Sie haben den Weg durch den Weinkeller gewählt und irgendjemand hat später die Bilder vor die Tür gestellt."

„Fragt sich nur, warum."

„Etwas ist faul an der Sache. Die Comtesse und Dantès können es nicht gewesen sein. Sie haben ja schließlich nicht gewusst, dass wir vor dem Atelier waren, und wären über den normalen Weg wieder in ihre Zimmer gegangen."

„So sicher ist das nicht. Du wusstest auch, dass ich dort herumschnüffelte. Aber vielleicht war jemand dabei, der nicht im Schloss lebt."

„Oder sogar beide, die Comtesse und diese Person eben."

„So oder so werden wir es jetzt nicht erfahren. Wir machen uns besser hier an die Arbeit."

Sarah hob eine Decke hoch und enthüllte ein Gemälde von De Lacroix. Sie erkannte es. Es war in der Ausstellung in Luxemburg gewesen.

„Das ist eines der nicht verkauften Bilder. Wie unterscheidet man nun ein Original von einer Fälschung?"

„Das ist sehr, sehr schwierig."

„Das glaube ich. Hast du schon Erfahrungen mit dieser Art von Kriminalität gemacht?"

„Ich habe schon mal einen Fälscher auffliegen lassen."

„Du bist also keiner von diesen Schnüfflern, die auf Scheidungen, Trennungen oder sonstige dubiose Fälle lauern?"

„Meine Arbeit hat leider nicht nur positive Seiten. Aber meine Detektei ist sehr renommiert. Wir können uns unsere Fälle aussuchen."

„Deine Detektei?"

„Erzähl ich dir später. Wir müssen uns beeilen, bevor jemand kommt. Also zur Fälschung. Gute Kunstfälscher machen selten Fehler", sagte Orson. „Da stimmt fast alles: die Signatur, die Nummerierung, der Strich, die Farbe und der Farbauftrag."

Sarah fuhr mit dem Finger über die Leinwand, ließ ihn hin- und hergleiten, roch daran. „Sehen wir uns doch mal um. Vielleicht fällt uns sonst etwas auf."

Plötzlich fiel ihr Blick auf eine riesige Decke, die ein Gemälde verhüllte. Ihr Herz klopfte schneller in Erwartung dessen, was sie darunter vorfinden würde. *Hoffentlich ist es die ‚Vue infernale'!* „ Hilf mir mal", bat sie Orson und griff nach der unteren, linken Ecke der Decke. Gemeinsam hoben sie sie an und starrten auf das faszinierende Werk. Original oder Fälschung? Das war die große Frage. Sarah setzte sich im Schneidersitz vor das Gemälde und nahm es in Augenschein. Würde ihr etwas auffallen wie vor einer Woche Aleandro? „Es ist totaler Nonsens, dass wir uns hier rumplagen“, sagte sie auf einmal, stand auf und wandte sich vom Gemälde ab. „Genauso gut könnten wir den Mann im Mond suchen.“ Sarah verschränkte die Arme und blies genervt die Backen auf. „Ich habe es satt. Wir kommen nicht voran. Vielleicht handelt es sich bei diesem Exemplar um das Original. Was, wenn die Fälschung irgendwo anders steht?“

Orson zuckte die Schultern und durchforstete weiter das Atelier. Er hob jedes Tuch an, jedes Glas in die Höhe, rückte jeden Gegenstand von seinem Platz und wieder zurück.

„Vielleicht hast du recht und wir finden n ...“ In diesem Moment ertasteten seine Finger etwas in einer Vase aus Ton. Er zog es heraus. Es waren Fotos. Mindestens zwanzig Fotos der ‚Vue infernale‘.

„Merkwürdig! Warum schießt jemand so viele Fotos von der ‚Vue infernale‘? Ist doch etwas dran an Aleandros Verdacht?“

„Es wäre möglich.“ Orson begutachtete sie sorgfältig. „Ich frage mich, wo die Bilder aufgenommen wurden.“

Sarah trat zu ihm.

„Sieh nur das Fenster hier. Es hat einen weißen Rahmen. Das ist nicht hier im Schloss.“

„Eigenartig! Und warum sind die Abzüge in der Vase versteckt?“

„Wir nehmen einige dieser Bilder mit. Bei Tageslicht kommt vielleicht mehr zum Vorschein.“

„Was, wenn jemand den Verlust bemerkt?“

„Sei kein Hasenfuß, Sarah! Jetzt haben wir etwas gefunden, also müssen wir auch zugreifen.“

Nachdem sie das Atelier wieder in seinen ursprünglichen Zustand versetzt hatten, verließen sie es und zogen sich in Sarahs

Zimmer zurück. Sie setzten sich nebeneinander auf das Bett und sahen sich die Bilder an. Durch die besseren Lichtverhältnisse kam tatsächlich etwas zum Vorschein. Orson pfiff anerkennend durch die Zähne. Am linken Rand einer der Fotografien war etwas Graues mit farbigen Tupfen zu erkennen. Je länger er hinschaute, desto deutlicher wurde es.

„Sieh nur."

„Bingo", flüsterte Sarah.

„Eine Farbpalette!"

„Die schwebt?"

Orson sah Sarah an. „Oder sie liegt auf einer Hand!"

„Genau." Sarah sprang aufgeregt vom Bett. „Da steht jemand mit seiner Farbpalette in der Hand und sieht sich *sein* Werk an, während jemand anders fotografiert."

„Genau. Und ich bin mir ziemlich sicher, dass der Künstler nicht Antoine De Lacroix ist."

„Natürlich nicht. Da passt einiges nicht."

„Stimmt. Allein das Umfeld: weiße Wände, das Fenster … Die Comtesse hat mir mal erzählt, dass Lacroix immer nur im Schloss gemalt hat."

„Vielleicht ist ihr etwas entgangen. Sie weiß schließlich auch nichts von der Erbschaft."

„Na gut. Dein Argument zählt. Aber es wird ziemlich schnell bewiesen sein, dass das da …", Orson zeigte mit dem Finger auf die Farbpalette, „ …nicht die Palette von Antoine De Lacroix ist."

„Warum bist du so sicher?"

„Zu modern. Zu sauber. Schau nur hin. Keine Kleckse, keine Flecken … Der Grundriss ist grau, könnte sogar Aluminium sein."

„Wenn wir die Farbpalette finden, dann …"

„Das wäre nicht schlecht. Aber nicht mehr heute. Es ist bereits vier Uhr. Bald ist das Küchenpersonal im Haus unterwegs."

„Aber wann denn?"

„Wir müssen geduldig sein. Heute geht es nicht mehr und morgen fahren wir zurück. Es wird Zeit, an etwas Schlaf zu denken."

„Wie kannst du jetzt schlafen? Ich fühle mich, als stünde ich unter Strom."

„Diese Farbpalette befindet sich nicht auf Beauregard, Sarah. Ich kenne die Paletten der Comtesse und auch die von Dantès. Falls sie hier ist, finden wir sie nicht mehr heute Nacht."

„Aber es wäre ein Beweis. Aleandro …"

„Morgen bringe ich dich nach Luxemburg, in Sicherheit. Wenn ich wieder zurück bin, kann ich unauffälliger und vor allem bei Tage weitersuchen. Einverstanden?"

„Das würdest du tun?"

„Natürlich. Es geht um das Erbe der Comtesse. Und alles, was mit der Comtesse zu tun hat, fällt in mein Auftragsgebiet."

Sarah gähnte herzhaft.

„Du scheinst ja doch müde zu werden. Oder ist es ein Trick mich loszuwerden?"

Sie schaute ihn neckisch an. „Sicher nicht. Komm her."

Orson beugte sich über Sarah, die wieder in dem bequemen Sessel Platz genommen hatte, und küsste sie leidenschaftlich. Während seine Hände an der Oberkante des Sessels ruhten, glitten Sarahs Hände über sein T-Shirt. Sie spürte seine starke Brust, seine festen, glatten Muskeln. Ihre Berührung ging ihm durch und durch. Als ihre Fingerspitzen liebkosend seine Schenkel herab und an der Schenkelinnenseite wieder hinaufwanderten, war es um ihn geschehen. Er schnappte Sarah und bettete sie auf dem

Teppichboden. Lust und Sinnlichkeit ließen beide Zeit und Raum vergessen.

Zwei Stunden später schlich Orson in sein Zimmer. Es blieb ihm gerade noch Zeit für eine Dusche.

Windböhen

Montag! Schlaftrunken öffnete Tom die Augen. Er lag angezogen auf dem Sofa und fühlte sich verkatert, so als hätte er die Nacht durchgezecht. Es lag aber eher an der Schlaftablette und der Flasche Bier, die er sich nach der Aktion in der vergangenen Nacht noch um vier Uhr in der Früh reingezogen hatte. *Düdelüt, Düdelüt*. Das Klingeln der E-Mails, die in seine Inbox flatterten, spielte auf seinen Nerven Klavier. Die Erinnerung kam zurück. Nachdem der Pannendienst ihn aus dem Waldstück befreit hatte, war es mittlerweile drei Uhr gewesen. Gabriels Spur hatte niemand aufnehmen können. Ein Kollege hatte die Überwachung vor dem Antiquariat übernommen. Diesmal in einem blauen Mietwagen. Er war mit einem integrierten Computer ausgestattet. Der stündliche Bericht würde wohl in Toms Mailbox sein. So war es abgesprochen.

Nach einem zweiten Versuch hievte er sich vom Sofa und schlurfte ins Bad. In seinen Schläfen hämmerte es. Die heiße Dusche weckte langsam, aber sicher seine Lebensgeister. Was war nur los mit ihm? Unzufriedenheit nagte an ihm. Sie schien ihn aufzufressen. Während er sich einseifte, machte seine Hand halt auf seinem Bauch. Überrascht sah er an sich hinab. Der Bauch war dünner geworden. Das erste Mal seit dem Beginn seiner Diät fiel es ihm auf. Schnell duschte er sich ab und lief ins Schlafzimmer. Tatsächlich! Modellmäßig drehte er sich vor dem Spiegel und betrachtete sich stolz aus jeder Perspektive. *Weiter so, Tom!* Nach dem Duschen auf die Waage zu steigen hatte keinen Sinn. Tom hatte gelesen, dass das das Gewicht verfälscht. Morgen früh würde er sich wiegen. Seine Laune wurde noch ein Stück besser, als er den Gürtel seiner Hose etwas fester ziehen musste. Aus der Küche erklang noch immer das *Düdelüt, Düdelüt*.

Er bereitete sich ein Früchtemüsli zu. Er schälte einen Apfel und vermischte ihn mit Backpflaumen, Rosinen und Haferflocken, verrührte Milch und Joghurt und gab sie darüber. So langsam konnte er sich an den Fraß gewöhnen. Während er Sesamsamen leicht röstete, betätigte er den Computer und las seine Mails. Michel hatte stündlich geschrieben. Gabriel war um vier Uhr zurückgekehrt, in seine Garage gefahren und hatte das Haus nicht mehr verlassen. Dass Aleandro hinter dem Sitz herausgekrabbelt war, konnte natürlich niemand sehen. Tom setzte sich hin, legte seine Füße auf den Küchentisch und löffelte genüsslich sein Müsli. Er legte immer seine Füße auf den Tisch, wenn es ihm gut ging.

Sein blauer Himmel wurde kurzfristig von dunklen Wolken überzogen. *Caty!* Wie konnte er seinen Fehltritt wieder gutmachen? Catherine konnte sehr nachtragend sein. *Und dieser verflixte Gabriel! Ich werde das Gefühl nicht los, dass er mich an der Nase herumführt. Ich muss ihm ein wenig einheizen; aber wie?*

Abrupt richtete er sich auf. Die Füße nahm er vom Tisch. Ihm war eine Idee gekommen.

Nicht nur Tom kämpfte an diesem Tag mit Frust und Selbstzweifeln. *Tom!*, dachte Catherine. *Geliebtes Arschloch.* Sie saß auf ihrer Couch, hatte ihre Lieblingswollsocken an und schlürfte Tee. Sie war immer noch ziemlich sauer. Keine noch so harte Strafe brachte ihren zärtlichen Teddybär dazu, Beruf und Freizeit zu trennen. Sie hatte gehofft, die Trennung würde ihn zur Vernunft bringen. *Oder verlange ich vielleicht zu viel von ihm? Liegt es an mir? Bin ich zu stur? Muss ich eventuell ein paar Kompromisse eingehen? Er ist nun mal Hauptkommissar und hat Verantwortung.* Wütend schleuderte sie den Teelöffel auf den Beistelltisch. *Wer ist denn hier die Psychologin?*

*

Als Detektiv hatte Orson schon mehr als eine Nacht durchwacht. Mit ein paar Tricks konnte er seine Müdigkeit bis zu zweiundsiebzig Stunden in Schach halten. Um neun Uhr schlüpfte er unauffällig in Sarahs Zimmer. Das Tageslicht drang kaum durch die Zwischenräume der Jalousien. Er öffnete die schweren Gardinen und ein Sonnenstrahl fiel direkt in Sarahs Gesicht. Sie blinzelte und nieste.

„Guten Morgen, Fräulein Siebenschläfer. Aufstehen. Es geht nach Hause.“ Zärtlich küsste er sie. Sarah war jedoch zu erschlagen, um den Kuss zu erwidern.

„Kann ich nicht noch ein wenig schlafen?“, murmelte sie und rieb sich die Augen.

„Unterwegs kannst du dich ausruhen, Darling. Hier, trink das erst mal.“ Er reichte ihr einen frisch gepressten Orangensaft. „Nach einem ausgiebigen Frühstück wird es dir gleich besser gehen.“

Eine halbe Stunde später saß Sarah mit der Comtesse und Luc Dantès am reich gedeckten Frühstückstisch. Zum ersten Mal sah sie die Comtesse in Jeans und Pullover. Die langen Haare hatte sie zu einem Zopf geflochten. Ihr Gesicht war ungeschminkt. Außer einigen Sorgenfalten war ihre Haut makellos. Sie sah viel jünger aus als in ihrer Prinzessinnen-Garderobe.

Im Hinblick auf Sarahs Abreise hatte die Comtesse ein kräftigendes Frühstück bestellt. Die Küchenchefin hatte Käse- und Wurstplatten hergerichtet und mit hartgekochten Eiern dekoriert. In kleinen Schälchen befanden sich Fleischsalat und Krabben sowie Cocktailtomaten, Gürkchen und Weintrauben.

„Wie geht es Ihrem Fuß, Sarah?“

„Als wäre nichts geschehen, *Comtesse*."

„Seien Sie trotzdem vorsichtig und belasten Sie ihn nicht. Sie haben gehört, was der Arzt verordnet hat."

„Das wird schon werden. Wie geht es Pommery?"

„Sie hat das Schlimmste überstanden. In der Nacht hat sie … na ja." Die Comtesse lächelte verlegen. „Sie wissen schon … das Abführmittel. Olivier hatte seine liebe Mühe. Doktor Lazard hat Pommery heute Morgen eine Vitaminspritze verabreicht und ich habe Olivier etwas Schlaf verordnet. Ich denke, morgen ist alles wieder im Lot."

„Gott sei Dank."

Luc Dantès setzte seine Kaffeetasse nieder. Er wirkte gelassener als sonst. „Ich bin auch sehr froh, dass alles so glimpflich verlaufen ist."

Nach dem Frühstück entschuldigte er sich. „Ich muss zum Markt ins Dorf. Da Orson nun wegfährt, habe ich der Köchin angeboten, zu besorgen, was sie so braucht."

Luc Dantès auf dem Markt! Sarah verkniff sich ein Lächeln. Ob er sich wohl freute, dass Orson abreiste? Natürlich! Sarah sah ihn zum ersten Mal mit anderen Augen. *Der ist tatsächlich verliebt in die Comtesse.*

„Das ist aber sehr lieb von dir, Luc. Lass mich doch mitfahren. Ich war schon lange nicht mehr auf dem Markt. Vielleicht finde ich günstigen Stoff für neue Vorhänge in der Bibliothek."

„Gerne, *ma chérie*. Aber wir müssen sofort los. Sonst liefern wir nicht rechtzeitig und dann zieht uns Marguerite die Ohren lang."

Die Comtesse schenkte ihrem Liebsten ein warmes Lächeln. „Sie entschuldigen mich sicher, Sarah."

„Aber natürlich, *Comtesse*."

„Sie sind immer auf Beauregard willkommen, Sarah. Ich wünsche Ihnen eine angenehme Heimreise."

„Danke für Ihre Gastfreundschaft."

Die beiden Frauen umarmten sich herzlich.

„Wann kann ich wieder mit Ihren Diensten rechnen, Orson?"

„Ich würde schon gerne einige Tage in Luxemburg verbringen, wenn *Comtesse* mir das erlauben könnte."

Freudig überrascht wartete Sarah auf die Antwort.

„Sie hatten zwar gerade erst Urlaub, aber … wenn Sie schon mal da sind. Sagen wir bis Sonntag!"

Orson deutete eine Verbeugung an. „Merci, *Comtesse*."

Nachdem Sarah ihre Taschen gepackt und die Bettdecke zusammengefaltet hatte, sah sie sich noch einmal um. Plötzlich blieb ihr fast das Herz stehen. *Meine Taschenlampe!* Panikerfüllt wühlte sie ihren Koffer durch, zerrte alle Kleider wieder heraus, schaute in alle Seitentaschen, konnte die Taschenlampe aber nicht finden. Sie war verschwunden. Sie musste die kleine Lampe in De Lacroix' Atelier vergessen haben. Es gab keine andere Erklärung. Sie fand Orson in seinem Zimmer und erzählte ihm von dem Verlust.

„Bist du sicher?"

„Ja! Ich bin heute Nacht ins Schlafzimmer gekommen und habe mich sofort in den Sessel gesetzt. Ich erinnere mich sehr genau. Ich habe die Taschenlampe nicht dabei gehabt."

„Ganz sicher?"

„Natürlich. Außerdem bin ich im Schein deiner Lampe vor dir durch den unterirdischen Gang gelaufen. Ich hatte meine Lampe nicht dabei."

„Das ist ungünstig. Wenn jemand sie dort findet, gibt es Probleme."

„Zumal auf der Lampe die Werbung einer luxemburgischen Versicherungsgesellschaft abgedruckt ist."

„Das ist schlecht!" Nachdenklich presste Orson eine Faust gegen seine Lippen. „Da bleibt uns nur eine Möglichkeit: noch mal ins Atelier! Die Comtesse und Dantès sind ja auf dem Markt. Ein Risiko weniger, entdeckt zu werden."

„Wir müssen trotzdem sehr wachsam sein, damit keiner von den Bediensteten uns sieht."

Unbeobachtet schlichen sie in den Weinkeller. Orson öffnete wieder die Türen und wenige Minuten später waren sie bereits an ihrem Bestimmungsort. Unruhig suchten sie nach der Taschenlampe, konnten sie aber nirgends finden.

„Du musst dich geirrt haben."

„Ich bin mir sicher. Sie muss hier sein."

Auf Knien rutschten sie durchs Atelier, schauten in jede Ecke, hinter jeden Gegenstand; nichts. Nach zehn Minuten intensivsten Suchens gaben sie auf. Orson klopfte sich seine Hose ab. „Wir verschwinden von hier. Ich habe ein ungutes Gefühl."

Sie schauten sich noch einmal um und schlüpften hinaus. Sorgfältig schloss Orson die Tür. Durch den modrigen Schacht schlichen sie zurück in den Weinkeller. Sein Gefühl hatte Orson nicht getäuscht. Er hatte die Hand bereits am Türgriff, als er ein Hüsteln hörte. Er hielt abrupt inne und gab Sarah ein Zeichen, sich nicht zu bewegen.

Angespannt blinzelte er durch einen Schlitz der Holztür. Er konnte niemanden sehen. Plötzlich durchbrach ein Knall die Stille. Orson stürzte aus seinem Versteck und rannte zur Ausgangstür.

Die plötzliche Helligkeit blendete ihn. Als seine Augen sich an das Tageslicht gewöhnt hatten, sah er gerade noch, wie jemand über die Felder Richtung Stallungen lief. Er rannte hinterher. Die Gestalt verschwand zwischen den Bäumen. Außer Atem erreichte er den Stall. Er ging hinein und sah sich um. Der zweite Stallbursche, Paul, kehrte ihm den Rücken zu. Orson packte ihn an der Schulter und riss ihn herum. „Was hast du im Weinkeller gesucht, Bürschchen?"

Paul sah ihn verblüfft an. „Aber Ors, sag mal, spinnst du? Lass mich los!"

„Ist hier gerade jemand vorbeigelaufen?", fuhr Orson ihn an.

„Nein. Ich bin allein."

Orson ließ ihn los und rieb verlegen das Hemd des Burschen glatt. „Pardon." Er ging hinaus und sah sich noch mal um. *Warum verdächtige ich Idiot den Stallburschen, wo ich doch mit ziemlicher Sicherheit sagen kann, dass das eine Frau gewesen ist?* Es gab schon einige Frauen auf dem Schloss: die Köchin, einige Dienstmädchen, eine Kammerzofe. Aber warum sollte eine von denen im Weinkeller sein und vor ihm flüchten?

Orson kehrte zum Weinkeller zurück, wo Sarah ihn aufgeregt erwartete. „Wer war das?"

„Keine Ahnung. Ist mir entwischt."

Sie nahm Orson beim Arm. „Wir müssen weg hier. Ich fühle mich nicht mehr sicher."

Zutiefst beunruhigt, machten sie sich reisefertig. In der Hoffnung, die Taschenlampe doch noch zu finden, lugte Sarah noch mal unters Bett und schüttelte die zusammengefaltete Bettdecke noch einmal auf. Mit lautem Knall prallte ein Gegenstand gegen den Spiegel der Kommode und zerbarst. Sarah erschrak fast zu Tode. Sekunden später stürzte Orson in ihr Zimmer. Er befürchtete Schlimmes. „Was ist los?"

Sarah stand wie versteinert vor dem Spiegel und hielt ihre kleine Taschenlampe in der Hand.

„Da ist ja das verdammte Ding. Dann war es doch hier ..."

„Nein. Bevor wir zurück in den Keller gegangen sind, habe ich meine Bettdecke gefaltet. Da wäre mir die Lampe doch aufgefallen."

„Das bedeutet also, jemand hat sie entdeckt, an sich genommen und hierher gebracht ... Wann?"

„Als wir im Keller waren." Plötzlich hatte Sarah richtig Angst. „Die Comtesse hatte mit am Frühstückstisch gesessen, Dantès auch. Die können es nicht gewesen sein. Es ist also jemand anderes mit im Spiel."

„Höchstwahrscheinlich die Person, die vorhin weggelaufen ist."

„Lass uns von hier verschwinden, Orson! Ich habe keine Lust zu enden wie Eva."

Orson nickte. Er verstand nicht, was hier vorging, und das machte ihn unruhig. Solange er nicht wusste, welche Gefahren auf Sarah lauerten und warum, konnte er sie nicht hundertprozentig beschützen. Um elf Uhr verließen sie das Schloss.

*

Gabriel schlich zum Fenster und spähte hinaus. Etwas weiter unten, am Waldrand, stand wieder ein Wagen. Diesmal war es ein blauer. Ziemlich sicher war es eine neue Überwachung. Aleandro tauchte hinter ihm auf. „Noch immer?"

Gabriel nickte.

„Ich habe gestern mehrmals versucht Sarah zu erreichen. Irgendetwas stimmt nicht bei ihr."

Sarah schreckte hoch, als der Klingelton immer lauter und eindringlicher wurde. Sie kramte ihr Handy aus der Handtasche. Es war Aleandro. „Hallo?"

„Sarah, endlich! Ich dachte schon, Sie wollten nicht mehr mit mir reden. Haben Sie etwas herausgefunden?"

„Nicht das, was Sie wollten, Aleandro."

„Verdammt! Entschuldigung, Sarah. Aber hier wird der Boden langsam wirklich heiß. Ich bin nur dabei wegzurennen, die Polizei ist mir auf den Fersen."

„Hören Sie, Aleandro. Wir haben die ‚Vue infernale' gefunden, aber wir sind Laien …"

„Wir? Was heißt *wir*? Haben Sie jemandem von unserem Gespräch erzählt? Sie haben mich verraten!"

„Ich habe einen Freund. Dem können wir beide vertrauen. Wie gesagt, ob die ‚Vue infernale' echt ist oder eine Fälschung, das konnten wir nicht herausfinden. Aber wir haben vielleicht eine kleine Spur Richtung Fälschung gefunden." Plötzlich hatte Sarah eine Idee. „Aleandro, können wir uns treffen?"

„Wann?"

„Heute Abend?"

„Sind Sie denn nicht mehr auf dem Schloss?"

„Wir sind unterwegs nach Luxemburg."

„Mein Versteck wird bewacht. Es wird schwierig."

„Überlegen Sie sich etwas. Ich melde mich heute Abend und zeige Ihnen, was wir gefunden haben. Vor allem aber reden wir mal Klartext."

„Einverstanden."

Sarah sah auf ihre Uhr. „Es wird spät werden, bis wir in Luxemburg sind, Aleandro. Ungefähr zehn Uhr."

„Ich warte!"

*

Tom blätterte in einer Akte, als sein Telefon klingelte. „Ein *Commissaire en chef* Claude Soisson von einer Brigade aus der Provence am Telefon."

„Stell ihn durch!"

«*Bonjour, Monsieur le Commissaire en chef. Que puis-je faire pour vous ?*»

Chefkommissar Soisson schilderte Tom, was sich auf Beauregard zugetragen hatte, und riet ihm, Sarah einen Personenschutz zukommen zu lassen.

«*Avez-vous les protocoles des dépositions ?*»

Der Chefkommissar erklärte ihm, es sei nicht zu einer Anzeige gekommen. Die De Lacroix' seien eine angesehene Familie und die Wurzeln dieses unglückseligen Falles lägen schließlich in Luxemburg. Was Sarah passiert sei, wäre ihr auch in Luxemburg zugestoßen, meinte er nüchtern. Tom fand es ziemlich unprofessionell, das Ansehen einer Adelsfamilie über den regulären Ablauf einer Ermittlung zu stellen, sagte aber nichts. Er bat den Hauptkommissar, ihm seinen Bericht per Mail zukommen zu lassen. Er würde ein Fax erhalten, meinte der Chefkommissar. Freundlich bot er noch an, stets zur Verfügung zu stehen, dann legte er auf.

Tom informierte Jeannette über den Vorfall in der Provence.

„Wusstest du denn, dass sie wieder in die Provence gefahren war?"

Tom drehte die Augen zur Decke. „Ach ja, *sorry*. Hatte ich dir ganz vergessen zu sagen. Sie hat die Rückführung der Gemälde von De Lacroix überwacht. Dieser Orson Morris hat sie begleitet."

„Soll ich sie anrufen?", fragte Jeannette.

„Hast du ihre Handynummer?“

„Ja.“

„Dann finde mal raus, wo sie sich aufhält. Der Chefkommissar meinte, sie habe auf sein Anraten hin das Schloss verlassen. Sie sei auf der Rückreise.“

„Der macht es sich aber ganz schön einfach.“

„Die De Lacroix’ genießen einige Privilegien in der Gegend.“

„Und die Peters kommt nach dem Vorfall ganz alleine den weiten Weg zurück.“

„Nein!“ Tom lachte auf. „Dieser Orson Morris begleitet sie.“ Er vertiefte sich wieder in seine Akte, während Jeannette Sarahs Nummer wählte.

*

Orson nippte an dem Becher seiner Thermoskanne, die bis zum Rand mit starkem, schwarzem Espresso gefüllt war, während er mit der linken Hand lenkte.

Sarah war erneut in einen unruhigen Schlaf gefallen, als ihr Handy wieder klingelte. „Hallo?“

„Hier spricht Jeannette Frings von der Polizei.“ Sie schaltete die Freisprechanlage ein.

„Guten Morgen.“

„Wir haben von dem Anschlag erfahren. Wie geht es Ihnen?“

„Soweit ganz gut. Eine leichte Fußverletzung. Nicht der Rede wert.“

„Das freut mich zu hören. Darf ich fragen, wo Sie sich befinden?“

„Unterwegs nach Luxemburg.“

„Das trifft sich gut. Könnten Sie auf dem Kommissariat vorbeischauen, wenn Sie wieder im Lande sind?“

„Ist es dringend?“

„Es geht um Ihre Sicherheit.“

„Ich bin nicht alleine. Mein Freund ist bei mir. Wir werden spät am Abend eintreffen. Ist morgen früh in Ordnung?“

„Für uns schon. Sagen Sie mir eine ungefähre Uhrzeit.“

„Nicht zu früh. Zwischen zehn und zwölf?“

Tom schaute von seiner Akte hoch und nickte zustimmend.

„Wir erwarten Sie. Seien Sie vorsichtig.“

„Danke. Bis morgen.“ Sarah legte auf. Der Duft von Orsons Espresso stieg ihr in die Nase. „Bekomme ich auch einen Schluck?“

„Natürlich.“ Orson reichte ihr den Becher. Die Erfahrung, dass Geruchssinn und Geschmack in der Wahrnehmung so unterschiedlich wie Himmel und Erde sein können, stellte Sarah am eigenen Leib fest. Das Gebräu in ihrem Mund zog ihr den Gaumen zusammen und die Kehle zu. Eilig kramte sie nach einem Papiertaschentuch und spuckte die schwarze Brühe hinein. „Igittigitt … Orson! Wie kannst du sowas trinken? Was ist da drin?“

„Starker Kaffee mit einem Schuss Zitrone.“

„Zitrone im Kaffee?“ Sie schüttelte sich.

„Hat mir mal jemand geraten, als ich eine schlimme Migräne hatte. Jetzt trinke ich es, wenn ich müde bin. Der Kaffee hält mich wach und der säuerliche Geschmack, der gefällt mir.“ Er grinste.

„Jedem das Seine. Aber bitte warne mich nächstes Mal, bevor ich wieder eine so fürchterliche Mischung zu mir nehme!“

„Okay, Darling. Da vorne ist eine Tankstelle. Lass uns eine Rast machen. Dort kannst du einen normalen Kaffee trinken.“

„Gut."

Orson steuerte auf den Parkplatz zu. „Bleib sitzen." Erst nachdem er sich einige Minuten vergewissert hatte, dass niemand sie verfolgt hatte, stiegen sie aus.

*

Lustlos blätterte Tom in einer Tageszeitung, während er auf sein gegrilltes Steak wartete. Catherine ging ihm einfach nicht aus dem Kopf. Er drückte die Eins auf seinem Handy. *Bip...Bip...Bip*. Griesgrämig legte er es zur Seite. Das war *seine* Catherine. Dickköpfig bis zum Gehtnichtmehr! Er durfte sie nicht aufgeben.

Der Ober kam mit dem Steak und einer riesigen Portion Rohkost und grünem Salat. Tom würzte den Salat mit Salz, Pfeffer, Essig und einigen Tropfen Öl, nahm einen Bissen und dachte über den Fall nach. Es musste etwas geschehen. Gabriels Überwachung kostete eine Stange Geld. Der letzte Bericht von Michel war um zwölf gekommen. Das Antiquariat war montags geschlossen. Gabriel hatte die Wohnung nicht mehr verlassen. Zweimal hatte er es schon geschafft, die Polizei an der Nase herumzuführen. Tom fühlte sich richtiggehend veräppelt und in seiner persönlichen Ehre gekränkt. Er nahm einen Bissen von seinem Steak und beschloss am Nachmittag ein weiteres Mal mit Gabriel zu reden. Eigentlich war er ein netter Kerl und für Aleandro wahrscheinlich ein loyaler Freund. Aber er verstrickte sich in etwas, was ihm nur schaden konnte. Tom musste ihm diese Sichtweise unbedingt klarmachen. Sein karges Mahl beendete er mit einem *Caffè latte*. „Aber bitte mit fettarmer Milch!" Tom hatte seine Kalorientabelle genaustens im Kopf. Ein *Caffè latte* mit fettarmer Milch hatte nur halb soviel Kalorien wie einer mit Vollmilch. Und er schmeckte ihm genauso gut. Er nahm sich vor, seine wieder errungenen Körpermaße nicht leichtfertig aufs Spiel zu setzen.

Vom Schnee war keine Spur mehr, als Jeannette und Tom das Polizeiauto vor Gabriels Haus parkten. Tom klingelte. Gabriels blonder Wuschelkopf erschien an einem Fenster im ersten Stockwerk. „Ich komme!“

In der Wohnung lief angenehme Musik. Auf dem Couchtisch lagen Bücher und rundherum stapelten sich Kisten. „Ich hatte Glück. Ich habe im Internet ein ganzes Kontingent antiker Bücher ersteigert. Ich bin dabei auszusortieren. Die ich schon habe, verkaufe ich wieder über das Internet. Eins ist aber schon sicher: Ein Schnäppchen war es allemal. Aber das interessiert Sie ja wohl nicht … Was kann ich für Sie tun?“

„Wir suchen immer noch Aleandro Dimillo.“

„Und ich kann Ihnen immer noch nicht weiterhelfen. Kaffee?“

„Nein, danke. Wenn Sie ihn verstecken, machen Sie sich strafbar.“

„Das ist mir bewusst, deswegen tue ich es ja nicht.“

„Wo waren Sie denn letzte Nacht? Zwischen Mitternacht und vier.“

„Ich habe mich mit dem Verkäufer dieser Bücher getroffen. An der Grenze. Das war unser Deal beim Kauf. Um die Versandkosten zu sparen, haben wir sie geteilt.“

„Das können wir überprüfen, nehme ich an.“

„Das können Sie. Aber ich kann Ihnen nur den Namen des Zwischenhändlers geben. Der Mann wollte anonym bleiben.“

„Das wundert mich nicht.“

„Warum?“

„Weil Sie lügen“, sagte Tom provozierend.

„Denken Sie denn, ich hätte die Kisten hergezaubert? Schauen Sie. Hier. Die Bestätigung des Kaufes, vorgestern Abend.“ Gabriel reichte Tom einen Beleg. Er war echt. Was Tom aber nicht wusste: Gabriel hatte die Transaktion eingefädelt, um Aleandro unbemerkt wieder ins Haus schmuggeln zu können.

„So kommen wir nicht weiter, Herr Gabriel. Ich gebe Ihnen vierundzwanzig Stunden Zeit, um mit uns zu kooperieren, ansonsten droht eine Anzeige wegen Irreführung der Behörden.“

„Ich – kann – Ihnen – nicht – helfen! Soll ich es Ihnen buchstabieren?“

Aleandro saß auf dem Dachboden und hatte jedes Wort gehört. Gabriel war ein *echter* Freund. Es gefiel Aleandro aber nicht, dass er den Kopf für ihn hinhielt. Für den Bruchteil einer Sekunde wollte er die Luke öffnen und sich zu erkennen geben. Doch etwas hielt ihn zurück. Sarah! Seine einzige Chance. *Vierundzwanzig Stunden. Die bleiben mir noch. Wenn sich bis dahin nichts ergeben hat, stelle ich mich der Polizei.*

„Vierundzwanzig Stunden. Auf Wiedersehen, Herr Gabriel.“

„Ich glaube, wir streichen die Überwachung. Sie kostet nur viel Geld und bringt nichts!“ Tom kramte nach seinem Autoschlüssel.

„Dabei wissen wir, dass dieser Gabriel uns an der Nase herumführt.“

„Er ist schlau, sehr schlau!“

Gabriel beobachtete sie vom Fenster aus, als sie davonfuhren.

*

Um zweiundzwanzig Uhr schloss Sarah ihre Wohnungstür auf. „Wieder daheim! Ich war selten in so kurzer Zeit so oft weg. In der Provence mit Eva, dann der Krankenhausaufenthalt, dann wieder in der Provence.“

Orson antwortete nicht und stellte ihren Koffer in den Flur. So wie der Fall lag, würde es noch dauern, bis wieder eine gewisse Normalität in Sarahs Leben eintreten würde.

Sarah zog ihre Jacke aus und hängte sie an die Garderobe. „Fühl dich wie zu Hause, Orson. Du kennst dich ja aus."

Zuerst bekam Runzel ein paar Streicheleinheiten, dann rief Sarah ihre Mutter und ihre Schwester an. Sie erzählte ihnen nichts von dem mysteriösen Unfall auf Beauregard. Das hätte die beiden nur unnötig aufgeregt.

„Komm doch mal mit Orson vorbei", schlug ihre Mutter vor. „Wie wäre es mit Samstag, zum Abendessen?"

„Orson fährt am Wochenende zurück."

„Dann kommt am Mittwoch. Dein Vater hat diese Woche frei. Ich lade auch deine Schwester ein."

Die Idee gefiel Sarah. Ihre Liebsten und ihr Liebster. Alle zusammen.

„Aber nur, wenn du mein Leibgericht kochst."

„Das lässt sich einrichten."

„Super. Dann bis Mittwoch. *Ciao*." Sie legte auf. „Mittwochabend bei meinen Eltern, Orson. Ist das für dich in Ordnung?"

Orson, der dabei war seine Mails zu lesen, nickte.

„Nun zu Aleandro." Sarah wählte seine Nummer.

„Aleandro hier. Endlich, Sarah!"

„Mann! Hatten Sie das Telefon am Ohr?"

„Kann man so sagen. Ich warte verzweifelt auf Ihren Anruf. Sie sind meine letzte Hoffnung. Wir müssen die Sache mit der Fälschung aufdecken, sonst bin ich in vierundzwanzig Stunden hinter Gittern."

„Wie das denn?“

„Ich kann nicht länger verlangen, dass andere Leute für mich den Kopf hinhalten. Ich werde mich der Polizei stellen. Mit oder ohne Beweis.“

Armer Aleandro! Er tat Sarah wirklich leid. Sein Wille, sich zu stellen, bestätigte sie in ihrem Gefühl, dass er unschuldig war.

„Wo sind Sie?“

„In Sicherheit.“

„Wo können wir uns treffen?“

„Das gestaltet sich schwieriger, als ich dachte. Wie ich Ihnen schon bei unserem letzten Gespräch sagte: Ich bin in Sicherheit, aber sitze fest. Der Ort wird überwacht.“

„Von der Polizei?“

„Von wem denn sonst?“

„Haben Sie einen Computer in der Nähe?“

„Computer, Laptop. Alles, was Sie wünschen.“

„Eine Webcam?“

„Auch.“

„MSN und Videokonferenz?“

„Auch.“

„Na dann mal los. Ich simse Ihnen gleich meine Adresse und Sie mir Ihre.“

„Vertraust du ihr?“, meinte Gabriel skeptisch.

„Es bleibt mir nichts anderes übrig. Mein Gefühl sagt mir, dass sie es ehrlich meint. Ich habe sie und diese Eva ziemlich scheiße behandelt seit der Absage meiner Ausstellung. Eigentlich wollten sie mir ein faires Angebot unterbreiten.“

„Nur dein Dickkopf hat das nicht zugelassen."

„Du kennst mich doch. Jetzt mach ich mir natürlich Vorwürfe."

„Dieser Mord wäre trotzdem passiert. Wer weiß, was du nun aufdeckst. Einen Milliardenbetrug vielleicht!"

„Ich könnte darauf verzichten, Gabriel."

„Das glaube ich dir gern."

Wenig später waren Sarah und Aleandro online. Fast hätte Sarah ihn nicht wiedererkannt. Seine dicken, schwarzen Haare waren einem Militärschnitt gewichen. Sie zeigte auf Orson. „Ich hatte Ihnen vom ihm erzählt. Ein Freund. Orson Morris. Er kennt den Fall genau."

„Ist er sauber?"

„Sie können ihm vertrauen. Außerdem ist er vom Fach. Er ist Privatdetektiv."

Aleandros Miene wurde düster. „Privatdetektiv?"

„Er steht derzeitig in den Diensten der Comtesse De Lacroix. Er ist nicht durch den Mord an Eva in den Fall geschlittert, sondern durch mich. Außerdem sind wir ein Paar. Mit seinen Fähigkeiten kann er Ihnen nur von Nutzen sein."

„Wenn Sie es sagen." Aleandro rutschte etwas zur Seite. „Ich vertraue Ihnen, Sarah."

„Das können Sie."

„Das ist Gabriel. *Mein* Freund. Er deckt mich seit meiner Flucht." Gabriel nickte in die Webcam.

„Also gut. Die Formalitäten wären damit geklärt. Jetzt zu unseren Enthüllungen."

„Ich bin neugierig."

Sarah erzählte, was sich auf Beauregard zugetragen hatte. Das verschlossene Atelier, die gefundenen Bilder und natürlich die Fotos. Die Farbpalette erwähnte sie bewusst jedoch noch nicht.

„Halten Sie die Fotos in die Kamera!“

„Etwas mehr nach hinten. Ich zoome es.“

Klick. „Okay. Ich hab's auf meinem Bildschirm. Gestochen scharf!“

„Was sehen Sie, Aleandro? Lassen Sie uns an Ihren Gedanken teilhaben“, bat Orson.

„Es ist die ‚Vue infernale'. Natürlich ist es unmöglich, auf dem Bild die Echtheit festzustellen. Der Raum. Ein moderner Raum. Ein modernes Haus. Ich habe das Schloss von De Lacroix zwar nie gesehen, aber das ist nie und nimmer in einem Schloss.“

„Ich habe auch so kombiniert.“

„Aber da … hmmhh … das ist … ich würde sagen … ich werd' verrückt! Das ist doch eine Farbpalette aus der limitierten Serie von *Applepie*. ‚Classic meets modern', heißt die Serie. Eine limitierte Serie. Ist dieses Jahr auf den Markt gekommen.“

„Aha!“

„Sieht mir danach aus, als wollte jemand die ‚Vue infernale' fotografieren, ich präzisiere: die Kopie der ‚Vue infernale', und hat dabei versehentlich die Farbpalette des Fälschers mitfotografiert.“

Sarah rutschte aufgeregt auf ihrem Stuhl hin und her. „Wir sehen das auch so. Können wir durch die Palette an den Fälscher rankommen?“

Orson kam ein Gedanke. „Das Bild … damals abends … als Sie die Farbe gerochen haben … sie muss also noch frisch gewesen sein.“

„Sehr frisch.“

„Es wäre also theoretisch möglich, dass das Gemälde hier in Luxemburg gefälscht, fertiggestellt oder zumindest retouchiert wurde.“

„Richtig!“

„Dann befände sich das Zimmer auf dem Bild in einem Gebäude hier im Land.“

„Aber die potentiellen Täter, Orson, die sind doch in Frankreich. Die Comtesse, dieser Dantès, von dem Sie redeten …“

„Da spielt noch eine dritte Person mit. Sie ist unser Schlüssel, das Bindeglied zwischen Luxemburg und Frankreich.“

„Dementsprechend befindet sich die Fälschung hier in Luxemburg, irgendwo auf 2 587 km^2. Wir suchen eine Nadel im Heuhaufen!“

„Nicht so pessimistisch!“

„Was können wir tun?“

Orson rieb sich nachdenklich die Nase. „Die Farbpalette ist die Drehscheibe in unseren Ermittlungen. Jetzt sind Sie dran, Aleandro!“

„Ich höre.“

„Was Malutensilien betrifft, kennen Sie sich als Maler doch hier in Luxemburg mit den verschiedenen Geschäften oder Händlern aus?“

„Natürlich.“

„Finden Sie heraus, wer diese *Applepie*-Palette importiert oder vertreibt! So schnell wie möglich ...“

„Zu welchem Zweck?“

„Vielleicht kommen wir so an die Käufer ran. Wenn es eine limitierte Serie ist, werden ja nicht täglich Hunderte davon verkauft.“

Aleandro war begeistert. „Orson, Sie sind ein Meister! Ich klemme mich gleich dahinter."

„Ich natürlich auch", bot Gabriel an und rückte in die Kamera. „Hier stehen zwei Computer. Wir werden uns die Händler aus dem Netz ziehen. Sonst noch Recherchen fällig?"

„Erledigen Sie das und wir sehen weiter."

„Sollen wir online bleiben?"

„Wenn Sie fündig werden, loggen Sie sich einfach ein. Ich bekomme ein Signal."

„In Ordnung. Danke euch beiden. Ihr seid genial!"

Sarah streckte sich. „Du kannst jetzt machen, was du willst, Orson. Ich brauche eine gehörige Portion Schlaf."

„Ich auch, Darling. Ich auch!"

Wenig später schlüpften beide unter die Bettdecke. Mit dem Wissen, einen Schritt weiter zu sein, schliefen sie eng aneinander gekuschelt ein.

Um sieben Uhr schlug Orsons Laptop Alarm. Zuerst sanft, dann eindringlicher. Es dauerte einige Sekunden, bis er die Fakten in seinem Kopf geordnet hatte. Richtig! Er war in Luxemburg, hatte geschlafen, und sein Laptop rief. Das konnte nur Aleandro sein. Wie von der Tarantel gestochen, hechtete er hin und schaltete sofort auf Videokonferenz.

„Sie haben die Händler in Ihrer Mailbox. Drei Geschäfte, ein Importeur", jubelte Aleandro.

„Gute Arbeit!"

„Und was jetzt?"

„Ohne die Hilfe der Polizei kommen wir jetzt nicht weiter. Sarah und ich werden noch heute Vormittag mit Kommissar Becker reden. Er kann mehr Druck ausüben auf die Verkäufer, Besitzer oder wen auch immer, damit sie mit Informationen über eventuelle Käufer dieser Palette rausrücken. Außerdem sind die Leute verpflichtet, der Polizei Auskunft zu geben."

„Das stimmt. Die meisten Verkäufer kennen die einzelnen Künstler fast alle mit Namen. Viele sind Stammkunden in nur einem Geschäft."

„Sie hören von mir, Aleandro. Bis später."

*

Die Leitung war frei. Catherine war nicht mehr wütend. Nach dem fünften Klingelton hörte Tom die heiß ersehnte Stimme. Plötzlich wusste er nicht mehr, was er sagen sollte.

„Tom, was willst du?", fragte sie barsch.

„Mich entschuldigen. Bitte, verzeih mir. Ich habe meine Lektion gelernt."

„Das sagst du immer."

„Ich bin ein Trottel, Catherine. Aber bitte, wenn du mich schon nicht mehr willst, dann lass uns wenigstens Freunde sein. Ich … ich brauche dich."

Natürlich, du Bär. Ich dich doch auch, dachte sie. „Ich habe nicht viel Zeit. Im Sprechzimmer wartet ein Patient."

„Darf ich dich zum Essen einladen? Am Samstag. Zu … Pierrot?"

„*Chez Pierrot*" war Catherines absolutes Lieblingsrestaurant. Wunderschönes Ambiente, exzellentes Essen.

Sie zögerte nicht lange. „Ruf mich am Freitag noch mal an."

„Ist das ein Ja?"

„Ja, Tomi!"

„Ciao." Tom legte auf, bevor sie es sich anders überlegte, und rieb sich glücklich die Hände. Bei „*Chez Pierrot*" konnte er unauffällig mit seiner Diät fortfahren. Fünf Kilo waren inzwischen weg. Mindestens fünf sollten noch folgen. Es war Spargelzeit. Er würde Spargel mit Schinken essen. Gemütlich lehnte er sich in seinem Bürostuhl nach hinten, legte seine Füße auf den Tisch, verschränkte die Arme hinter dem Kopf und schloss die Augen. Er sah Catherine vor sich. Bestimmt würde sie diesen schicken Zweiteiler tragen und hochhackige Sommerschuhe. *Was ziehe ich an? Natürlich etwas, was sie mag. Das neue schwarz-weiß-grau karierte Hemd und eine dunkle Hose. Das wird ihr gefallen. Ein Versöhnungsgeschenk muss her.*

Jeannette riss ihn aus seinem Tagtraum. „Hey, Tom. Die Peters und dieser Typ sind unten am Empfang."

„Ah ja. Bring sie in den großen Konferenzraum." Tom nahm die Füße vom Tisch und schlug sich zufrieden auf die Oberschenkel. Dann stand er auf und ging hinunter.

Sarah reichte ihm die Hand und überfiel ihn sofort mit der ersten Frage: „Haben Sie mittlerweile eine Spur, Herr Kommissar?"

„Nehmen Sie erst mal Platz."

„Bei uns hat sich ziemlich viel ereignet."

„Der *Commissaire en chef* Soisson hat mir die rätselhafte Story erzählt. Ich fürchte, dass der Anschlag auf Sie den Fall nicht leichter macht. Beim Mord an Frau May kann man annehmen, dass ein Einbrecher sie umgebracht hat. Jetzt frage ich mich allerdings, warum Sie nun zur Zielscheibe geworden sind ..."

„Für mich ergibt weder das Eine noch das Andere einen Sinn, Herr Becker. Oder haben Sie einen einzigen Beweis für Ihre Theorie mit dem Einbrecher?“, bohrte Sarah weiter. Sie und Orson wollten zuerst wissen, wie die Polizei den Fall sah, bevor sie ihre Informationen preisgaben.

„Einen Beweis? Leider nein.“

„Und Sie haben absolut keine Ahnung, weshalb man mir nach dem Leben trachtet, oder?“

„Sie wissen vielleicht etwas, was brisant für andere ist. Deshalb ist Ihr Leben in Gefahr.“

„Da liegen Sie gar nicht mal so falsch, Herr Kommissar. Herr Morris und ich haben einiges herausgefunden, was Ihnen weiterhelfen könnte.“

Tom musterte Orson.

„Ach ja. Herr Morris ist übrigens Privatdetektiv.“

Tom kam sich vor wie der Trottel vom Dienst. Er hatte noch immer keine Informationen über diesen Morris eingezogen. „Aha. Mit Lizenz?“

„Natürlich. In Frankreich.“

„Die will ich aber noch sehen.“

„Soll ich jetzt anfangen?“, fragte Sarah ungeduldig.

„Ja, bitte.“ Tom machte eine auffordernde Handbewegung.

Sarah erzählte die ganze Geschichte. Von der Vernissage bis zu Aleandros Anruf, dem Tunnel zum Atelier, den Fotos. Orson fügte die Verfolgung der Unbekannten hinzu. Zum Abschluss legte er eines der Fotos und die Liste mit den Vertreibern der berüchtigten Palette auf den Tisch.

„Dann wissen Sie, wo Dimillo steckt?“, fragte Tom.

„Wir haben keine Ahnung“, antwortete Sarah.

„Wie konnte er die Farbpalette erkennen?“

„Wir haben per Internet und Videokonferenz kommuniziert.“

„Aber dann kriegen wir ihn; irgendwie.“

„Sparen Sie sich die Mühe, Herr Becker! Sie finden ihn nicht. Er war in einem Internet-Café außerhalb Luxemburgs. Außerdem will er sich stellen, selbst wenn seine Unschuld in den nächsten vierundzwanzig Stunden nicht bewiesen ist. Es wäre sinnvoller, diese Geschichte mit den Farbpaletten sofort zu verfolgen. *Das* ist wenigstens eine konkrete Spur!“

„Wenn Dimillo sich meldet, beschwören Sie ihn, er soll sich stellen.“

„Das brauche ich nicht, er wird sich sowieso stellen.“

„Wo kann ich Sie erreichen?“

„Ich bin heute den ganzen Tag in der Galerie. Ich bereite die nächste Ausstellung vor. Die Vernissage ist in zwei Wochen. Und meine Handynummer haben Sie ja.“

*

„Telefon, *Comtesse*.“

Louise richtete sich auf und rückte ihre Sonnenbrille zurecht. Sie liebte es, am späten Morgen in der Sonne zu sitzen. Sie war weniger aggressiv als die Mittagssonne.

„Danke, Alice. Hallo?“

„Ich bin's.“

Louises Herz schlug einen Takt schneller. „In was hast du mich da reingezogen? Ich kann es nicht glauben. Bist du wahnsinnig? Stell dir vor, Sarah wäre tatsächlich etwas zugestoßen.“

„Nun werd' mal nicht sentimental! Wir müssen da durch.“

„Wo bist du überhaupt?“

„Auf dem Weg nach Luxemburg. Es gibt nämlich schlechte Nachrichten.“

„Mein Gott!“

„Sie hat nicht nur den geheimen Schacht zum Atelier gefunden und dort rumgeschnüffelt, sie hat auch etwas gefunden.“

„Oh nein!“

„Es fehlen Fotos von der ‚Vue infernale‘. Verräterische Fotos.“

„Was hast du vor?“

„Ich weiß noch nicht genau. Aber ich habe keine Lust im Gefängnis zu landen. Wenn es sein muss, schaffe ich die Peters auch aus dem Weg.“

Die Comtesse atmete bestürzt durch. „Aber …“

„Und du hilfst mir dabei! Verstanden?“

„Ich kann das nicht!“

„Beweg deinen Arsch nach Luxemburg!“

„Aber warum?“

„Das wirst du dort erfahren.“

„Aber was sag ich Luc?“

„Lass dir was einfallen. Aber dalli!“

„Ich habe wohl keine andere Wahl!“, flüsterte Louise.

„Nein, die hast du nicht! Bis morgen früh spätestens bist du an unserem üblichen Treffpunkt.“

„Morgen schon?“, krächzte Louise.

„Was denkst du denn? In einem Monat?“

„Ich werde da sein.“ Louise beendete das Gespräch. Dicke Tränen rannen ihre Wangen hinunter. Sie verstand immer weniger und ein großes Loch der Verzweiflung machte sich unter ihr auf. Luc Dantès beobachtete sie aus der Ferne. *Was ist nur mit ihr los?*, fragte er sich.

Wie komme ich jetzt nach Luxemburg? Und was erzähle ich Luc? Nachdem sich Louise beruhigt hatte, ging sie in Gedanken versunken zurück ins Schloss und prallte mit Luc zusammen.

„*Ma chérie*. Geht es dir nicht gut?"

„Eine leichte Migräne. Sonst nichts. Aber ich fahre für ein paar Tage weg."

„Wohin? Weshalb?"

„Ein Pferd. Ich möchte ein weiteres kaufen. Jetzt, wo die Finanzen sich bessern, wird der Reiterhof vielleicht kein Traum bleiben."

„Ich begleite dich."

Louise schüttelte den Kopf. „Mir wäre lieber, du würdest auf dem Schloss bleiben, Luc. Jetzt, wo Orson nicht da ist, muss doch jemand hier die Verantwortung übernehmen."

„Wenn es dein Wunsch ist, *mon amour* …" Lucs Augen glitten prüfend über Louises Gesicht. Sie senkte den Blick. Er kannte sie gut. Ihm war nicht entgangen, dass sie ihn soeben eiskalt belogen hatte.

Louise buchte online einen Erste-Klasse-Fahrschein. Um vierzehn Uhr konnte sie mit dem TGV von Lyon nach Metz fahren und von dort aus nach Luxemburg. Ankunft gegen zwanzig Uhr. Sie warf achtlos einige Kleider und Reiseutensilien in einen Handkoffer. Nur fünfzehn Minuten später saß sie im Wagen und brauste los. Luc Dantès blickte ihr kopfschüttelnd hinterher.

*

Tom parkte seinen Dienstwagen im unterirdischen Parkhaus am Theaterplatz. Eines der drei Geschäfte, die er und Jeannette am Nachmittag abklappern würden, befand sich in der Oberstadt, das andere in Mersch, das dritte in Diekirch.

Die Tür zum Laden stand offen. Ein Mann, gestylt wie ein schillernder Paradiesvogel, in einer blauen Jeans und einem rosaseidenen Hemd, das perfekt zu der farbenfrohen Ausstattung des Ladens passte, begrüßte sie freundlich.

Jeannette trat auf ihn zu. „Sie verkaufen doch Paletten der Marke *Applepie*?"

„Oh! Wir verkaufen, was des Künstlers Herz begehrt. Aber ja, exquisit, die *Applepie*-Farbpalette!" Er wedelte mit der Hand in der Luft. „Ein wunderbares Stück."

„Es geht um die Serie ‚Classic meets modern'."

„Die Serie ist vergriffen. Aber ich könnte ..."

„Wir ermitteln in einem Verbrechen und brauchen Informationen."

„Was für Informationen?"

„Im Idealfall könnten Sie uns die Namen aller Käufer dieses Artikels nennen."

„Wir führen leider keine Listen."

„Auch nicht, wenn es sich um einen solch seltenen Artikel handelt?", fragte Tom aus einer Ecke des Ladens, wo er Leinwände betrachtete.

„Oh doch! Da fällt mir etwas ein. Da es sich um eine limitierte Serie handelte, hatten wir einige Vorbestellungen. Diese Daten müsste ich noch auftreiben können."

„Wir wären Ihnen sehr verbunden, wenn Sie uns diese Daten heraussuchen könnten." Jeannette lächelte den Paradiesvogel freundlich an.

Er lächelte zurück. „Aber gerne doch."

Der Mann ging in ein Hinterzimmer und kam mit einem Ordner zurück. Er blätterte und las. „Bestellungen, Rechnungen, nicht bezahlte Rechnungen, noch weitere nicht bezahlte Rechnungen …" Mit einer theatralischen Geste fühlte er sich an die Stirn. Seine Armbänder klirrten. „Oh, diese Künstler! Sehen Sie nur, was die mir noch für einen Haufen Geld schulden. Ich bin einfach zu nett. Das muss sich ändern …" Dann blätterte er weiter. „Reservierungen. Für Mai, hier März, Januar. *Applepie*! Na bitte."

„Wieviel Exemplare haben Sie denn verkauft?"

„Sechs. Ich hätte zwanzig verkauft. Aber mehr als sechs wollte der Hersteller unserem kleinen Lädchen nicht zugestehen."

„Dann zeigen Sie mir mal die Liste." Jeannettes Augen huschten über die Namen. „Fünf Vorbestellungen."

Tom lugte über ihre Schulter. Stolz bemerkte er, dass sein Bauch nicht schon vor ihm ihren Rücken berührte.

„Eva May!", entfuhr es ihnen gleichzeitig.

„Die May", Jeannette konnte es kaum fassen, „kommt also als Fälscherin in Frage!"

„Die Ermittlungen nehmen damit eine ganz andere Wendung."

Jeannette wandte sich an den Verkäufer: „Sie können uns nicht sagen, wer Palette Nummer sechs gekauft hat?"

Der Paradiesvogel hob bedauernd die Hände. „Leider nein. Ich arbeite und lebe erst seit sechs Monaten hier. Die Kunden hier kenne ich noch nicht alle beim Namen. Vorher war ich in unserer Filiale in Diekirch tätig."

„Können Sie uns zumindest sagen, ob es ein Mann oder eine Frau war?"

„Eine Frau. Ja, es war eine Frau."

„Können Sie sie noch beschreiben?"

„Blond. Oder ..." Er kratzte sich am Kopf. „Brünett? Daran erinnere ich mich nicht mehr. Um die vierzig. Hübsch. Elegant. Das ist alles."

„Würden Sie sie wiedererkennen?"

„Möglich wär's."

„Wir werden uns diesbezüglich noch mal bei Ihnen melden."

„Stets zu Ihren Diensten", zwitscherte der Verkäufer.

Mit einer Kopie der Liste verließen sie das Geschäft.

„Um die vierzig, hübsch, elegant! Die Comtesse?", dachte Tom laut nach.

„Sie ist schon verdächtig", antwortete Jeannette. „Laut der Peters ist sie in Geldnöten. Warum nicht ein paar Bilder vom Papa fälschen und die Originale für spätere Generationen aufbewahren?"

„Und für den Verkauf gemeinsame Sache mit der May machen."

„Aber warum wurde die May umgebracht? Wenn es mit den Fälschungen zu tun hat, ist Dimillo draußen."

„Und das Blut?", fragte Tom.

„Eine falsche Fährte." Jeannette zuckte die Schultern.

„Wir haben eine weitere Theorie. Mehr nicht. Lass uns bei der Realität bleiben. Ich schlage vor, wir telefonieren zuerst mit den beiden anderen Geschäften für Künstlerbedarf. Vielleicht liefen die Einkäufe dort auch über Vorbestellung und wir können uns den Weg nach Mersch und Diekirch sparen."

„Einen Versuch ist es allemal wert."

„Mal ganz ehrlich: Was bringt uns die Information, dass Eva May eine solche Farbpalette gekauft hat?"

„Ein Glied mehr in einer langen Kette."

Sie waren beim Auto angekommen.

„Sollen wir mit Sarah Peters darüber reden?"

„Natürlich. Unbedingt."

„Dann lass uns zuerst zur Galerie fahren. Anschließend nehmen wir Verbindung zu den anderen Verkäufern auf."

*

Sarahs Wangen glühten vor Aufregung. Sie hatte sage und schreibe hundert Anrufe in den letzten Tagen erhalten. Die Hälfte der Anrufer hatten eine Nachricht auf der Mailbox der Galerie hinterlassen. Seit Stunden telefonierte sie umher.

Jean-Marc Haas, ein guter Freund Sarahs und etablierter Künstler, hatte sich kurzfristig zu einer Ausstellung seiner Werke bereit erklärt. Auf ihre Frage, ob er denn genügend Bilder besäße, hatte er geantwortet, sein Kontingent würde reichen die Ausstellungshallen auf Kirchberg zu füllen."

„Kannst du mir ein paar Fotos schicken, die ich an die Einladung per Attachment anhängen kann?"

„Natürlich!"

„Danke, dass du so spontan zugesagt hast."

„Ist doch selbstverständlich. Ich tu es aus Freundschaft zu dir und im Andenken an Eva."

„Sie sind fündig geworden?" Sarah sprang auf und begrüßte Tom und Jeannette.

Tom verlor keine Zeit und klärte sie über die Liste auf. „Wir sind gleich zwei verdächtigen Begebenheiten auf der Spur. Erstens: Eine *Applepie*-Palette wurde von Frau May gekauft."

„Von Eva?" Sarah war verblüfft.

„Könnte sie etwas mit diesen angeblichen Fälschungen zu tun gehabt haben?"

„Niemals!", sagte Sarah überzeugt. „Sie nicht." Obwohl Sarah in diesem Moment einfiel, wie vehement Eva im Gegensatz zu ihr selbst den Verkauf der Bilder gegen den Willen von De Lacroix unterstützt hatte, konnte sie es sich nicht vorstellen. Oder doch? Wäre es möglich, dass sie etwas damit zu tun gehabt hatte? Und wo war diese Palette? Sie hatte ihr nie erzählt, dass sie sich ein solch seltenes Stück angeschafft hatte.

„Tausend Franken für Ihre Gedanken", sagte Tom.

„Der gute, alte Luxemburger Franken. Der ist so wertlos wie meine Gedanken, Herr Kommissar."

„Sammlerwert hat er aber schon."

„Ihre zweite Spur?", lenkte Sarah ab.

„Für eine *Applepie*-Palette haben wir den Namen des Käufers nicht. Sie wurde von einer Frau gekauft, um die vierzig, hübsch, elegant."

„Die Comtesse?"

„Möglich wäre es. Falls der Untersuchungsrichter einverstanden ist, wird es zu einer Gegenüberstellung kommen. Vielleicht erkennt der Verkäufer sie ja. Wo ist eigentlich Ihr Freund?"

„Shopping und Sightseeing. Brauchen Sie ihn?"

„Nein. Eine letzte Frage: Sie sind sich sicher, dass Sie das Zimmer auf dem Foto mit der *Applepie*-Palette nicht kennen?"

„Hundert Prozent."

„Hat Dimillo sich schon gemeldet?", fragte Tom, während er sein Handy aus der Tasche nahm.

„Nennen Sie ihn nicht so abwertend *Dimillo*!", verteidigte Sarah Aleandro.

„Der Aspekt der Palette wirft ein total neues Bild auf den Fall. Sagen Sie ihm das."

„Muss er denn nicht in Haft, wenn er sich stellt?"

„Na ja. Das Blut von Frau May an seinem Pullover ist ziemlich belastend."

„Er behauptet, es sei eine Falle. Eine falsche Spur, um die Polizei irrezuführen."

Tom hob die Augenbrauen. „Er soll sich stellen. Wir stecken mitten in den Ermittlungen. Es ist nur eine Frage der Zeit, bis wir den Knoten gelöst haben."

„Ich hoffe es. Solange Herr Morris noch in Luxemburg ist, fühle ich mich einigermaßen sicher. Aber er reist am Wochenende ab."

„Bis dahin haben wir den Fall gelöst, oder ich werde Ihnen Personenschutz zugestehen."

Jeannette staunte. „Du bist aber sehr optimistisch, was die Auflösung des Falls betrifft!"

„Es ist nur eine Frage der Zeit, Jeannette. Der Kreis zieht sich zusammen, wir haben Beweise, wir haben potentielle Täter."

„Bleibt das Zuordnen. Soll ich mich um die Geschäfte in Mersch und Diekirch kümmern?"

„Mach das. Ich rufe diesen *Commissaire en chef* an. Jetzt wird die Provence mal aufgemischt."

„Was hast du vor?"

Tom rieb sich die Hände. „Ich will ein Verhör der Comtesse und eine Haus…, pardon, eine Schlossdurchsuchung wegen Mordverdachts, Fälschung und dieser *Applepie*-Palette."

„Der *Commissaire* wird toben. Wo er doch so auf Diskretion bedacht war."

Tom schüttelte den Kopf. „Mir egal! Es ist *mein* Fall. Es ist wie beim Grillen. Grillgut wird auf den Rost gelegt, wenn die Kohle vollständig durchgeglüht ist. Wartest du zu lange, ist die Kohle verglüht."

*

Es war dämmrig, als Louise Luxemburg erreichte. Sie stieg aus dem Zug und sah sich um. Mit ihrem Kopftuch und der Brille war sie schwer zu erkennen. Sie war eigentlich Kontaktlinsenträgerin. Weder Sarah noch der Kommissar oder sonst jemand in Luxemburg hatte sie je mit Brille gesehen. Auch auf der Vernissage hatte sie keine Brille getragen.

„Taxi!"

Die Comtesse reichte dem Fahrer einen Zettel mit der Adresse. „Bringen Sie mich bitte dorthin."

Der Taxifahrer fuhr in die Oberstadt, an der Kathedrale vorbei. Louise war nach Evas Tod in diesem Gotteshaus gewesen und hatte für sie gebetet. Trauer überkam sie. Wo war sie da hineingeraten? *Ich kann nicht so weitermachen. Sarah darf nichts zustoßen. Ich muss sie beschützen. Aber wie?*

Der Taxifahrer bog nach rechts, fuhr an der Abgeordnetenkammer vorbei und hielt an. „Den Rest müssen Sie zu Fuß zurücklegen, *Madame*. Eine Baustelle.“

Louise zahlte und stieg aus dem Auto. Es war ja nicht mehr weit. Sie schulterte ihre Tasche, ließ den Ziehgriff aus dem Koffer, drehte sich um und ging los. Die Räder ratterten auf dem Asphalt. Da sah sie ihn. Das Blut gefror ihr in den Adern. Er schlenderte geradewegs auf sie zu. Ihr Blick glitt auf der Suche nach einem Versteck über den Platz. Es gab keine Ausweichmöglichkeit. Sie hatte keine Wahl. Sie musste an ihm vorbei. Ihr Herz klopfte so laut wie der Hufschlag eines wild gewordenen Pferdes.

Orson sah die Frau mit dem Koffer von Weitem, beachtete sie jedoch nicht. Er hatte nur Augen für den großherzoglichen Palast. Die Dame anscheinend auch. Wie zwei Touristen schlenderten sie aneinander vorbei. Sobald sie sich gekreuzt hatten, hob Louise ihren Koffer an, entfernte sich mit langen, zügigen Schritten und bog in die Rue de l'Eau ein. Keine Sekunde zu früh! Abrupt blieb Orson stehen und drehte sich um. Plötzlich hätte er schwören können, es sei die Comtesse gewesen. Aber die Frau war schon weg. Sein scharfer Spürsinn arbeitete sofort auf Hochtouren. Sarah hatte ihm vorhin vom Besuch des Kommissars erzählt und der Unbekannten im Geschäft, auf die die Beschreibung der Comtesse nur zu gut passte. Entschlossen griff er zu seinem Handy und wählte die Nummer des Schlosses. Es klingelte und klingelte. Orson war im Begriff aufzulegen, als Dantès' Stimme erklang. „*Château Beauregard*.“

„Hier Orson. Guten Abend, Monsieur Dantès. Dürfte ich wohl eine Minute mit der Comtesse reden?“

„Um was geht es denn?“

„Ich möchte Sie um eine Urlaubsverlängerung bitten. Bis Montag.“

Dantès räusperte sich. „Die Comtesse ist für ein paar Tage in der Camargue."

„Das war mir nicht bekannt. Ich rufe sie auf dem Handy an."

„Das brauchen Sie nicht", entgegnete Dantès hastig. „Da Louise nicht hier ist, benötigen wir Ihre Dienste sowieso nicht. Ich genehmige Ihnen die Verlängerung." Es war ihm ausgesprochen willkommen, Orson weit vom Schuss zu wissen, bis er mehr über das seltsame Verhalten seiner Louise herausgefunden hatte.

Orson glaubte ihm kein Wort, bedankte sich und legte auf. Eins stand für ihn fest: Es war etwas ins Rollen gekommen. Der Hexenkessel brodelte. Er ging schnurstracks in die Galerie und erzählte Sarah von seiner eigenartigen Begegnung.

„Niemand kann ihr verbieten nach Luxemburg zu kommen. Aber warum ist sie hier? Und dazu noch inkognito. Was denkst du, könnte sie im Schilde führen?"

„Ich habe keine Erklärung." Orson schüttelte nachdenklich den Kopf. „Wenn das stimmt, was wir bis jetzt herausgefunden haben, dann hat sie etwas mit den Fälschungen zu tun. Aber die Kopien sind auf Beauregard. Es ist nicht logisch, dass sie hier ist, oder …"

„Was, Orson?"

„ …ich habe etwas übersehen!"

„Sollen wir Kommissar Becker informieren?"

„Das wäre wohl das Vernünftigste."

*

In Toms Ratgeber stand, dass Saunen sehr gesund und zur Unterstützung einer Diät nur zu empfehlen sei. Er hätte jedoch niemals geglaubt, dass es so angenehm sein könnte. Seinen Rohkostteller hatte er bereits gegessen. Jetzt noch einen Saunagang, türkisches Bad und anschließend fünfzehn Minuten auf die Sonnenbank. Er fühlte sich bereits viel entspannter als vor seiner Ankunft. Nur dieser Kommissar Soisson ging ihm nicht aus dem Kopf. Er hatte ihm den letzten Nerv geraubt. Er hatte mit Gesetzen und Paragraphen um sich geworfen, als sei er selbst ein Gesetzbuch. Es gab anscheinend tausend Texte, die es Tom verbaten, eine sofortige Hausdurchsuchung auf Beauregard in die Wege zu leiten. Da halfen keine Drohung und kein noch so gutes Argument. Soisson bemühte sich nicht einmal darum, ihn zu verstehen. Er war nur auf den Schutz der Privatsphäre der De Lacroix' bedacht und wollte ohne Anweisung von oben nichts unternehmen.

Blieb also nur das internationale Rechtshilfe-Ersuch. So konsultierte Tom den Staatsanwalt, der die Anfrage an den Untersuchungsrichter weiterleitete. Tom wies auf die Dringlichkeit hin und hoffte nun inständig, dass seine Anfrage schnell an den zuständigen Untersuchungsrichter in der Provence weitergeleitet würde.

*

„Er geht nicht ans Telefon", sagte Sarah.

„Er wird sich schon melden, wenn er deine Nummer auf dem Display sieht."

„Hast du Hunger?"

Orson nickte. „Mein Magen knurrt schon längere Zeit. In der Grand-Rue habe ich ein schickes, kleines Restaurant gesehen."

„Das *Papageno*. Super Idee! Lass uns schnell zu mir fahren. Ich ziehe mich um und um neun sind wir dort."

Das nach einer Figur aus Mozarts „Zauberflöte“ benannte Restaurant war dezent-romantisch beleuchtet. Schwarz und grün waren die Hauptfarben der Einrichtung. Wunderschöne, stilvolle Möbel passten zu den mit schwerem grünem Stoff und Goldbrokat verzierten Wänden. An einigen Tischen saßen bereits Gäste. Alle waren ausnahmslos elegant gekleidet.

„Guten Abend“, begrüßte sie ein perfekt gestylter Mann. Er stellte sich als Frank, Eigentümer des Restaurants, vor. „Ich möchte Sie gerne an unseren schönsten Tisch führen, wenn Sie erlauben“, sagte er freundlich. Er kannte Sarah aus der Galerie und wollte sie beeindrucken. Das *Papageno* war zum Treffpunkt der Jungreichen geworden. Floristen (nicht Blumenhändler), Galeristen (nicht Bilderverkäufer), Stylisten (nicht Friseure): eine neue Generation von jungen, erfolgreichen Menschen mit jungen, erfolgreichen Konzepten.

Frank war tatsächlich froh, dass Sarah endlich den Weg zu ihm gefunden hatte. Er hatte schon mehrmals eine Visitenkarte seines Restaurants in den Briefkasten der Galerie gesteckt. Stolz rückte er den Stuhl für sie zurecht. „Darf ich Ihnen ein Glas Champagner zur Begrüßung anbieten?“, fragte er.

„Gerne“, antwortete Orson.

Der Champagner war exquisit. Sarah und Orson prosteten sich zu. In seiner Nähe fühlte sie sich wie in eine warme, weiche Kuscheldecke gehüllt. Orson erging es nicht anders.

„Ich bin so froh, dass ich dich kennengelernt habe, Sarah. Du bist eine einzigartige Frau.“ Er nahm ihre Hand.

„Können wir überhaupt glücklich sein? Evas Tod wird immer seinen Schatten über unser Glück werfen.“

„Das Schicksal ist eigenartig, Sarah. Aber bringt es etwas, der Vergangenheit nachzuhängen, wenn wir sie doch nicht mehr ändern können?“

„Natürlich nicht. Aber …“

„Nein, Sarah. Kein Aber! Der Preis, den wir zahlen, ist hoch, da stimme ich dir zu“, sagte Orson. „Deshalb soll er nicht umsonst sein.“ Wie von Zauberhand stand plötzlich ein kleines, rotes Kästchen auf Sarahs Teller.

Verwirrt sah sie Orson an. *Hoffentlich ist es nicht das, was ich denke!* Sie ergriff das Kästchen und öffnete es. Das, was neunundneunzig Prozent aller Frauen in ihrer Situation sich gewünscht hätten, war eingetroffen: ein Verlobungsring! Sarahs Blick traf den von Orson. Sie schluckte. „Ich kann nicht“, sagte sie kaum hörbar und reichte ihm das Kästchen.

Falls Orson verwirrt oder verletzt war, konnte er es gut verbergen. Unberührt nahm er es zurück. Sarah reagierte wie neunundneunzig Prozent aller Frauen. Sie war enttäuscht, dass er so schnell aufgab. In diesem Moment kam die Bedienung.

„Ein *amuse-bouche*. Polenta nach Fiorentiner Art.“

Sarah war sehr verlegen. Sie fixierte ihre Polenta, als wollte sie diese mit den Augen aufessen.

Orson griff über den Tisch, legte ihr die Hand unters Kinn und zwang sie ihn anzusehen. Sein Blick war sanft, zärtlich, vor allem aber verständnisvoll.

Zwischen ihre Augen und die Polenta schob sich wieder das rote Kästchen. „Behalte es“, flüsterte er. „Wenn du bereit bist, streifst du den Ring über.“

Das waren die Worte, die nicht neunundneunzig, sondern hundert Prozent aller Frauen hören wollten, und der Abend war gerettet. Beim Hauptgericht vibrierte ihr Handy. Sie sah auf das

Display und drückte die Hörertaste. „Guten Abend, Herr Kommissar."

„Frau Peters. Entschuldigen Sie die späte Störung. Sie hatten angerufen. War es dringend?"

„Für mich schon. Ob die Information etwas bringen wird, liegt nun bei Ihnen."

„Erzählen Sie."

„Wenn Herrn Morris nicht alles täuscht, ist er der Comtesse heute Abend hier in der Stadt begegnet. Bevor er sich dessen vergewissern konnte, war sie jedoch verschwunden."

„Na ja, merkwürdig ist das schon. Aber niemand kann ihr einen Kurzurlaub in Luxemburg verbieten. Vielleicht hat es ihr beim letzten Mal so gut hier gefallen?"

„Aber warum will sie denn nicht erkannt werden? Orson sagt, sie hätte eine andere Frisur getragen, außerdem ein Kopftuch sowie eine Brille."

„Hmmh. Ich mache mir doch Sorgen um Ihre Sicherheit, Frau Peters."

„Das brauchen Sie nicht." Sarah lächelte Orson an. „Ich bin in guten Händen."

„Ich werde sicherheitshalber eine Patrouille beauftragen, regelmäßig durch Ihre Straße zu fahren und die Gegend im Auge zu behalten. Um die Comtesse kümmere ich mich. Als erstes werde ich im Schloss nachfragen."

„Oh. Das hat Herr Morris bereits getan. Herr Dantès sagte, sie sei in der Camargue wegen eines Pferdekaufs."

„Vielleicht finde ich ja doch etwas heraus. Ich halte Sie auf dem Laufenden. Danke für die Informationen." Tom hatte einen Grund mehr für seine geplante Invasion auf Beauregard.

„Bitte, Herr Kommissar."

„Noch eine letzte Frage. Könnte die Comtesse wissen, wo sich Aleandro Dimillos Wohnung befindet?"

„Das glaube ich nicht, Herr Kommissar."

„Sind Sie sich ganz sicher? Es ist extrem wichtig!"

Sarah dachte angestrengt nach. Plötzlich sah sie die Szene vor Augen. Natürlich! Sie hatte es ihr selbst gesagt.

„Frau Peters?"

„Ich habe es ihr selbst gesagt."

„Wann? Warum? Ich brauche alle Details." Toms Stimme bekam einen drängenden Tonfall.

„Es war, als Aleandro am Abend der Vernissage in die Galerie kam und diesen Aufstand machte. Als er hinaustorkelte, fragte sie mich, ob er denn nun noch Auto fahren würde. Ich sagte ihr: Nein, er wohnt in der Rue du Nord. Ganz in der Nähe."

Toms geheime neblige Theorie begann Form anzunehmen. Er beherrschte sich, um seine Freude zu unterdrücken. „Wir hören uns, Frau Peters. Einen schönen Abend noch." *Klick.*

Sarah starrte verständnislos auf ihr Handy. Sie hatte einen Sturm erwartet, einen Aufschrei wie: *Die Comtesse ist die Mörderin, Aleandro Dimillo unschuldig, er ist in Gefahr!* Nichts dergleichen war eingetroffen. Er hatte einfach aufgelegt. Dieser Becker war schon ein komischer Kauz.

„Erzähle mir doch etwas über deine Malerei!", sagte Orson. „Ich habe Skizzen in der Wohnung gesehen. Und die Bilder an den Wänden. Sind die von dir?"

„Die Skizzen schon. Aber nicht alle Bilder. Meine Bilder befinden sich unterm Dach."

„Unterm Dach?"

„In meinem Atelier. Ich werde es dir bei Gelegenheit zeigen. Ich habe eine wunderbare Aussicht auf die Altstadt und in den Himmel."

„Den Himmel?"

„Dem Himmel kann man soviel abgewinnen, Orson", schwärmte sie. „Wenn man nur will. Allein die Farben! Es gibt keine Farbe, die ich nicht bereits am Firmament erblickt habe. Und die Sterne! Kleine, große, leuchtende, strahlende. Und erst die Formen der Wolken! Mehr Motive, als ich jemals malen kann!"

Orson hing an Sarahs Lippen. „Ich werde den Himmel ab heute mit anderen Augen betrachten. Das kannst du mir glauben." Er streichelte ihre Hand. „Welche ist denn deine Lieblingsepoche?"

„Der Impressionismus."

„Warum?"

Sarah nahm einen Schluck Wasser. „Barocke Wildheit, romantische Zügellosigkeit, Befreitheit. Die Impressionisten liebten das Leben, die Kunst und das gute Essen. Es drängte sie in die freie Natur."

„Also damit kann ich aber nun weniger anfangen als mit deinem Himmel", scherzte Orson. „Wen magst du denn am meisten?"

„Als Maler?"

„Ja."

„Oh. Wild durcheinander: Monet, Manet, Renoir, Cals, Gauguin, Cézanne."

„Halt! Stopp! Das geht mir zu schnell", lachte Orson. „Keinen Lieblingsmaler?"

„Doch. Vincent Van Gogh. Seine Kunst und sein Leben. Ich habe als junges Mädchen einen Schuber mit zwei megadicken Büchern über ihn bei meiner Großmutter auf dem Dachboden gefunden. Verschlungen habe ich die Dinger. Ich kenne sie in- und auswendig. Es war der Anfang einer großen Liebe."

„Muss ich jetzt eifersüchtig werden?"

„Aber absolut!" Sarah nickte ihn übertrieben ernst an und lachte dann.

„Ich habe die Briefe Van Goghs an seinen Bruder Theo gelesen."

Sarah staunte. „Warum?"

„Sein tragisches Leben hat mich interessiert. Er hatte kein Glück. Bereits bei seinen Studien in London wurde er von seiner ersten Liebe abgewiesen."

„Die Tochter der Vermieterin?"

„Genau. Die Zurückweisung warf ihn in eine existenzielle Krise und war der Auslöser für seine lebenslange Zerrissenheit. Spätere Enttäuschungen führten immer wieder zu Krisen."

„Am glücklichsten war er, wenn er malte", meinte Sarah.

„Obwohl er kein Geld mit seinen Bildern verdiente."

„Er nicht. Das stimmt. Aber später wurden horrende Summen für seine Bilder bezahlt. 1990 blätterte jemand 82,5 Millionen Dollar für das Porträt des Dr. Gachet hin."

„Ich glaube, es war 1889, ein Jahr vor seinem Tod, als er seinem Bruder Theo in einem Brief schrieb, dass er nichts dafür könne, dass seine Bilder sich nicht verkaufen. Aber der Tag würde kommen, wo man sehen werde, dass sie mehr wert seien als den Preis der Farbe und sein erbärmliches Leben."

Sarah nickte. „Wie recht er doch hatte! Aber erbärmlich war sein Leben nicht. Eher tragisch."

Während sie aßen, war Van Gogh anwesend. Sarah erzählte Orson auch einiges über Renoir, der berühmt war für seine Lebensfreude und bekannt als Feinschmecker.

„Wusstest du denn, dass die Bouillabaisse ein Leibgericht Renoirs war?“

„Bouillabaisse ist doch eine Spezialität der Provence?“

„Genau. Er lernte sie erst in seinem Altersdomizil in der Provence kennen, dann aber auch umso mehr schätzen.“

So verbrachten sie einen unterhaltsamen, witzigen, charmanten Abend, lachten viel gemeinsam und wurden sich wieder ein Stückchen vertrauter. Sporadisch griff Sarah in ihre Handtasche, um sicher zu gehen, dass das rote Kästchen noch da war. Gegen Mitternacht verließen sie das Restaurant.

*

Bei ihrer Ankunft hatte Louise eine angenehme, wohl duftende Wohnung vorgefunden. Im Kühlschrank waren Saft, Sekt und Konfekt. Sogar eine Vase mit Tulpen stand auf einem Tisch. Trotzdem hatte sie ihren Koffer nicht mal ausgepackt. Nichts vermochte ihre düstere Stimmung aufzuhellen. Die Begegnung mit Orson, die noch einmal glimpflich abgelaufen war, verschlechterte ihre Laune umso mehr.

Nun saß sie angespannt auf dem Sofa und dachte krampfhaft darüber nach, wie sie einen weiteren Mord verhindern konnte. Ihr Gegenüber war aufgebracht.

„Sie weiß zuviel. So oder so kommt sie uns auf die Spur. Zusammen mit deinem blöden Hausdiener ...“

„Nun mach’ aber mal halblang! Was hat Orson damit zu tun?“

„Da sieht man mal wieder, wie naiv du bist. Die beiden treiben es doch miteinander.“ Ein abscheuliches Lachen erfüllte den Raum.

Louise war erstaunt. „Orson und Sarah? Unmöglich!“

„Wenn ich es dir doch sage. Beinahe hätte er mich erwischt, als ich aus dem Keller fliehen musste.“

„Warum warst du überhaupt dort? Du solltest doch schon lange weg sein.“

„Wäre ich ja auch gewesen, wenn diese dumme Kuh mir nicht in die Quere gekommen wäre.“

„Wie denn? Sie war doch dabei Beauregard zu verlassen.“

„Es war so gegen fünf Uhr in der Früh, als ich Beauregard verlassen wollte. Ich ging noch ins Atelier, um zu sehen, wie der Trockenvorgang des ‚Paradis‘ verlief. Da fand ich diese kleine Taschenlampe, die keinem von uns gehörte. Instinktiv kontrollierte ich verschiedene Sachen. Das ‚Paradis‘ war unversehrt. Aber jemand war uns auf der Spur. Ich wollte wissen, wer. Es musste Sarah sein, weil die Taschenlampe den Schriftzug einer luxemburgischen Versicherungsgesellschaft trug. Zuerst brachte ich das ‚Paradis‘ in Sicherheit. Die anderen Fälschungen waren Gott sei Dank bereits im Transit. Anschließend versteckte ich mich unter der großen Treppe im Schloss, von wo aus ich jedes Zimmer und jede Bewegung auf den Fluren beobachten konnte. Kurz vor sechs schlich Orson aus ihrem Zimmer.“

„Na gut. Aber was ist daran so schlimm, dass du sie aus dem Weg schaffen willst?“

„Ich fand es merkwürdig, dass sie es verheimlichten. So beschloss ich erst mal auf Beauregard zu bleiben. Ich zog mich zurück in mein kleines Reich. Irgendwann am Morgen hörte ich ein Rumpeln. Es kam aus dem geheimen Schacht. Jemand hatte ihn entdeckt. Dieser Jemand konnte nicht ahnen, dass mein Unterschlupf direkt an den Weinkeller grenzte. Ich wartete ab und schlich durch den Schacht hinterher. Ich hörte zwei Stimmen. Sarah und Orson! Sie suchten diese Taschenlampe und fanden die

Fotos. In Windeseile brachte ich die Taschenlampe in das Zimmer der Peters. Ich legte sie aufs Bett. Sie sollte sie finden und verstehen, dass sie ein gefährliches Spiel spielte."

„Du wolltest ihr Angst einjagen." Louise spielte nervös mit ihrem Handy.

„Ja! Sie sollte aus dem Schloss verschwinden."

„Das ist dir ja gelungen."

„Gerade als ich in den Keller zurückkam, um wieder in meine Kammer zu schleichen, hörte ich die beiden, wie sie den Schacht zurückkamen. In meiner Eile machte ich ein Geräusch und schon rückte Orson mir auf den Pelz. Zum Glück gelang es mir ihm zu entwischen. Anschließend habe ich sofort meine Koffer gepackt und bin nach Luxemburg gekommen."

„Du denkst doch nicht daran, auch Orson ...", die Comtesse schluckte,

„ …auszuschalten?"

„Das wäre die optimale Lösung."

„Du bist ja wahnsinnig! Da mach ich nicht mit. Hör zu! Ich gebe dir Geld. Ich habe nun Geld. Der Verkauf der Bilder hat einiges eingebracht. Ich gebe dir, soviel du willst. Du verschwindest. In die Karibik, nach Hawaii. Egal. Weg. In ein neues Leben."

„Glaub an den Weihnachtsmann, Louise! Die geben keine Ruhe, bevor sie den Fall gelöst haben. Ich stimme dir zu, dass unser Spiel ein wenig aus dem Ruder gelaufen ist. Wir haben keine andere Wahl. Sie müssen weg!"

„Wie willst du sie denn aus dem Weg schaffen?"

„Ich hätte da eine heiße Idee, eine sehr heiße!"

„Und die wäre?"

„Ich fackele die Wohnung der Peters ab. Natürlich, wenn sie gerade mit ihrem Allerliebsten im Bett liegt! Und leg jetzt dieses verdammte Handy weg! Du machst mich nervös ...“

„Du schreckst vor nichts zurück.“ Louise schüttelte verzweifelt den Kopf und stopfte das Handy in ihre Handtasche. „Wie konnte ich mich nur so in dir täuschen?“

*

„Hallo, Aleandro.“ Sarah gähnte herzhaft. Sie war noch ziemlich müde.

„Ich störe hoffentlich nicht.“

„Wenn es heute Sonntag wäre, vielleicht. Aber ich wollte jetzt eh aus dem Bett. Ich muss um acht Uhr in der Galerie sein.“

„Haben Sie etwas herausgefunden?“

Sarah rieb sich mit der Hand die Augen. „Die Polizei erzählt immer das Gleiche. Sie sollen sich stellen. Kommissar Becker meint sogar, es würde Ihnen nicht viel passieren. Es gibt neue Indizien, andere Verdachte.“

„Ich verstehe nicht ...“

„Eine von diesen *Applepie*-Paletten hat niemand anders als Eva selbst erworben. Sie kommt also theoretisch als Fälscherin in Frage, aber ich betone *theoretisch*, denn sie hätte sowas nie getan. Und – Sie werden es nicht glauben – als weitere Käuferin kommt die Comtesse De Lacroix hinzu.“

„Ja!“, triumphierte Aleandro. „Die May und die Comtesse! Der Kreis schließt sich. Das Motiv: Geldgier. Trotzdem ...“ Aleandro zögerte. „Das verdammte Blut! Wie ist das an meinen Pullover gekommen?“

„Das ist der heikelste Punkt in den Ermittlungen gegen Sie.“

„Ich werde mich stellen, Sarah. Ich bin müde und habe es satt davonzulaufen. Versteckspielen ist nicht meine Art."

Orson streichelte Sarahs Bauch. Sie schubste ihn immer wieder weg, weil sie kurz vor einem Lachanfall stand. „Kaffee", flüsterte sie. Gespielt beleidigt warf Orson die Bettdecke zurück und stapfte in die Küche.

„Hören Sie, Aleandro. Stellen Sie sich nicht", flüsterte sie. „Noch nicht. Ich will nicht, dass Sie ins Gefängnis kommen. Ich habe das Gefühl, dass es bald zu einem Wendepunkt kommt."

„Ich verstehe Sie nicht."

„Es ist doch alles meine Schuld. Ohne die Absage Ihrer Ausstellung wären Sie nicht in diesen Schlamassel geraten."

Mit zwei dampfenden Kaffeetassen stieg Orson wieder ins Bett.

„Na gut!"

„Ich melde mich, Aleandro. Bis später." Sie legte auf.

„Und? Will er sich endlich der Polizei stellen?"

„Bald!"

*

Bereits vor acht Uhr betrat Tom Becker das Kommissariat. Der Portier blickte ihm erstaunt hinterher. Becker war bei den Kollegen als arbeitsam und ehrgeizig bekannt, aber beileibe nicht als Frühaufsteher.

„Ich dachte mir, dass du heute früh kommst", sagte Jeannette im Büro. „Ich bin auch gespannt, ob die Sache mit Beauregard ins Rollen kommt."

„Noch nichts gehört?" Tom zog seinen Mantel aus.

„Nee."

Er erzählte ihr von der Comtesse.

„Haben wir nicht irgendwo ein Bild von ihr?", fragte Jeannette.

„Warum?"

„Wenn sie in der Oberstadt gesehen wurde, ist sie vielleicht immer noch dort unterwegs. Die Kollegen von der Streife könnten ihre Augen offen halten."

„Ich rufe die Peters an. Vielleicht gibt es Bilder von der Vernissage."

Jeannette tippte den Namen *Louise De Lacroix* in die Google-Suchmaschine ein. „Im Internet gibt es ein paar Fotos von ihr. Aber nicht sehr aktuell."

Tom hatte bereits die Nummer der Galerie gewählt.

„*Galerie um Knuedler*."

„Tom Becker hier."

„Irgendwas Neues?", fragte Sarah sofort.

„Guten Morgen erst mal." Tom lachte. „Wo bleiben Ihre guten Manieren? Aber um Ihre Frage zu beantworten: nein. Ich wollte wissen, ob Sie ein aktuelles Foto der Comtesse haben. Eventuell von der Vernissage."

„Ich denke schon. Die vom Fotografen habe ich noch nicht, aber ich habe selbst einige Fotos geschossen und auf meinem Computer gespeichert."

„Könnten Sie mir gleich ein oder zwei davon mailen?"

„Natürlich. Ihre Adresse steht auf Ihrer Visitenkarte?"

„Ja."

„In Ordnung. Ich kümmere mich sofort drum."

„Ich danke Ihnen." Tom legte auf. „Wenn ich nur wüsste, was die Comtesse in der Stadt sucht."

„Sag mal, Tom, dieser Unfall der Peters auf Beauregard. Mit wem war sie noch ausgeritten?"

„Mit der Comtesse."

„Nehmen wir an, die Peters sollte diesen Unfall nicht überleben. Es wäre doch möglich, dass die De Lacroix hier ist, um ihr damaliges Vorhaben zu vollenden."

„Ich habe auch schon daran gedacht. Aber was können wir tun?"

„Wir müssen Sarah Peters Personenschutz zukommen lassen."

„Unmöglich, Jeannette. Wir sind schon unterbesetzt. Jetzt auch noch zwei Personen abstellen." Tom winkte ab.

„Und wenn ihr was zustößt?"

„Dieser Orson Morris ist doch bei ihr. Er wird auf sie aufpassen. Ich vermute, es ist wichtiger, die Comtesse zu finden."

„Du hast doch nichts gegen Sie in der Hand."

„Verhören kann ich sie allemal." Tom bewegte die Maus seines Computers hin und her, ohne auf den Schirm zu sehen. „Außerdem könnten wir diesen Verkäufer der *Applepie*-Palette zu einer Gegenüberstellung vorladen. Vielleicht erkennt er die Comtesse. Wie du siehst, wir sind nicht mittellos."

„Tom! Ich kenne dich. Du hast doch eine bessere Theorie als das. Behältst natürlich wie immer, bis du hundert Prozent sicher bist, alles für dich. Du bist echt ein Dickkopf! Mich wundert's nicht, dass Catherine …"

Tom funkelte Jeannette an: „Lass Catherine aus dem Spiel!"

Jeannette erinnerte sich sehr gut an einige Szenen, als Catherine noch im Polizeidienst war. Toms ewige Geheimniskrämerei war aber auch nervig. Sie wappnete sich zum Streit, doch Tom gab klein bei.

„Du hast ja Recht, Jeannette. Ich kann nun mal nicht aus meiner Haut. Aber ich versuche es. Setz dich. Ich sag dir, wie ich den Fall mittlerweile beurteile. Und was Catherine betrifft: Wir gehen am Samstag aus!“

„Das freut mich aufrichtig. Aber jetzt erzähl!“

„Die Comtesse ist mit im Spiel. Sie fälscht oder lässt die Bilder fälschen. Eventuell sogar von diesem Luc Dantès, ihrem Liebhaber. Die gefälschten Bilder sollen über die Ausstellung hier in Luxemburg verkauft werden. Irgendetwas läuft schief. Entweder kommt die May ihr auf die Schliche oder sie steckt mit drin. Bei Hypothese eins wird die May umgebracht, bei Hypothese zwei könnte die May eventuell kalte Füße bekommen haben. Die Comtesse oder Dantès bringen sie um.“

„Was ist mit Aleandro?“

„Der ist unschuldig. Ist da reingeschlittert.“

„Das Blut?“

„Sowohl Dantès als auch die Comtesse haben Aleandros Auftritt in der Nacht der Vernissage erlebt. Er war doch sternhagelvoll und hat nichts mehr mitgekriegt. Vielleicht haben die beiden ihn zum Sündenbock gemacht.“

„Aber sie wussten doch nicht, wo er wohnt.“

„Oh doch! Sie wussten es“, sagte Tom stolz. „Sarah Peters hat Ihnen die Adresse genannt.“

„Wie denn?“

„Es war ein geschicktes Manöver der Comtesse. Sie hatte Eva Mays Tod geplant, und Aleandros Auftritt bot an, ihn als Täter verdächtig zu machen und sich selbst als unschuldig darzustellen. Das war der finale Auslöser für den Mord an Eva May.“

„Und das Blut? Spann mich nicht so auf die Folter."

„Im Protokoll ist ja genau beschrieben, wie Aleandro Dimillo sich an dem Abend benommen hat."

Jeannette nickte.

„Als er die Galerie verließ, fragte die Comtesse, ob er in diesem Zustand denn noch Auto fahren würde. Die Peters erklärte ihr, dass dies nicht nötig sei, da er in der Rue du Nord wohne."

„Boh! Das ist der Hammer! Die Information ist natürlich Gold wert gewesen. Also konnte die Comtesse Aleandro nach dem Mord an der May ausfindig machen und das Blut auf seinen Pullover bringen. Das passt doch wie die Faust aufs Auge."

Tom kratzte sich mit seinem Bleistift hinterm Ohr. „Hätten wir nur einen Beweis! Die *Applepie*-Palette würde dem Untersuchungsrichter sicher reichen, um einen vorläufigen Haftbefehl auszustellen."

„Falls wir die Comtesse aufspüren."

„Die finden wir! Ich setze alle Hebel in Bewegung."

„Fährst du denn nicht in die Provence, um bei der Schlossdurchsuchung anwesend zu sein?", fragte Jeannette.

„Auf keinen Fall. Ich habe doch einen wichtigen Termin am Wochenende." Catherine war Tom wichtiger als ein Abstecher in die Provence. „Willst du hin?"

„Warum nicht? Ein Schloss, die Provence …" Jeannette grinste.

„Na, dann halt' dich mal bereit."

Pling! „Die E-Mail mit den Bildern ist da." Auf den meisten war die Comtesse umkreist von Gästen. Nur auf einem Foto stand sie neben einem Werk ihres Vaters. Im Hintergrund waren Eva May und Luc Dantès zu sehen. Das Bild war gestochen scharf. „Perfekt. Ich schicke das Foto gleich weiter an die Einsatzwagen."

Pling! „Eine Mail von Staatsanwalt Hirsch!“ Der Text war kurz und unmissverständlich: *Rufen Sie den Untersuchungsrichter an! Dringend!*“ Seine Handynummer prangte in *fett* und *kursiv* unter dem Text.

„Oh Mann, Jeannette. Der Uri will mit mir reden.“

„Lass den lieber nicht warten.“

Kaum hatte Tom die Nummer auf dem Display eingetippt, dröhnte die Stimme des Untersuchungsrichters aus dem Telefonhörer. „Becker! Na endlich! Sagen Sie, was ist das für ein Käse in diesem Mordfall? Brauchen Sie Urlaub, dass Sie in die Provence wollen?“

Jeannette hatte jedes Wort verstanden, das der Richter in den Hörer gebrüllt hatte. Sie wedelte Tom mit beiden Armen zu, er solle die Ruhe bewahren. Tom spürte seinen Blutdruck steigen und seinen Magen rebellieren. Heute Morgen hätte er wirklich lieber Toast mit Ei, Speck und Ketchup gefrühstückt als dieses miserable Körnerfutter, was sich Früchtemüsli nannte. Es schien einer dieser Tage zu sein, wo die Lust auf etwas Gutes überwog.

Aber Jeannettes wilde Sportübungen beruhigten ihn, sie brachten ihn fast zum Lachen. Mit der rechten Hand winkte sie auf und ab (*beruhige dich!*), der Zeigefinger ihrer Linken lag an den Lippen (*sag nichts Unüberlegtes!*) und ihre Augen rollten umher (*ich verstehe dich ja!*).

„Sicher nicht, Herr Untersuchungsrichter. Bitte …“

„Also mit dem, was der Staatsanwalt mir erzählt hat, schicke ich Sie höchstens in den Streifendienst.“

„Bitte lassen Sie mich den Fall erläutern. Dann können Sie Ihr Urteil fällen.“

„Na gut“, brummte der Untersuchungsrichter. „Ich höre.“

Punkt für Punkt und durchgängig präzise erläuterte Tom den ganzen Fall.

„Von diesem Unfall und dem vergifteten Pferd hat der Staatsanwalt mir aber nichts gesagt. Das wirft natürlich kein gutes Licht auf die De Lacroix. Und sie ist im Land, sagen Sie?“

„Ja. Sie führt meines Erachtens etwas im Schilde. Ich befürchte, dass Sarah Peters' Leben ernstlich bedroht ist.“

„Faxen Sie mir die Akte, Becker! Ich melde mich noch vor zwölf.“

„In Ordnung, Herr Untersuchungsrichter, und … vielleicht sollten Sie auch über einen Haftbefehl gegen die Comtesse nachdenken.“ Tom hielt den Hörer von seinem Ohr, um einem weiteren Wutausbruch des Richters zu entgehen. Aber nichts dergleichen trat ein. Es klickte nur und die Leitung war tot. Ein gutes Zeichen! Das musste ausgenutzt werden. Er machte sofort eine Kopie der Ermittlungsergebnisse und faxte das Dokument.

„Ich hoffe, er zieht mit.“ Er setzte sich auf den Tisch neben das Faxgerät und schaute Jeannette an.

„Was denkt er über Dimillo?“

„Der ist nicht schuldiger als die Comtesse oder die May oder sonstwer.“

Louise hatte die ganze Nacht über kein Auge zugetan. Bis zum Morgengrauen war sie immer wieder schweißgebadet aus üblen Alpträumen erwacht. Nun kauerte sie in ihrem Sessel, schlürfte Kaffee und dachte nach. Sie musste zur Polizei. Es durfte kein weiterer Mord geschehen. Ihr Entschluss stand fest. Sie schlüpfte in eine blaue Jeans und einen grünen Pullover, setzte die Kontaktlinsen ein, band sich ihr Kopftuch um und verließ die Wohnung. Ein Spaziergang würde ihr helfen, einen klaren Kopf zu bekommen und ihre Entscheidung zu bekräftigen. Wie sie so durch die

Grand-Rue schlenderte, hätte niemand eine echte Gräfin hinter ihrer Gestalt vermutet. Nur der Schatten, der sich an ihre Fersen geheftet hatte, wusste ganz genau, wer sie war.

Zuerst musste Louise herausfinden, wo ein Polizeibüro war. Sie sah sich um. Sie befand sich an einem Busbahnhof gegenüber einem Postgebäude. *Dort kann ich mich informieren*, dachte Louise, überquerte die Straße und betrat das Gebäude mit der Überzeugung, genau das Richtige zu tun. Sie beobachtete die Kunden, die sich in der Eingangshalle ein Ticket zogen, und tat es ihnen gleich. Als die 76 aufblinkte, trat sie an den Schalter.

«*Parlez-vous français ?*»

«*Oui, Madame.*»

«*Je cherche un bureau de police.*»

Ihr Verfolger stand in sicherer Entfernung und hatte ihre Frage genau verstanden. *Vergiss das!,* dachte die Person und umklammerte den Revolver in der Jackentasche.

Die Beamtin erklärte Louise, dass genau gegenüber eine Polizeistelle sei. Sie bedankte sich, verließ das Postgebäude und steuerte auf das Kommissariat zu. Ihre Knie zitterten vor Aufregung, sie atmete in schnellen, kurzen Schüben. Ihr Verfolger hielt den Revolver in seiner Jackentasche noch immer fest umklammert. *Mensch, Mädel, tu's nicht!*

Louise blieb abrupt stehen. Wie hieß noch der Kommissar, der den Fall bearbeitete? Sie sah sein Bild vor sich, aber dem Namen hatte sie keine Wichtigkeit beigemessen. Vielleicht würde es Stunden dauern, bis sie endlich an die richtige Person weitergeleitet würde. Plötzlich hatte sie eine bessere Idee. Warum war ihr das nicht eher eingefallen? Sie musste zu Sarah Peters. Sie würde ihr weiterhelfen. Gedankenversunken ging sie die *Grand-Rue* zurück zum *Place d'Armes* und fand sich plötzlich in einer Nebenstraße wieder. *Wo bin ich denn jetzt?* Sie ging weiter geradeaus und erreichte einen riesigen Obelisken, auf dessen Spitze eine goldene Statue thronte. Sie hatte sich verlaufen.

Kurz vor Mittag klingelte Toms Telefon. Es war der Untersuchungsrichter persönlich. Er räusperte sich. „Gute Arbeit, Becker! Das internationale Rechtshilfe-Ersuchen ist schon unterwegs. Der verantwortliche Untersuchungsrichter in Frankreich wird in den nächsten Stunden die Ermittlungen einleiten. Möchten Sie dabei sein? Wir könnten die Schlossdurchsuchung auf morgen verlegen. Sie könnten runterfliegen."

„Ich möchte nicht persönlich in die Provence. Meine Kollegin Jeannette Frings würde das übernehmen."

„Das ist für mich okay."

„Ich werde sie gleich anschließend informieren." Er kritzelte die Wörter *Jeannette/Provence/ok!!!* auf ein gelbes Post-it.

„Dann zu dieser Comtesse Louise De Lacroix. Den Haftbefehl kriegen Sie nicht, aber ich stelle einen Anhörungsbefehl aus. Und den Haftbefehl gegen Aleandro Dimillo hebe ich auf. Eine Verhaftung ist nicht mehr angebracht."

„Das sehe ich auch so."

„Wissen Sie noch immer nicht, wo Dimillo sich aufhält?"

„Nein. Aber ich kann ihn erreichen."

„Aha?" Der Richter war erstaunt. „Sie scheinen ein gutes Verhältnis zu Ihren potentiellen Tätern zu haben, Becker."

„Es ist nicht von Belang, aber ich kann es Ihnen gerne erklären."

„Wenn es nicht mehr von Belang ist, Becker, behalten Sie es für sich! Ich habe einen Haufen wichtiges Zeug hier liegen. Melden Sie sich einfach, sobald es etwas von Belang gibt."

„Natürlich, Herr Richter. Danke für Ihre Unterstützung."

„Kein Thema, Becker. Gute Arbeit trägt unweigerlich ihre Früchte." Er legte auf.

Jeannette, die alles mitgehört hatte, applaudierte. „Wenn der Hirsch auf einmal so zuvorkommend ist, hast du ihm aber gehörig imponiert."

„Er ist ein zäher Bursche, aber gerecht."

„Habe ich richtig gehört? Er hat den Haftbefehl gegen Dimillo aufgehoben?"

Tom nickte. „Hat er. Und es gibt eine Person, die es ihm sagen sollte." Er wählte Sarah Peters' Handynummer.

„Peters."

„Gute Nachrichten, Frau Peters", rief er sofort in den Hörer. „Dimillo ist entlastet. Besser noch, der Haftbefehl ist aufgehoben."

Sarah, die gerade auf dem Weg in ihre Wohnung war, klatschte in die Hände. „*Yes!* Aber wie kommt das?"

„Der Untersuchungsrichter hat sich die Akte angesehen und es so beschlossen. Die Beweislast ist nicht ausreichend. Es gibt andere Verdächtige."

„Bin ich froh! Soll ich ihm die gute Nachricht übermitteln?"

„Deswegen rufe ich an. Sagen Sie ihm aber bitte, er soll sich umgehend bei mir melden. Wir brauchen seine Aussage. Danach kann er tun und lassen, was er will."

„Ich ruf' ihn an, Herr Kommissar."

Wie immer war Aleandro bereits beim zweiten Klingelton am Telefon.

„Super Nachrichten, Aleandro!", brüllte Sarah in den Hörer.

Aleandro hielt ihn ein Stück von seiner Ohrmuschel entfernt.

„Sie haben nichts mehr zu befürchen! Der Haftbefehl ist aufgehoben!“

Aleandro, der bei Gabriel war, ließ sich auf die Couch nieder. Es hatte ihm für Sekunden die Sprache verschlagen. „Wie … aber … weshalb …“

„Der Untersuchungsrichter hat es beschlossen. Sie sollen sich nur bei Kommissar Tom Becker melden, um Ihre Aussage zu machen.“

„Und wenn das ein Trick ist?“

„Das ist kein Trick, Aleandro. Sie können dem Kommissar vertrauen.“

„Na gut. Geben Sie mir seine Nummer.“

Sarah kramte in ihrer Tasche und fand Toms Visitenkarte. Dabei bemerkte sie, dass sie ihren Hausschlüssel in der Galerie vergessen hatte. Und Orson war unterwegs. Er hatte heute eine Museumstour in Angriff genommen. Nachdem sie Aleandro Toms Handynummer mitgeteilt hatte, machte sie kehrt, um ihren Schlüssel zu holen. Unterwegs blieb sie einen Moment stehen, um einem Geigenspieler zuzuhören, und bedauerte, dass sie ihr Skizzenheft nicht mitgenommen hatte. Beschwingt legte sie einen Fünf-Euro-Schein in seinen Korb. Der Geigenspieler nickte ihr dankend zu.

*

Endlich hatte Louise sich wieder orientiert. Sie war an der Kathedrale vorbeigelaufen. Als sie die Abgeordnetenkammer erblickte, wusste sie wieder, wo sie war. Aber es war bereits nach zwölf. Die Galerie war geschlossen. Louise las auf dem Türschild, dass erst wieder ab vierzehn Uhr dreißig geöffnet sein würde. Sie musste sich also noch etwas gedulden.

Trotz ihrer guten Laune ärgerte es Sarah, dass sie ihren Schlüssel vergessen hatte und nun den ganzen Weg zweimal zurücklegen musste. Aber zumindest hatte sie Bewegung an der frischen Luft. Da sah sie die Frau mit dem Kopftuch und der Sonnenbrille. Sie trug eine blaue Jeans und die Statur stimmte. Sarah zögerte nicht lange und rief: „*Comtesse*". Instinktiv drehte Louise sich um, erschrak und fing an zu rennen. „*Comtesse*", rief Sarah abermals und lief ihr hinterher. Sarah folgte ihr um die nächste Ecke. Die Comtesse war verschwunden. Unmöglich. Sie musste in irgendeinen Hauseingang geschlüpft sein. Sarah ging die Straße zweimal ab, bevor sie es aufgab. Sie fragte sich, ob sie Becker informieren sollte. *Vielleicht spinnen wir ja alle,* dachte sie. Besser den Kommissar nicht schon wieder belästigen. Aber sie hatte nun keine Lust mehr nach Hause zu gehen. Stattdessen holte sie sich einen Salat im Feinkostladen und ging zurück in die Galerie.

Louise nahm zwei Treppenstufen auf einmal. Erst als sie die Wohnungstür von innen zugeknallt hatte, wurde sie ruhiger. Schlagartig wurde ihr bewusst, vor wem sie weggelaufen war. Vor Sarah Peters! Es war der Reflex gewesen. *Es wird Zeit, dass sich hier was ändert; ich habe ja schon Angst vor meinem eigenen Schatten, ich dumme Kuh! Ich muss zu ihr! Jetzt sofort.* Louise sammelte sich noch einen Augenblick und griff dann nach dem Türknauf. Wenn sie erst mit Sarah gesprochen hätte, würde sie sich besser fühlen. Sie öffnete die Tür und schrie entsetzt auf. Sie blickte geradewegs in den Lauf einer Pistole.

*

Aleandro schlenderte zum Polizeikommissariat. Er sog jeden Gegenstand auf seinem Weg in sich auf, als hätte er ihn noch nie zuvor gesehen. Eine Sitzbank, einen Mülleimer, einen Briefkasten. Er blieb stehen, las die Namen der Bewohner auf den Klingelknöpfen der Häuser. Welche Wohltat, sich endlich wieder frei bewegen zu dürfen! Keine Polizei im Nacken, kein Haftbefehl. Es war fast zu schön um wahr zu sein.

„Da sind Sie ja!", empfing ihn Jeannette und führte ihn in ein nahezu gemütliches Verhörzimmer. Es gab nämlich auch andere. Karg möbliert, kalt, fensterlos. Dieses hatte zwei Fenster, einen Tisch, vier Polsterstühle. Auf einer Kommode standen ein Fernseher, eine Kaffeemaschine mit Kaffeepads, Milch, Zucker, Tassen und Unterteller.

„Endlich."

„Aber sie sagten doch, ich solle am späten Nachmittag kommen."

„Ich meinte *endlich* in einem anderen Sinne. Wissen Sie, wie lange wir Ihnen hinterhergejagt sind?"

„Was hätten Sie denn in meiner Situation getan?"

Jeannette zuckte die Schultern und bot ihm einen Kaffee an, als Tom den Raum betrat. Er schüttelte Aleandro die Hand wie einem alten Freund. „Na?" Er klopfte ihm auf die Schulter. „Zufrieden?"

„Jetzt schon. Nach meiner Aussage sicher noch mehr."

„Na, dann wollen wir mal." Tom machte eine einladende Bewegung, dass sich Aleandro setzen sollte. Er setzte sich ihm gegenüber. Jeannette stützte sich gegen die Kommode mit der Kaffeemaschine und verschränkte die Arme.

Sachte führte Tom Aleandro an den Fall heran. Die Entstehungsgeschichte der Situation, Aleandros Gefühle, Enttäuschung, Wut, alles war wichtig. Aleandro war sehr kooperativ und ging nicht zimperlich mit sich um. Er rekonstruierte sozusagen seinen Tagesablauf seit dem Augenblick, als er die Ausstellung gekündigt bekam.

Gemeinsam analysierten sie Aleandros Aussage, verglichen sie mit den Fakten und den Indizien.

„Wären Sie damals nicht weggelaufen, hätten Sie sich und uns wahrscheinlich viel erspart."

„Ihnen vielleicht, Herr Kommissar. Mir wohl nicht. Wie stehen meine Chancen?"

„Sie sind nicht mehr und nicht weniger verdächtig als alle anderen. Eher weniger!"

„Das sagen Sie jetzt nicht einfach so?"

Tom stützte seine Ellbogen auf die Tischplatte und vergrub seinen Kopf in die Hände. „Soll ich es Ihnen aufzeichnen?"

Jeannette trat einen Schritt vor und stupste Tom mit einem Finger in den Rücken. Er hob den Kopf. „Sie sind frei, Aleandro. Das ist alles, was zählt. Den Rest überlassen Sie uns."

*

Sarahs Eltern hatten ihre zwanzig ersten Ehejahre in Kayl gelebt, bevor sie vor mehr als zehn Jahren, damals noch relativ günstig, Bauland in Sandweiler erstanden und sich ein schönes Einfamilienhaus darauf bauten.

Die Begrüßung war warm und herzlich, und Orson fühlte sich sofort wohl im Kreise von Sarahs Familie. Paul und Vera Peters waren äußerst gesellige, weltgewandte Menschen. Paul war Entwicklungsingenieur bei einem großen Autohersteller und verantwortlich für den Bereich „Abgas-Regelsysteme". Seine Projekte hatten ihn durch die halbe Welt geführt. In den letzten zwei Jahren war er allein zehn Mal nach Japan gereist. Vera arbeitete als Dozentin an der Universität Luxemburg. Sie hatte nur bei der Geburt ihrer Kinder eine Auszeit von sechs Monaten genommen. Vor der Gründung der Uni hatte sie meist an Privatschulen unterrichtet. Dementsprechend ging es den Peters' finanziell relativ gut. Das Haus war modern und einfach, eben zum Wohlfühlen. Natürlich hatte das Ehepaar auch kein Problem damit, dass ihre Tochter mit jemandem liiert war, der nicht gerade vor der Haustür wohnte.

Zum Aperitif tranken die Frauen Martini und die Männer Pastis.

„Sie arbeiten also auf einem richtigen Schloss?", fragte Kim, Sarahs zehn Jahre jüngere Schwester.

Sarah hatte Orsons wahren Beruf noch nicht erwähnt. Das überließ sie ihm.

„Im Augenblick habe ich dort einen Auftrag. Wohin mein nächster Auftrag mich führt, weiß ich noch nicht."

„Auftrag? Das klingt, als würden Sie Geister jagen", lachte Paul.

„Kein schlechter Vergleich, Herr Peters. Ich jage zwar keine Geister, aber meine Gestalten haben nicht immer von Anfang an ein Gesicht. Ich bin Privatdetektiv."

„Ist Ihr Job denn nicht manchmal gefährlich?", fragte Vera in mütterlicher Besorgnis.

„Das kommt vor."

„Erzähl ein wenig, Orson. Jagst du auch richtige, gefährliche Kriminelle?", fragte Kim neugierig.

Orson lächelte sie an. „Die Aufträge sind verschieden. Bei meinem letzten Auftrag galt es einen Teilhaber eines Bauunternehmens ausfindig zu machen, der sich mit dem gesamten Geld der Firma abgesetzt hatte."

„Und?", fragte Kim gespannt.

„Ich habe ihn in Kanada aufgespürt, meine Zelte dort aufgeschlagen, mich mit ihm angefreundet, und innerhalb eines Monats wusste ich auch, wo das Geld war."

„Dann hast du den bösen Verbrecher der Polizei übergeben."

„Er war eigentlich ein netter Kerl."

„Du hast ihn trotzdem ausgeliefert!"

„Schweren Herzens. In solchen Fällen darf aber nur der Kopf entscheiden. Das Einzige, was ich ablehne, sind Scheidungsfälle."

„Sehr anständig!" Paul klopfte Orson auf die Schulter. „Wenn Ehen schon enden müssen, warum dann Krieg gegen den Partner führen?"

„Ich sehe das auch so." Orson nahm einen Schluck Pastis. „Es gibt natürlich Scheidungen, wo ich es verstehen kann. Zum Beispiel, wenn einer der Partner die Kinder entführt. Selbst solche Fälle nehme ich nicht an. Die vermittle ich an einen Kollegen."

„Gehen die Ermittlungen eigentlich voran?"

Vera warf Paul einen vorwurfsvollen Blick zu.

„Schon in Ordnung, Mama", beruhigte sie Sarah. „Orson hilft mir sehr viel damit klarzukommen. Außerdem wurde heute der Haftbefehl gegen Aleandro aufgehoben. Ihr wisst, dieser Maler. Der Hauptverdächtige."

„Davon hattest du uns erzählt, richtig."

„Aber sonst steckt der Fall in einer Sackgasse. Haufenweise Indizien, aber keinen wirklichen Täter."

„Etwas kann ich dir garantieren, Sarah: Wenn die einen Hauptverdächtigen entlassen, dann haben die mehr als du ahnst."

„Ich hoffe, Paps. Oh! Da fällt mir gerade etwas ein. Ich glaube, ich habe die Comtesse heute gesehen."

Orson sah Sarah überrascht an. „Davon hast du mir noch überhaupt nichts gesagt."

„Es ging so schnell. Ich kann es selbst nicht glauben."

„Wo denn?"

„Ganz in der Nähe der Galerie. Sie ist mir entwischt, wenn sie es denn überhaupt war."

„Merkwürdig. Die gleiche Gegend, in der ich sie gesehen habe."

„Was sie da wohl macht, Orson? Glaubst du, sie spioniert mir nach? Will mich …" Sarah schluckte.

„Ich kann es mir nicht vorstellen. Aber von der Hand weisen möchte ich es auch nicht. Ich vermute, dass sie irgendwo in der Nähe der Galerie Unterschlupf gefunden hat. Gibt es dort ein Hotel oder eine Pension?"

„Eigentlich nicht. Außer sie ist privat untergekommen."

„Wir müssen vorsichtig sein. Wir dürfen etwas nicht vergessen …"

Alle sahen gespannt auf Orson.

„Sie hat einen Komplizen. Und den ...", Orson sah in die Runde, „ ...kennen wir nicht."

„Ich mache mir ernsthaft Gedanken um deine Sicherheit, Liebes", sagte Vera besorgt.

„Orson ist doch bei mir, Mum. Mir wird schon nichts passieren."

Das Essen war hervorragend und Orson lobte den Wein. „Da soll einer sagen, die Luxemburger hätten keinen guten Wein. Dieser hier ist vorzüglich."

Paul war geschmeichelt. „Es ist ein Chardonnay. Einer meiner Lieblingsweine."

Der Abend verlief angenehm und harmonisch. Gegen zehn Uhr verabschiedeten sich Sarah und Orson.

„Es hat mich gefreut, Orson", sagte Vera, als sie zur Tür gingen. „Sie sind uns jederzeit ein willkommener Gast."

„Leider fahre ich in ein paar Tagen zurück in die Provence. Aber sobald ich wieder hier bin, werde ich Ihre Gastfreundschaft gerne wieder in Anspruch nehmen."

Sarahs Familie winkte ihnen noch zu, bis sie außer Sichtweite waren.

Gemütlich steuerte Orson den Wagen Richtung Luxemburg-Stadt. Sarah schloss die Augen und nickte ein. Ein ungutes Gefühl ließ sie hochfahren. Der Wagen rollte ziemlich schnell eine steile Straße hinab, während Orson wie verrückt mit dem linken Fuß auf die Bremse trat. Sarah erkannte das Gebäude, das früher einmal der Hauptsitz eines Automobilhändlers gewesen war. Ihre Finger verkrampften sich um den Türgriff. „Orson, was ist los?", schrie sie.

„Die Bremsen! Sie funktionieren nicht mehr!", presste er hervor. Sein Gesicht war dunkelrot vor Anspannung. Mit Hilfe der Handbremse schlitterte er durch eine 180-Grad-Kurve. Rasant ging es weiter bergab.

„Orson, tu etwas!", jammerte Sarah. Sekunden erschienen wie eine Ewigkeit.

Mit Hilfe der Handbremse drosselte Orson immer wieder die Fahrt.

„Wir brauchen eine Steigung. Wo, Sarah? Wo?“

Die Angst hatte sie in Trance versetzt.

„Sarah!“, Orson klatschte mit seiner Hand auf ihren Schenkel. „Sarah, wir müssen bergauf. Sag mir, wo ich hin muss!“

„Da vorne. Der Torbogen. Da musst du durch. Auf der anderen Seite ist eine leichte Steigung“, keuchte sie und rieb sich den schmerzenden Schenkel. Der Wagen raste auf den Torbogen zu. Der Kotflügel streifte eine Mauer. Sarah schrie auf. Sie wurden kräftig durchgerüttelt, als der Wagen über die Pflastersteine zurück auf die Straße rumpelte.

Hundert Meter weiter stieg die Straße tatsächlich leicht an. Orson erkannte eine Gelegenheit – jetzt oder nie! Zu seiner Linken, an einen Bürgersteig grenzend, erhob sich eine dichte Zierhecke. „Festhalten!“

Sarah stemmte die Füße gegen die Wagenwand, krampfte eine Hand in den Sitz, die andere an den Türgriff. Es krachte fürchterlich, als der Wagen den Bürgersteig erfasste. Sarah würde dieses Geräusch von Blech, das sich wie ein Papierknäuel verformt, niemals vergessen. Das Auto schoss nach oben, überschlug sich aber nicht, sondern kam in der Hecke mit einem kräftigen Ruck zum Stehen. Sämtliche Airbags knallten aus ihrem Gehäuse und blähten sich auf wie schwangere Kuhbäuche. Dann war es still.

Sowohl Orson als auch Sarah hielten die Augen geschlossen, während die Gasfüllung langsam den Airbags entwich. Orson drehte als Erster langsam den Kopf, wippte mit den Beinen und streckte seine Arme. Er hatte keine spürbaren Verletzungen. „Sarah. Wie geht es dir?“

Auch Sarah schien keine Verletzungen davongetragen zu haben. „Ich würde behaupten, mir ist nichts passiert."

Orson stieg aus dem Wagen, wenn man das zerbeulte Etwas noch Wagen nennen durfte. Er umkreiste ihn und versuchte Sarahs Tür zu öffnen. Nach einigen kräftigen Rucken gelang es ihm. „Komm, steig aus. Drüben ist eine Bank. Setz dich dort hin. Ich rufe die Polizei."

Als Sarah auf ihren Fuß trat, überkam der Schmerz sie wie ein Schnitt in ihre verwundete Seele. Sie wartete einen Moment, unbeweglich, die Augen geschlossen, bis der Schmerz nachließ. „Mein Fuß", keuchte sie.

Orson griff sofort nach ihrem Arm. „Die Verletzung aus der Provence?"

Sie öffnete die Augen und stellte fest, dass es einigermaßen ging. „Genau die!" Sanft setzte sie den Fuß auf. „Wenn wir zu Hause sind, packe ich mir Eis drauf."

„Nix, mein Fräulein. Wir fahren ins Krankenhaus."

„Vergiss das, Orson! Ich bin erschöpft, ausgelaugt, schachmatt. Ich will nach Hause. Immerhin ist es fast elf Uhr. Wenn wir hier fertig sind, habe ich keine Lust, die halbe Nacht in der Notaufnahme zu verbringen." Sarah zitterte vor Kälte und Aufregung.

In diesem Moment kam ein Streifenwagen angerast. Ein Anwohner hatte die Polizei verständigt. Zwei Uniformierte stiegen aus. „Jemand verletzt?", fragte der Schmächtigere.

„Nein, alles in Ordnung."

„Wer ist gefahren?", fragte nun sein Kollege. Er war groß und kräftig und, seinem Gesichtsausdruck nach zu urteilen, nicht zum Spaßen aufgelegt.

„Ich", meldete sich Orson.

„Haben Sie getrunken?"

„Zwei Gläser Weißwein." Den Pastis verschwieg Orson geflissentlich.

„Was ist passiert?" Der Beamte machte eine rotierende Handbewegung. „Hier sieht es aus wie auf einem Schlachtfeld."

Orson äußerte seinen Verdacht, dass die Bremsen manipuliert wurden. Der kräftige Beamte sah ihn ungläubig an. „Wir sollten vielleicht doch erst mal einen Alkoholtest durchführen", meinte er und lächelte.

Sarahs Nerven lagen blank. Das Verhalten des Beamten machte sie wütend. „Sie sollten vielleicht Kommissar Becker informieren und ihm sagen, dass es einen weiteren Anschlag in der Mordsache May gab."

Der Polizist erhob verstimmt die Augenbrauen. „Haben Sie auch getrunken?"

Nun wurde es Sarah zu bunt. Sie griff in ihre Handtasche. In diesem Moment zog der kräftige Polizist seine Waffe. „Keine Bewegung! Ich schieße! Ich nehme Sie fest!", schrie er.

„Nicht nervös werden, bitte! Ich … schauen Sie, ich nehme mein Handy und rufe Kommissar Becker an. Wenn Sie mir nicht glauben, er wird es bestimmt."

„Tom und Jeannette arbeiten tatsächlich an einem verzwickten Fall. Dieser Mord in der Galerie. Da ist schon einiges passiert", meldete sich der hagere Polizist zu Wort.

„So?"

„Ja!"

„Bist du sicher? Ich habe keine Lust auf einen Rüffel, weil ich Tom mitten in der Nacht wegen einer Belanglosigkeit wecke."

„Ganz sicher."

Sarah und Orson beobachteten die beiden Polizisten gespannt. Der Blick des Kräftigen ging vom Wagen über Sarah und Orson zu seinem Kollegen.

„Na gut. Ruf Tom an!"

Dreißig Minuten später war Tom bereits an der Unfallstelle. Nach dem Anruf hatte er keine Sekunde gezögert persönlich hinzufahren. Wer jetzt nicht wusste, wie ernst die Entwicklung im Mordfall May war, der würde es nie kapieren.

Nachdem die Spurensicherung ihre Arbeit erledigt hatte, brachte ein Abschleppdienst das Wrack geradewegs in die Polizeigarage zur Untersuchung. Sarah hatte in Decken eingehüllt auf der Bank gesessen und gemeinsam mit Orson berichtet, was geschehen war.

„Kommen Sie. Ich bringe Sie beide nach Hause", bot Tom an. „Oder eher ins Krankenhaus?"

Sarah schüttelte den Kopf. „Nein, geht schon. Eine Prellung. Sonst nichts."

„Ein schöner Schlamassel, in den Sie da reingeraten sind!"

„Das können Sie laut sagen", meinte Orson. „So langsam ist mir die Sache nicht mehr geheuer, Herr Kommissar. Unsere Sicherheit ist nicht mehr gewährleistet. Ich frage mich, ob Sarah und ich nicht untertauchen sollten, bis der Fall abgeschlossen ist."

„Ich kann die Galerie jetzt nicht schon wieder im Stich lassen, Orson. Das geht nicht."

„Was ist dir wichtiger? Die Galerie oder dein Leben?"

„Natürlich mein Leben. Aber wie lange soll das so weitergehen?"

„Bis der Mörder gefasst ist."

„Ich verstärke die Patrouillen in Ihrer Straße und lasse sie tagsüber auch die Galerie im Auge behalten."

„Ist doch beruhigend, Orson."

Überstimmt hob und senkte er die Schultern.

„Morgen Vormittag weiß ich Bescheid wegen der Bremsen. Obwohl …“, Tom rieb seine kalten Hände aneinander, „ ...ich nicht daran zweifle, dass die Bremsen manipuliert wurden.“

„Es ist zu offensichtlich. Zu viele Zufälle auf einmal.“

„A propos: Sie müssen Anzeige gegen unbekannt erstatten. Kommen Sie morgen in mein Büro.“

„Geht in Ordnung, Herr Kommissar.“

Mittlerweile waren sie vor Sarahs Wohnung angelangt. Auf Toms Befehl hin war ihnen ein Streifenwagen gefolgt. Während Orson und Sarah ihre Wohnung betraten, drehte das Polizeiauto noch zwei Runden um den Block. Der Beamte betätigte sein Funkgerät. „Keine Menschenseele weit und breit. Nichts Auffälliges zu vermerken. Ich komme in zwei Stunden wieder her.“

Er fuhr los.

Orson kontrollierte das Türschloss, die Fensterverriegelungen und jedes Zimmer. Die Wohnung war clean.

Wolkenbruch

„*Oui*?“, dröhnte Luc Dantès’ missgelaunte Stimme durch das Frühstückszimmer. „Kann man nicht mal in Ruhe Kaffee trinken?“

Er hatte die ganze Nacht kein Auge zugetan, dementsprechend war seine Stimmung. Louise hatte sich nicht wie gewohnt am Abend gemeldet und antwortete weder auf seine Anrufe noch auf seine unzähligen SMS.

„*Police*“, wisperte Louises verschreckte Kammerzofe.

Dantès sprang auf. „*Merde*!“ Was war mit seiner Louise passiert?

Vor der Eingangspforte stand *Commissaire en chef* Soisson. In der Auffahrt parkten mindestens vier Polizeiautos. „Guten Morgen, Monsieur Dantès. Könnte ich mit der Comtesse sprechen?“

„*Commissaire* Soisson. Welch ein Glück, dass Sie kommen! Ich bin verzweifelt. Louise ist etwas zugestoßen!“

„Aber Luc. Was reden Sie denn für einen Unsinn?“

„Louise ist verschwunden.“

„Wie, verschwunden?“, fragte Soisson, jetzt auch sichtbar beunruhigt.

„Gestern. Der Zug! Weg. Kein Telefon ... keine SMS ...“

„Halt, Luc, halt! Atmen Sie erst mal ruhig durch und erzählen Sie mir eins nach dem anderen. Mit Ihrem Gestottere kann ich nichts anfangen. Aber hier. Ich habe auch keine gute Nachricht.“ Der Kommissar griff in seine Tasche und zeigte ihm den Durchsuchungsbefehl. „Kommt von oben. Ich konnte leider nichts dagegen tun.“

„Wenn's denn sein muss." Gleichgültig öffnete Luc den Flügel der riesigen Eingangstür. Zehn Polizisten schwirrten herein. Wegen der Dringlichkeit des Falles war noch in der Nacht beschlossen worden, die Durchsuchung ohne luxemburgische Unterstützung in die Wege zu leiten. Man wollte nicht warten, bis Jeannette eingetroffen war. Die Durchsuchung sollte jedoch videotechnisch dokumentiert werden; daher auch das große Aufgebot an Beamten.

Soisson und Dantès zogen sich ins Frühstückszimmer zurück.

„Was suchen Ihre Leute?"

„Ich darf Ihnen nichts sagen, Luc, noch nicht. Aber was ist mit Louise?"

„Wenn ich das nur wüsste! Sie hat Beauregard gestern verlassen."

„Wo ist sie hin?"

„Sie sagte mir, sie müsste in der Camargue ein Pferd kaufen. Das war eine Lüge. Ich habe nämlich herausgefunden, dass sie übers Internet ein Zugticket mit dem TGV nach Luxemburg gebucht hat. Seit ihrer Abreise habe ich nichts mehr von ihr gehört. Das ist nicht normal. Sie schreibt immer, wenn sie unterwegs ist. Vor der Abendruhe, morgens beim Aufstehen."

„Was könnte sie in Luxemburg wollen?"

„Ich weiß es beim besten Willen nicht. Sie hat sich allerdings etwas merkwürdig in letzter Zeit benommen. Ich dachte, es hätte mit unseren Geldnöten zu tun."

Soisson räusperte sich: „Sie wissen schon, was uns gegenwärtig mit Luxemburg verbindet?"

Luc Dantès nickte nachdenklich: „Die Ausstellung und dieser unglückselige Mord."

„Luc. Seien Sie ehrlich zu mir. Nur so kann ich Ihnen helfen. Könnte es sein, dass Louise sich auf eine Fälschungsaffäre eingelassen hat, um die Finanzen des Schlosses aufzubessern?"

Dantès war erstaunt. „Louise? Das glaube ich nicht. Wie kommen Sie darauf?"

„Sieht so aus, als seien einige De Lacroix-Fälschungen in Umlauf."

Dantès schüttelte ungläubig den Kopf. „Ich kann es mir nicht vorstellen. Auch wenn … na ja ... wie gesagt, merkwürdig hat Louise sich schon in den letzten Wochen verhalten."

„In welcher Hinsicht?"

„Sie war verschlossener, nachdenklich, manchmal abwesend. Ich ertappte sie sogar beim Heulen. Dass sie jedoch jetzt einfach so verschwindet, das ist nicht normal." Luc Dantès stützte den Kopf auf seine Hände und stierte auf die Tischplatte. „Das passt nicht ins Bild. Ich befürchte, ihr ist was zugestoßen", stöhnte er.

Eine seltene Regsamkeit überkam Kommissar Soisson. Er griff in seine Tasche, zog ein zerschlissenes Blatt Papier heraus und strich es glatt. Dann griff er nach seinem Handy und tippte eine lange Nummer ein. Es klingelte nur einmal, und schon war Tom Becker dran. „Schon fündig geworden, *Commissaire*?"

„*Non.* Wir haben ein anderes Problem, Kommissar Becker. Louise De Lacroix ist verschwunden. Ich habe jedoch Grund zur Annahme ..."

„ ...dass sie in Luxemburg ist!"

„Sind Sie Hellseher?"

„Sie wurde gesehen, obwohl sie versucht hat unerkannt zu bleiben. Dass sie vermisst wird, bestätigt unsere Vermutung. Warum sagen Sie *verschwunden*?"

„Weil sie das Schloss unter einem Vorwand verlassen hat und sich nicht, wie üblich, bei Luc Dantès gemeldet hat. Bitte leiten Sie eine Fahndung ein!"

Nichts kam Tom gelegener als das. Der Untersuchungsrichter hatte ihm ans Herz gelegt diskret zu sein, als Tom ihm mitgeteilt hatte, dass die Streifenbeamten die Augen nach der Comtesse offen hielten. Schließlich sei Louise eine Aristokratin. Aber wenn der Geliebte und ein Kommissar vermuteten, es sei ihr etwas zugestoßen, lagen die Fakten anders. Der Anschlag auf Sarah und Orson hatte für viel Wirbel im Kommissariat gesorgt. Der Untersuchungsrichter war fuchsteufelswild, weil es keine Anhaltspunkte gab. Für Tom stand fest, dass Louise De Lacroix etwas mit Evas Ermordung zu tun hatte. Zumindest wusste sie etwas darüber.

„Natürlich sofort, *Commissaire*. Wie kommen Sie voran mit der Durchsuchung?"

„*Doucement, mon fils!* Wir haben eben erst begonnen. Sie hören von mir. *Au revoir*." Tom spürte, dass der Kommissar wieder in seine Nur-keinen-Stress-Art verfallen war.

Schwermütig erhob Soisson sich von seinem Stuhl. „Kommen Sie, Dantès. Wir wollen doch nicht, dass diese Durchsuchung zu viel Schaden anrichtet. Vor allem möchte ich nicht, dass den Werken Antoines etwas zustößt. Führen Sie mich zu seinem Atelier. Ich werde die Beamten dort persönlich überwachen."

Es dauerte eine geschlagene Stunde, bevor drei Beamte Antoines Malatelier erreicht hatten. „Kamera aus!", rief der Kommissar. „Die Gemälde von Antoine De Lacroix dürfen nicht gefilmt werden, verstanden?"

Der Kameramann nickte. Luc und der Kommissar standen in der Mitte des Raumes, Rücken gegen Rücken, und bewachten die Beamten mit Argusaugen. Jedes Mal, wenn ein Beamter auch nur versuchte ein Gemälde zu bewegen, gebot der Kommissar ihm

Einhalt. Zehn Minuten später scheuchte er sie hinaus. Ein tapferer Beamter muckte auf. „Dem Bericht aus Luxemburg zu Folge hat eine *Applepie*-Farbpalette einen großen Beweiswert, *Commissaire*. Wir sollten gründlich ..."

„Hier finden Sie nichts! Und jetzt raus hier!"

Um dreizehn Uhr war die Durchsuchung abgeschlossen. Fünf Stunden für das geräumige Schloss war nicht viel. Aber es deutete nichts auf gefälschte Bilder hin, die mysteriöse *Applepie*-Palette war nicht aufgetaucht und ein Hinweis, wo genau Louise sein könnte, war auch nicht gefunden worden.

„Das Schloss ist sauber, Dantès."

„Das freut mich, aber es ist mir eigentlich egal, *Commissaire*. Ich mache mir Sorgen um Louise."

„Ich auch. Aber da müssen wir wohl den Luxemburger Kollegen vertrauen", meinte Soisson.

„Soll ich nach Luxemburg fahren, *Commissaire*? Vielleicht finde ich sie."

„Es spricht nichts dagegen, Dantès. Ob Sie fündig werden, ist allerdings eine andere Sache."

Dantès schnippte mit den Fingern. „Ich fliege! Mein Freund Corneille kann mich noch heute hinfliegen. Ich fühle, ich werde gebraucht ..."

„Gehen Sie nur, Luc, gehen Sie! Ich halte hier die Stellung."

*

Toms Magen knurrte gehörig. Er litt immer mehr unter seiner Diät, und die schleppenden Ermittlungen waren auch nicht förderlich für seine Stimmung. Seine Laune war gegen Mittag auf den

Nullpunkt gesunken. Der einzige Lichtblick war das Treffen mit Catherine am Samstag.

„Die Peters ist auch noch nicht aufgetaucht", murrte er.

„Warum kommt die denn überhaupt?", fragte Jeannette.

„Jetzt, wo wir wissen, dass die Bremskabel manipuliert wurden, muss sie doch Anzeige erstatten."

Wie auf Kommando klingelte sein Handy.

„Hier spricht Orson Morris."

„Wann kommen Sie?", schnauzte Tom ihn an.

„Ich wollte Ihnen nur mitteilen, dass wir es heute vielleicht nicht schaffen. Frau Peters ließ sich nicht davon abbringen, heute Morgen in der Galerie vorbeizusehen, was damit endete, dass wir einige Stunden dort verbrachten. Jetzt sind wir in der Notaufnahme im Krankenhaus auf Kirchberg, wegen ihres Fußes."

„Doch so schlimm?"

„Ziemlich lädiert."

„Melden Sie sich, sobald Sie mehr wissen. Sie können mich jederzeit auf meinem Handy erreichen, falls Sie heute Nachmittag doch noch herkommen möchten."

„Mach ich, Herr Kommissar."

„Ich hol mir was beim Chinesen an der Ecke. Soll ich dir was mitbringen?"

„Nee danke. Habe keinen Hunger!"

Jeannette sah Tom skeptisch an. Sie machte sich immer mehr Sorgen um ihn. Seit es aus war mit Catherine, hatte er sich sehr verändert. Er war launischer und oft mies drauf. Abgenommen hatte er auch. Und dass er jetzt nichts vom Chinesen wollte, war ein ganz schlechtes Zeichen.

„Tom?"

„Hmmh!“ Er sah nicht auf, sondern blätterte in einer Akte.

„Wir sind doch Freunde. Kann ich dich etwas fragen?“

Tom hob den Kopf. „Frag nur.“

„Nimmst du Medikamente? Oder vielleicht … Drogen?“

„Drogen? Sag mal, spinnst du, Jeannette? Wie kommst du denn darauf?“

„Erstens finde ich, bist du schmaler geworden, zweitens bist du oft zickig wie ein altes Weib und drittens hast du noch *nie* nein zum Chinesen gesagt.“

„Jeannette.“ Tom fing an zu lachen. „Ich bin gerührt über deine Besorgnis und ich muss gestehen, ich habe ein Problem.“

„Eines, was dich zum Lachen bringt?“

„Mein Problem beginnt auch mit *D*. Aber nicht *D* wie *Drogen*, sondern *D* wie *Diät*!“

„Diät?“, fragte Jeannette perplex. „Jetzt verstehe ich. Oh Gott, und ich mach mir Sorgen wegen nichts und wieder nichts. Entschuldige meinen Verdacht!“

In Tom regte sich das schlechte Gewissen. „War aber ganz berechtigt! Ich werde mich bemühen, etwas weniger genervt zu sein.“

„Warum machst du eigentlich Diät? So wie du bist, ist es doch in Ordnung.“

„Du bist schon die Zweite, die mir das sagt. Trotzdem müssen noch ein paar Pfunde runter. Versprich mir, dass du niemandem etwas von meiner Diät erzählst.“

„Ich schweige wie eine Frühlingsrolle.“ Jeannette lachte schallend. Tom griff nach einem Radiergummi und warf ihn ihr an den Kopf.

„He, du Ochse! Das büßt du mir!“ Sie knüllte ein Blatt Papier zusammen und warf es schwungvoll nach Tom. Eine gehörige

Papierschlacht entwickelte sich. Einer dieser Papierbälle traf den hereinkommenden Aleandro mitten ins Gesicht. Verdutzt sah er die Polizisten an. Ertappt hielten beide inne. Aleandro jedoch lachte lauthals auf. „Polizisten sind also auch nur Menschen!“

„Können Sie nicht …“, brauste Tom auf. Es war ihm unangenehm, in solch einer kindischen Situation überrascht zu werden.

„Toooom!“ Jeannette erinnerte ihn an sein Versprechen.

Aleandro hob abwehrend die Hände. „Es war niemand am Empfang, und auf mein Klopfen hin haben Sie nicht reagiert.“

„Schon in Ordnung, Herr Dimillo. Was führt Sie zu uns?“, fragte Jeannette.

„Ich war in der Nähe. Wollte nur mal sehen, ob sich nichts zu meiner Entlastung ergeben hat.“

„Es ist ziemlich viel Bewegung im Fall, aber eine konkrete Spur haben wir immer noch nicht.“

„Hoffentlich bald. Diese Situation macht mich krank. Ich habe das Gefühl, alle Menschen starren mich an.“ Aleandro seufzte.

„Das ist normal, Herr Dimillo. Aber glauben Sie mir, so banal es klingt: Die Welt dreht weiter und für die meisten ist dieser Fall schon lange vergessen.“

„Für mich nicht.“ Aleandro seufzte erneut.

Sarah humpelte an Krücken aus dem Krankenhaus. Der Arztbesuch war unumgänglich geworden, da der Schmerz sich sowohl beim Auftreten als auch in Ruhestellung des Fußes bemerkbar gemacht hatte. Die Diagnose war allerdings nicht allzu dramatisch. Die Fehlbelastung beim Aufprall und beim Aussteigen nach dem Unfall hatten den Fuß überlastet. Der Arzt hatte Schmerzmittel, Salbe und vor allem Schonung verschrieben.

Orson versuchte Sarah zu trösten. „Trotz allem eine verständliche Verletzung. Hättest du dir den Fuß nicht beim Sturz vom Pferd verletzt, wäre es sicher glimpflicher abgelaufen.“

„Es ärgert mich halt, weil ich doch so viel zu tun habe. Die Galerie muss auf Vordermann gebracht werden. Wenn Jean-Marc Haas mit seinen Bildern eintrifft, muss doch alles in Ordnung sein.“

„Was bleibt denn zu tun?“

„Die Beleuchtung muss ausgetauscht werden.“

„Wie meinst du das?“

„Für De Lacroix hatte ich diese runde Beleuchtung. Für die modernen Gemälde von Jean-Marc wollte ich die rechteckigen Leuchten benutzen. Die passen besser zu seinem Stil. Die Ausstellung dreht sich um ‚Kunst im Quadrat‘. Abstrakte Kunst. Strenge Formen, viele Farben.“

Orson schüttelte den Kopf. „Dass du dir darüber Gedanken machst, ist doch nicht dein Ernst? Das kann ich doch übernehmen.“

„Wenn du möchtest.“

„Natürlich, du Dummchen. Sind das spezielle Vorrichtungen?“

„Ja. Die Verankerung in der Wand bleibt. Nur der Aufsatz wird ausgetauscht. Geht mit einem Klick.“

„Wenn es weiter nichts ist. Das werde ich doch wohl hinkriegen. Aber vorher fahren wir zu Kommissar Becker. Sonst lässt der uns sowieso keine Ruhe.“

*

„Auch noch Krücken! Ihnen bleibt aber nichts erspart.“ Tom rückte Sarah einen Stuhl zurecht. „Bitte setzen Sie sich. Sie müssen nämlich Anzeige erstatten. Ihr Auto wurde tatsächlich manipuliert. Die Kriminaltechniker haben sofort erkannt, dass an dem Bremskabel herumgebastelt worden ist. Laienarbeit, haben sie gesagt."

„Das hätte schlimm enden können!", sagte Sarah leise.

„Was ist mit Fingerabdrücken, Haaren oder sonstigen Spuren?", drängte Orson.

„Die Polizeitechniker sind fündig geworden, aber wir bräuchten natürlich Ihre und die von Frau Peters zum Vergleich. Ich hege nicht viel Hoffnung, denn wir haben tatsächlich nur zwei verschiedene Abdrücke gefunden, und die auch nur an den Türen und im Wagen selber. Das können fast nur die Ihren sein."

„Haben Sie die Comtesse schon aufgespürt?"

„Leider nein. Aber eine Fahndung läuft seit ein paar Stunden. Grenzen, Bahnhof, Flughafen. Alles abgeriegelt. Die Polizeieinheiten sind landesweit in Alarmbereitschaft."

„Eine Fahndung. So viel Aufwand?" Sarah war beeindruckt.

„Die Comtesse wurde in der Zwischenzeit als vermisst gemeldet."

„Von wem?"

„Dantès und *Commissaire* Soisson."

„Was natürlich die Schlussfolgerung zulässt, dass sowohl Orson als auch ich selbst die Comtesse tatsächlich gesehen haben."

„Genau." Tom sah auf seine Uhr. „Ich lasse Sie mit Jeannette für die Aufnahme der Anzeige alleine. Ich habe noch eine Besprechung."

*

„Flug 321 an Tower Luxemburg. Erbitte Landegenehmigung."

„Landegenehmigung erteilt. Bahn drei.“

Langsam senkte sich die Nase des Privatjets von Corneille de Poitron und landete sanft auf Bahn Nummer drei des Flughafens Luxemburg-Findel. Corneille öffnete die Ausstiegsluke und klopfte seinem Freund Luc Dantès auf die Schulter.

„*Merci*, Corneille.“

„Mach ich doch gern, mein Freund. Amüsier dich.“

„Dieser Aufenthalt wird kein Zuckerschlecken, Corneille. Weit gefehlt. Aber du hast was gut bei mir.“

„Ich merke es mir. Viel Glück.“

Luc begab sich in das Flughafengebäude und durchquerte den Zoll. In der Ankunftshalle überkam ihn zum ersten Mal Unsicherheit. Er hatte sich spontan entschieden nach Luxemburg zu fliegen. Aber was nun? Was wollte er eigentlich hier? Louise antwortete weder auf seine SMS noch auf seine Telefonate. War sie vielleicht überhaupt nicht verschwunden, sondern einfach nur untergetaucht? Gab es einen anderen Mann in ihrem Leben? War ihm eine neue Bekanntschaft auf der Vernissage entgangen? Dabei hatte er doch so gut über sie gewacht. Luc betrat einen Zeitungsladen und kaufte sich eine Packung Kaugummi. „Können Sie mir sagen, wo der Taxistand ist?“, fragte er den Verkäufer.

„Am Ausgang rechts.“

„*Merci*.“ Er steckte ein Stück Kaugummi in den Mund. Die einzige Person, die ihm helfen konnte, war diese Sarah Peters. Sie war ihm zwar unsympathisch, aber er hatte keine andere Wahl. Er sah auf seine Uhr. Siebzehn Uhr. Vielleicht würde er sie in der Galerie finden.

Sarah war dabei, Einladungen für die Ausstellung per Mail zu verschicken, als Luc Dantès die Galerie betrat. Sie glaubte zuerst an eine optische Täuschung: jemand, der Dantès ähnelte, so wie ein Ei dem anderen.

„*Bonsoir*, Sarah."

Er war es tatsächlich. „Monsieur Dantès! Sie hier in Luxemburg?"

„Luc. Nennen Sie mich Luc. Ich bin verzweifelt, Sarah!"

Es gefiel ihr gar nicht, diesen versnobten Schnösel plötzlich in der Rolle des Hilflosen zu sehen. Orson hatte Dantès' Stimme erkannt und war aus einer Nische getreten.

Dantès sprang auf ihn zu, ergriff ihn am Kragen seines T-Shirts und stieß ihn zurück. „Wo ist sie? Wer sind Sie wirklich? Was haben Sie mit Louise gemacht?"

„Hören Sie auf!", schrie Sarah. „Sie können Orson doch nicht andauernd für Ihr Unglück verantwortlich machen!"

Eine einzige Geste reichte, und schon waren die Rollen vertauscht. Orson hielt nun Dantès in Schach, indem er den Kragen seines feinen Hemdes in seine Faust knüllte, bis Luc nach Luft rang. Orson war die Coolness selbst. „Beruhigen Sie sich und wir reden wie Erwachsene!"

Sarah war in der Zwischenzeit aufgestanden und schubste mit einer Krücke einen Schemel zu Luc. „Setzen Sie sich!"

Luc sah sie fragend an. „Lange Geschichte?"

„Sie werden alles erfahren, Dantès", fügte Orson hinzu, „aber hören Sie auf, sich wie ein kleiner Junge zu benehmen, dem man sein Lieblingsspielzeug geklaut hat."

„Machen Sie sich nicht über mich lustig!", brauste Luc auf. „Louise ist verschwunden!"

„Wir suchen genau so wie Sie nach der Comtesse. Haben Sie eine Idee, wo sie sein könnte? Oder einen Verdacht, weshalb sie nach Luxemburg gekommen ist?“

„Weil sie einen anderen hat. Das ist die einzige logische Erklärung. Sie hat jemanden hier in Luxemburg.“

„Das glaube ich nicht. Die Geschichte ist etwas komplexer. Zu Louise können wir Ihnen sagen, dass die Fahndung läuft. Sie wurde zweimal gesehen, aber sie ist wie vom Erdboden verschluckt.“

„Das spricht doch für einen Liebhaber.“

„Oder ein Verbrechen, Luc.“

„Ein Verbrechen?“ Luc sah von Orson zu Sarah und wieder zurück.

„Auf mich und Sarah wurde gestern ein Anschlag verübt. Die Bremsleitungen meines Wagens waren manipuliert. Wir sind glimpflich aus der Sache rausgekommen. Hätte aber auch schlimmer enden können.“

„Sie denken, das war Louise? Sie spinnen doch!“ Luc schüttelte den Kopf.

„Es gibt Ungereimtheiten um den Mord an Eva May.“

„Mir ist der Fall Eva May schnurzegal; ich will Louise zurück!“

„Jetzt hören Sie mir mal zu, Luc! Wir wollen die Comtesse auch finden. Wir haben also das gleiche Interesse, wenn auch nicht das gleiche Ziel. Lassen Sie uns also zusammenarbeiten.“

„Wie soll das funktionieren?“

„Von mir erfahren Sie jetzt den letzten Stand der Ermittlungen, die Fakten und ... meine Vermutung. Vielleicht fällt Ihnen etwas ein, was uns weiterhelfen könnte.“

Dantès reckte seinen Oberkörper. „Ich höre.“

Geduldig erzählte Orson so ziemlich alles, was sich in den letzten Tagen zugetragen hatte. Vielleicht konnte Dantès einen Zusammenhang erkennen oder ein wichtiges Indiz geben, wenn er erst mal sämtliche Fakten kannte.

„Ich bin mir ziemlich sicher", schloss Orson, „dass jemand anders die Finger mit im Spiel hat. Entweder wird die Comtesse erpresst, oder sie ist in die Sache reingeschlittert. Dantès, überlegen Sie gut! Können Sie uns irgendeine Information geben? Ist Ihnen ein merkwürdiges Verhalten seitens der Comtesse aufgefallen?"

„Natürlich. Dieser übereilte Aufbruch nach Luxemburg, die Geheimniskrämerei, ihre Lüge."

„Welche Lüge?"

„Sie hat ihren spontanen Aufbruch mit dem Kauf eines Pferdes erklärt. Ich habe auf ihrem Computer herausgefunden, dass sie ein Zugticket nach Luxemburg online gebucht hat."

„Wissen Sie, was ich glaube, Dantès?"

Luc sah Orson fragend an.

„Sie hat ihren Komplizen oder ihren Erpresser in Luxemburg getroffen. Luc, überlegen Sie gut. Ist Ihnen niemand aufgefallen, der in letzter Zeit einen wichtigen Platz in Louises Leben eingenommen hat? Vielleicht ein neuer Gast auf Beauregard, der öfters als sonst aufgetaucht ist?"

„Als Erstes denke ich natürlich an Sie, Orson. Sie sind der letzte Neue auf Beauregard, mit dem Louise ein enges Verhältnis pflegt. Aber Sie sind kein Künstler, das merkt man."

„Aber auch kein Butler."

„Wie?" Luc war verblüfft. „Was sind Sie dann?"

„Ich bin Privatdetektiv."

„Was? Aber wie …"

„Ich arbeite im Auftrag des Vaters der Comtesse. Ein sehr vertraulicher Auftrag. Sie können mir glauben, dass ich auf der Seite der Comtesse stehe. Vergessen Sie Ihren Verdacht mir gegenüber!“

„Das ist doch unglaublich! Detektiv! Und Sie glauben, dass Louise … Fälschungen ...? Nein, nein“, schüttelte Dantès den Kopf, „falls Louise die Bilder ihres Vaters nachgemalt hat, dann hat jemand sie dazu gezwungen.“

„Aber wer?“

Luc überlegte angestrengt. „Seit dem Tod ihres Vaters gibt es eine Person, nein, zwei Personen, die plötzlich viel Zeit auf Beauregard verbracht haben.“ Bedeutungsvoll sah er in die Runde. „Wie schon erwähnt: Sie, Orson, sind einer dieser beiden. Ich habe stets ein Auge auf Sie gehabt. Aber ich muss gestehen, ich habe Ihnen nicht viel vorzuwerfen.“

„Nicht viel?“ Orson blinzelte gefährlich. „Was bitte haben Sie mir denn vorzuwerfen?“

„Seit Sie auf Beauregard sind, führen Sie sich auf wie Louises persönlicher Schutzengel. Das war mir nie sehr angenehm.“

„Ich habe Ihnen doch eben erklärt, dass ich einen Auftrag von De Lacroix habe. Wer ist Nummer zwei?“

„Erst erzählen Sie mir, was es mit dem Auftrag von Louises Vater auf sich hat.“

„Nummer zwei!“ Drohend erhob sich Orson. Sein Mund war nur noch ein schmaler Strich.

„Kommissar Soisson!“

„Soisson!“, sagte Orson erstaunt. „Das überrascht mich. Das hätte mir doch auffallen müssen …“

„Sie haben ihn nicht immer bemerkt. Aber er traf sich regelmäßig mit Louise im Weinkeller.“

„Im Weinkeller?“ Jetzt war Orson überrascht. Er dachte an den Geheimgang. Soisson war nicht sehr kooperativ gewesen, und das Attentat auf Sarah hatte er auch heruntergespielt. Ein neues Puzzleteil.

„Becker. Wir müssen den Kommissar verständigen.“ Sarah griff zum Hörer und rief ihn an.

Tom ließ sich nicht zweimal in die Galerie bitten. Jeannette begleitete ihn. *Zusätzliche verdächtige Umstände*, hatte Orson gesagt. Luc Dantès' Anwesenheit war natürlich eine Überraschung. Tom nutzte die Gelegenheit, um ihn etwas auszuhorchen. Bereitwillig gab dieser Auskunft. „Glauben Sie mir, Kommissar. *Ich* habe nichts mit dem ganzen Schlamassel zu tun. Ich will nur Louise zurück! Sie ist die Frau meines Lebens.“

Sarah war wieder überrascht über die offensichtlich sehr tiefe Liebe zwischen diesem doch so ungleichen Paar.

„Erzählen Sie mir von Soisson“, sagte Tom. „Alles, was Sie wissen. Jedes Detail ist wichtig. Mit welchem Wagen kam er zum Schloss? In welcher Kleidung? Wie lange blieb er mit Louise im Keller? Jede Einzelheit, an die Sie sich erinnern können!“

Dantès hatte ein gutes Gedächtnis. Er berichtete eine geschlagene Stunde lang über alles, was ihm einfiel. Jeannette tippte seine Aussage in Sarahs Computer und speicherte den Bericht auf einem USB-Stick. Es war fast zwanzig Uhr, als sie beschlossen gemeinsam eine Pizza essen zu gehen. Im Restaurant legte Orson sein Handy neben seinen Teller.

„Wie haben Sie denn die Comtesse kennengelernt?“, fragte er Dantès, während sie auf das Essen warteten.

„Wir waren gemeinsam auf einem Gestüt in der Nähe von Beauregard eingeladen. An dem Abend war solch ein schlimmes Unwetter, dass wir mit dem Wagen nicht mehr von dort wegkamen. Die Comtesse ließ die Kutsche kommen und lud mich ein auf dem Schloss zu übernachten. In einem Gästezimmer natürlich. Ihrem Vater hat das nicht gefallen."

„Er hat Ihnen nicht vertraut?"

„Leider nein. Bis zu seinem Tod hat er sich geweigert, mich an sich heranzulassen. Das schmerzt Louise heute noch. Und mich auch", fügte er bekümmert hinzu. „Aber damit müssen wir beide wohl leben."

Nach dem Essen war es schon spät und Luc Dantès wurde in ein Hotel am Bahnhof einquartiert. Danach war der Abend für jeden gelaufen. Um zweiundzwanzig Uhr betrat Tom seine Wohnung. Zur gleichen Zeit humpelte Sarah, gefolgt von Orson, in die ihre. Ihr Fuß schmerzte. Sie nahm die ihr verschriebenen Medikamente sowie eine halbe Schlaftablette.

„Eine Schlaftablette?" Orson hielt nichts von chemischen Hilfsmitteln.

„Ich brauche wirklich etwas Ruhe", erklärte sie ihm.

„Kann ich verstehen! Ich trinke aber lieber einen Whisky und bin dann gleich bei dir."

Orson erwachte aus seinem Traum und wusste im ersten Augenblick nicht, ob der Rauch, den er roch, real war. Aber dann kroch er ihm beißend durch die Nase und schnürte seine Kehle zu. Sarah rührte sich nicht. *Das Schlafmittel.* Orson stürzte ans Fenster und sah einen uniformierten Burschen, der abwechselnd gegen die Tür des Hauses donnerte, um dann wieder in die Straßenmitte zu laufen und nach oben zu blicken, während er unaufhörlich *Feuer! Feuer!* rief. Aus den Nachbarhäusern guckten vereinzelt entsetzte Gesichter. In wenigen Sekunden wurde die sonst totenstille Straße lebendig. Anwohner stürmten herbei. Orson erkannte die Bewohner vom dritten Stockwerk. *Wenn die draußen sind, bedeutet das, dass es nur hier oben brennt!* Er tastete die Tür ab, unter der kleine Rauchschwaden hindurchkrochen. Sie war ganz heiß, was bedeutete, dass das Feuer schon ganz dicht an sie herangekommen war. Da wusste er, dass sie in ihrem Zimmer gefangen waren. Orson behielt die Ruhe, sah sich um und entdeckte eine Zuflucht, ein Geschenk Gottes in dieser lebensgefährlichen Situation. Das Badezimmer, das die beiden Räume miteinander verband! Er stürzte hin und ließ Wasser in die Badewanne laufen. Gleichzeitig tränkte er mehrere Frotteetücher mit Wasser und presste sie gegen den Türschlitz. Ein weiteres legte er Sarah aufs Gesicht, die immer noch fest schlief. Mit dem anderen schützte er seine eigenen Atemwege. Er betätigte den Lichtschalter. Nichts. *Ich muss ein Zeichen geben, dass wir hier sind!* In der Ferne hörte er bereits die Feuerwehr. Suchend sah er sich um. Keine Taschenlampe, keine Kerze. *Der Wecker!* Er hatte eine Leuchtfunktion für die Nacht. Orson hielt ihn gegen die Scheibe und schaltete das Licht unaufhörlich ein und aus. Endlich sah er eine Frau, die nach oben zeigte. Zeitgleich kam die Feuerwehr mit Sirenengeheul vor dem Haus an.

Feuer? Was für ein Feuer? Nur langsam erwachte Sarah aus ihrem Tiefschlaf. Irgendwer rüttelte unbändig an ihrem Bett. Oder an ihr? Sie drehte den Kopf. Ihr ganzer Körper sträubte sich.

„Sarah! Sarah!“ Die Stimme drang aus weiter Ferne an ihr Ohr. „Feuer!“ Sie schlug die Augen auf. Reflexartig riss sie das nasse Tuch von ihrem Mund. Der Geruch des Rauches ließ sie schnell die Realität erkennen.

„Orson. Was ist … Wo …?“

„Wir müssen jetzt die Ruhe bewahren, Sarah! Das Haus brennt. Wir … wir sind eingeschlossen in den Flammen. Die Feuerwehr hat uns gesehen.“

Sarah biss die Zähne zusammen und richtete sich einige Zentimeter auf. „Wir werden sterben!"

„Nein!", hustete Orson, während sich der Rauch im Raum verdichtete. „Nein … wir müssen nur ... nur ... überleben, bis sie uns hier rausholen."

„Wie …" Sarah rang nach Luft. „Wie, Orson?"

„Ins Bad. Schnell!"

Die Frotteetücher taten keinen Dienst mehr. Unbarmherzig drang der tödliche Rauch ins Zimmer. Flammen würden bald folgen. Orson zerrte Sarah ins Bad und zog die Tür zu. Er tränkte so ziemlich alles, was er finden konnte, mit Wasser und stopfte es an den Türboden. Das Waschbecken hatte er zugestöpselt; Wasser lief bereits über den Rand auf die Fliesen. Dann kontrollierte er die Temperatur des Wassers.

Merkwürdig!

Die Wanne war nun fast voll. Sarah beobachtete Orson, wie er die Duschbrause samt Schlauch abschraubte. Mit einer Rasierklinge schnitt er den Schlauch in zwei Teile. Schweiß tropfte von seiner Stirn.

„Orson, was tust du nur? Bald brennt es auch hier. Dann haben wir zwei bis drei Minuten Zeit um uns zu verabschieden, weil wir nämlich sterben werden", wisperte Sarah.

„Wir werden nicht sterben, Sarah!" Orson kletterte auf den Wannenrand und öffnete zwei der vier mosaikförmigen Glasquadrate in der Wand. „Falls die Flammen uns vor der Feuerwehr erreichen, werden wir in die Wanne steigen, den Schlauch zwischen die Lippen pressen und untertauchen. Das gibt uns weitere kostbare Minuten um zu überleben."

Sarah zitterte vor Angst. Ihre Worte kamen stockend:. „Es bleibt uns also jetzt nichts anderes übrig als abzuwarten!"

Orson zog sie neben sich auf den Wannenrand. Auch er hatte Angst, Todesangst. Aber er war schon öfters aus misslichen Situationen herausgekommen. Er vertraute seinem Schutzengel. „Unser Schicksal liegt nicht mehr in unseren Händen."

*

Aleandro schlenderte durch die Straßen der Oberstadt. Er genoss seine wiedergewonnene Bewegungsfreiheit in vollen Zügen. Aber seit er um zwanzig Uhr das Foto der Comtesse im Fernsehen gesehen hatte, ließ ihn ein beklemmendes Gefühl nicht mehr los. Er hatte diese Frau in der Oberstadt gesehen. Gestern Vormittag. In dem Postgebäude am Busbahnhof. Viele Hintergrundinformationen hatte es in den Nachrichten nicht gegeben. Wurde sie wegen des Mordes gesucht, den man ihm in die Schuhe schieben wollte? Oder war sie gar einem Verbrechen zum Opfer gefallen?

Nachdenklich schlenderte er in sein Stammlokal. Er hatte sich mit Gabriel verabredet. In der Kneipe entdeckte er seinen Freund an einem Tisch an der Wand.

„Was guckst du denn so mürrisch?", fragte Gabriel zur Begrüßung.

„Ach, nichts. Dieser Mord lässt mich nicht los."

„Es wird sich schon alles klären. Lass uns ein Bierchen trinken."

Nach dem dritten Glas entspannte sich Aleandro. Er war fröhlich und gut gelaunt und begrüßte seine eintreffenden Kumpels so freudig und herzlich, als wäre er von den Toten auferstanden.

Irgendwann am späten Abend hörte er aus der Ferne die Feuerwehrsirenen.

*

Die Feuerwehrmänner der Einsatztruppe drei hatten die Appartementtür erreicht. In ihren Spezialuniformen waren sie geschützt vor der Hitze des Feuers, die Masken erlaubten ihnen frei zu atmen. Von der Wohnungstür war nur noch ein verkohltes Etwas übrig, das Zimmer voll von schwarzem Rauch und giftigen Gasen. Zwei Feuerwehrmänner bekämpften die gierigen Flammen mit ihrem Löschschlauch. Bevor die Fensterscheiben barsten und die Flammen ihre Beute auffraßen, hatten sie die Längsseite des Zimmers im Griff. Hilfe kam auch schon von außen. Ein dritter Feuerwehrmann hatte binnen sechzig Sekunden von der Leiter aus die Situation erkundet. Rechts war die Küche. Sie war vom Feuer unversehrt, aber auch menschenleer. Das Leuchtsignal musste also aus der linken Ecke gekommen sein. Die Tür dorthin wie auch das Zimmer standen in Flammen. Zwei Männer sprühten den Weg frei. Das Bett brannte, war aber leer. Blieb nur noch eine Tür. Die Flammen waren dabei sich durchzufressen. Laut knisternd schlugen sie bis zur Decke. Der Feuerwehrmann kletterte durch das Fenster und bahnte sich seinen Weg zur Tür. Angst befiel ihn. Nicht die übliche Angst eines Menschen, sondern die Angst eines Feuerwehrmannes, der bereits mehr als einmal Leid und Tod hinter solchen Türen gesehen hatte.

Ein zweiter Kollege tauchte seitlich auf. Er suchte durch die Maske dessen Blick und gab ein Zeichen. *Geh rein!*

Einige wenige weißgraue Rauchschwaden hingen in der Luft.

Seine Lippen formten gerade das Wort *Niemand,* als Orson aus dem Wasser schoss wie ein Delphin. Sarah gleich hinterher. Beide japsten sofort nach Sauerstoff. In Sarahs Fuß hämmerte es wie in einem Walzwerk, das Blut pochte in ihren Schläfen. Aber sie spürte keine Schmerzen. Das Hochgefühl, diese beiden Feuerwehrmänner zu sehen, war durch nichts, aber auch gar nichts zu ersetzen. Sekunden später pressten die Feuerwehrmänner ihnen Atemmasken auf die Gesichter. Gerettet!

Tom hatte vor dem Schlafengehen noch vor dem Fernseher gesessen, als ihn der Telefonanruf erreichte. Seine Patrouille hatte das Feuer entdeckt, sofort die Feuerwehr alarmiert und damit wahrscheinlich Sarah und Orson das Leben gerettet. Außerdem hatten die beiden Beamten einen Krankenwagen geordert und dann Tom benachrichtigt, der sich umgehend auf den Weg machte. Als er eintraf, war die Gegend weiträumig abgesperrt und die Feuerwehr hatte den Brand bereits unter Kontrolle.

„Gut gemacht, Jungs!" Anerkennend klopfte er den beiden auf die Schulter.

Dann ging er zum Kommandanten. „Salut, Bob."

„Hi, Tom."

„Verletzte?"

„Alle Bewohner haben das Haus zeitig verlassen und sind unversehrt, außer den beiden vom letzten Stockwerk."

„Verletzt?"

„Nee. Glimpflich abgelaufen für die. Waren aber von den Flammen eingeschlossen. Sitzen da hinten im Krankenwagen."

„Das ist aber ein seltenes Phänomen um die Uhrzeit. Alle Bewohner sind draußen und wohlauf."

„Das haben wir wohl dem Brandstifter zu verdanken. Der Täter hat alle anderen Bewohner aus dem Bett geklingelt."

„Du bist also sicher, dass es sich um Brandstiftung handelt?", hakte Tom nach.

„Hundert Pro. So wie wir das sehen, ist der Täter seelenruhig ins Haus spaziert, hoch bis zum letzten Stockwerk, hat Filterkaffeetüten unter die Wohnungstür gequetscht und einen Behälter mit leicht entzündlichem Material gegen die Tür auf die Tüten gestellt. Der Behälter wurde mit einem Stein umgeworfen, der Deckel fiel ab und die Flüssigkeit explodierte. Das Holz brannte natürlich sofort lichterloh. Er ist dann runtergelaufen und hat an jeder Wohnungstür geklingelt."

„Von was für einem Gemisch sprichst du?"

„Bin mir nicht sicher. Muss noch bestätigt werden. Könnte sich aber um leicht entzündliches Diethylether gehandelt haben. Wird auch für Narkosen gebraucht. Es bildet in Verbindung mit Luft ein explosionsfähiges Gemisch."

„Das hast du aber schnell festgestellt."

„Dein Kollege, der uns gerufen hat, bat mich, einen Brandspezialisten mitzubringen. Und Sylvie ist nun mal die Beste."

Tom begab sich zum Krankenwagen. Sarah und Orson hockten auf einer Sitzbank und wurden sich der Situation so langsam bewusst. Beide hatten sich nur eine leichte Rauchvergiftung zugezogen und wurden vom Notarzt behandelt.

„Das war knapp!"

„Sehr knapp." Orson sah zu Tom hoch. „Es ist an der Zeit, dass Sie dem Täter endlich das Handwerk legen. Es grenzt an ein Wunder, dass wir überhaupt noch leben."

„Haben Sie irgendetwas mitbekommen?"

„Null! Wir haben tief und fest geschlafen."

Sarah sagte kein Wort. Im Geiste rekonstruierte sie die Anschläge auf ihr Leben. Eine Verschwörung war gegen sie im Gange. Sie fragte sich, ob sie bei einem nächsten Mal wieder so glimpflich davonkommen würde.

„Wir werden Sie beide zur Beobachtung ins Krankenhaus bringen", schaltete der Arzt sich ein.

Orson überlegte. Eine Bleibe für die Nacht hatten sie sowieso nicht. Und im Krankenhaus waren sie wenigstens in Sicherheit. Er nickte.

„Ich werde Wachen vor Ihrem Zimmer postieren", sagte Tom. „Dann können Sie wenigstens ruhig schlafen. Morgen früh sehe ich vorbei."

„Ich kann nicht mehr ruhig schlafen, bis der Mörder gefasst ist."

„Ich verstehe Sie. Wir tun unser Bestes."

*

Der Brand war am Freitagmorgen in den Frühnachrichten das Thema Nummer eins. So kam es, dass sich Sarahs Eltern und Aleandro im Krankenhaus einfanden, bevor sie offiziell benachrichtigt wurden. Ihre Wege kreuzten sich mit denen von Tom Becker.

Sarah und Orson frühstückten, während sie geduldig die vielen Fragen der Eltern beantworteten. Sarahs lädierter Fuß ruhte auf einem Hocker.

„Ihr zieht natürlich jetzt zu uns", meinte Vera. „Wir haben uns die Wohnung schon heute früh angesehen, da fallen gewaltige Renovierungsarbeiten an. Und außerdem haben wir Runzel schon zu uns verfrachtet. Sie saß miauend auf dem Treppenabsatz, als wir ankamen."

Entsetzt malte Sarah sich aus, wie sie nun von ihren Eltern auf Schritt und Tritt bewacht und umsorgt werden würde. Falls sie nicht ins Hotel ziehen wollten, gab es dazu aber keine Alternative.

„Bei uns seid ihr in Sicherheit, bis dieser verdammte Verbrecher gestellt ist“, fügte Sarahs Vater hinzu. „Und das ist hoffentlich bald der Fall, Herr Kommissar!“ Er blickte Tom missmutig an.

Tom wurde einen Kopf kleiner. Die Lage war verzwickt. „Der Täter hat gut und sauber gearbeitet. Er hat weder Finger- noch Fußabdrücke hinterlassen. Die Experten haben den Ablauf rekonstruiert, den Brandbeschleuniger identifiziert. Diethylether. Leicht entzündlich. Wird auch für Narkosen gebraucht. Vielleicht führt uns das zum Täter.“

„Ein Anästhesist hat wohl kaum etwas mit dem Fall zu tun“, meinte Orson. „Lassen Sie sich nur nicht von der anfänglichen Spur abbringen!“

„Die Galerie bleibt auf jeden Fall zu, bis dieser Wahnsinnige gefasst ist!“, polterte Sarahs Vater.

„Aber Papa! Das geht nicht. Am Samstag ist eine Ausstellung. Wir können nicht schon wieder absagen! Der Künstler ist ohnehin schon als Lückenbüßer eingesprungen.“

„Und ob, mein Kind! Ich habe keine ruhige Minute mehr, wenn ich nicht weiß, dass du in Sicherheit bist.“

Tom mischte sich ein. „Ich hätte einen Vorschlag: Sie engagieren eine Sicherheitsfirma und ich stelle einige meiner Leute ab.“

„Meine Tochter soll Ihnen als Köder dienen?“, empörte sich Paul.

Tom erwiderte nichts, aber er hatte tatsächlich in diese Richtung geplant. Die Wahrscheinlichkeit war groß, dass der Täter sich wieder an Sarah heranwagen würde. Nur so würde man ihn entlarven können. Seinem Vorgehensmuster nach zu urteilen, war er nervös und zu allem bereit. Es war gefährlich, aber in diesem Fall musste der Berg zum Propheten.

Der Nachmittag war ein einziger Wettlauf gegen die Zeit. Das Schwierigste war, Sarahs Eltern davon zu überzeugen mitzumachen. Radio und Fernsehen wurden geradezu genötigt, die „Porte Ouverte" in der „Galerie um Knuedler" mit der Ausstellung von Jean-Marc Haas anzukündigen. Ein Malatelier für Kinder und der persönliche Austausch mit dem Künstler sollten das Rahmenprogramm bilden. Jean-Marc Haas konnte sein Glück gar nicht fassen. So viel Publicity! Den ganzen Nachmittag verbrachte er mit der Anordnung der Bilder. Immer wieder tauschte er eines gegen das andere aus. Sarah saß in einer Ecke in einem Rollstuhl, ihren verletzten Fuß hochgelegt, und beriet Jean-Marc. Orson wich ihr nicht von der Seite. Sarahs Eltern waren zu Hause und richteten das Gästezimmer für ihre Tochter her. Sie hatten Orson beschworen, alles in seiner Macht Stehende zu tun, damit ihr nichts zustöße.

Am Abend kam ein Catering-Service und bereitete alles vor für Getränke und Snacks. Tom Becker hatte darauf bestanden, dass Aleandro auch kommen sollte. Je mehr Leute in Sichtweite waren, die mit dem Fall etwas zu tun hatten, desto einfacher war die Kontrolle.

Er hatte vier Polizisten in Zivil abgestellt, die sich außerhalb der Galerie aufhielten. Zwei Mitarbeiter einer Security-Firma bewachten den Eingang und die Ausstellung. Orson schob die ihm Anvertraute im Rollstuhl in der Galerie hin und her. Tom war mit Catherine erschienen. Allen Bedenken zum Trotz hatte er sie dazu überredet, in ihre alte Rolle als Polizeipsychologin zu schlüpfen.

„Das ist nicht legal, Tom. Ich bin im unbezahlten Urlaub."

„Bitte, Catherine! Dein Nachfolger ist in einer Schulung in London. Ich brauche dich." Er sah sie ernst an.

Sie hatte gezögert, aber schließlich zugesagt. Sie bewegte sich auf sehr dünnem Eis, aber Tom stand unter ziemlichem Druck und sie konnte bestimmt von Nutzen sein. Ihr Einsatz kam schneller, als sie geahnt hatte.

Ein wütender Luc Dantès stapfte in die Galerie. „Das gibt es ja nicht!“, tobte er. „Louise einfach so ad acta zu legen! Das hätten Sie wohl gerne! Sie können doch jetzt keine Party veranstalten! Ich kann es nicht glauben!“ Luc Dantès war in Fahrt und stürzte auf Tom Becker zu.

„Einen Moment, Herr Dantès. Lassen Sie mich erklären.“ Tom hatte ein schlechtes Gewissen. Er hatte ihn tatsächlich vergessen.

„Einen Dreck lass’ ich Sie! Unterlassene Hilfestellung nennt man das. Das wird Sie teuer zu stehen kommen!“ Er packte Tom an den Schultern. Dieser ließ es geschehen. Er war größer und breiter als Dantès und hielt der Attacke stand. Eine sanfte Stimme erreichte Dantès’ Ohr. Fast wie die von Louise. „Es gibt sicher eine Erklärung.“ Tom trat einen Schritt zurück, Catherine einen nach vorne. Sie wusste, wer Luc Dantès war. Tom hatte sie ziemlich gut unterrichtet. Außerdem war sie dabei, die beeindruckende Akte des Falls zu studieren.

„Wer sind Sie?“, fragte Dantès, nicht mehr ganz so aufgeregt. Er war fasziniert von der Erscheinung dieser Frau.

„Catherine. Polizeipsychologin“, flunkerte sie.

„Ich brauche keinen Seelenklempner“, ereiferte sich Dantès.

„Sicher nicht, Luc. Aber lassen Sie mich erklären, was hier läuft. Es dient alles zur Aufklärung des Mordes an Eva May. Wir haben einen Plan, der vielleicht auch Ihre Louise auftauchen lässt.“ Catherine zog Luc zur Seite und winkte Tom hinzu. Sie setzten sich in eine Ecke und erzählten Luc vom Plan. „Sie sind natürlich morgen dabei.“

„Da können Sie Gift drauf nehmen!“

Um dreiundzwanzig Uhr verließ die Truppe geschlossen die Galerie. „Geschafft!“

Der große Tag konnte kommen.

Showdown

Samstag

09.43 Uhr

Orson schob den Rollstuhl in die Galerie.

Im Minutentakt trudelten alle Protagonisten des großen Tages ein: ein Polizeibeamter, Tom, Jeannette, Luc Dantès, Sicherheitsbeamte, Aleandro, Jean-Marc Haas, das Personal vom Catering. Geschäftiges Treiben herrschte in allen Ecken der Galerie. Kaffeemaschinen gaben gurgelnde Geräusche von sich, Tassen klirrten, Computer wurden eingeschaltet, Lichter angeknipst, Positionen eingenommen. Bald roch es nach Kräutertee und Cappuccino. Aus Lautsprechern plätscherte leichte, beschwingte Musik.

Dennoch stieg die Spannung von Minute zu Minute. Catherine analysierte jeden Besucher unauffällig, aber kritisch.

Ein Mann mit Hut betrat die Galerie. Die Hutkrempe bedeckte Stirn und Augenbrauen. Er schlenderte, die Hände in den Taschen und die Augen nachdenklich zu Boden gerichtet, durch die Räume. Kurz darauf verließ er die Galerie, so wie er gekommen war. Catherines Blick folgte ihm. Auf der Türschwelle tippte er grüßend an seine Hutkrempe und verschwand.

Eine Frau mit einem Kind trat ein.

Aleandro ging vor dem Kind auf die Knie. „Hallo, ich bin Aleandro. Und du?"

„Melanie."

„Hast du Lust etwas Schönes zu malen, Melanie?"

„Ja."

„Dann komm mit mir. Sie erlauben doch?", fragte er die Frau.

Sie nickte zustimmend.

Catherine stellte bei der Frau einen Zustand der Anspannung fest, eine nervöse Erregung. Aber auch sie verließ nach kurzer Zeit die Galerie.

Eine Schar japanischer Touristen betrat den Empfangsraum. Dankend nahmen sie die angebotenen Getränke entgegen. Beim Abschied bedankte der Fremdenführer sich im Namen der Gruppe für die Gastfreundschaft.

Alle Besucher verließen in regelmäßigen Abständen die Galerie. So fiel niemandem die ständige Anwesenheit von Tom Beckers Team auf. Von Zeit zu Zeit klickte es im Ohrknopf des einen oder anderen. Damit hielt Tom unablässig Kontakt zu seinen Leuten.

„Alles in Ordnung bei dir, Catherine?“

Sie hob den Kopf und nickte ihm zu. Für Sekunden blieben ihre Augen an den seinigen hängen und ihr Herz pochte einen Takt schneller. Sie liebte ihn noch immer.

Tom war ihr Zögern aufgefallen. Stolz reckte er seinen Körper. Er freute sich auf das Diner bei „*Chez Pierrot*“ am Abend. Hoffentlich ging sein Plan auf und er konnte beides feiern: die Versöhnung mit Catherine und den Abschluss dieses kniffligen Kriminalfalles. Das passende Geschenk hatte er allemal. Gabriel hatte ihm die Tagebücher von Novalis zu einem fairen Preis abgetreten.

10.55 Uhr

Die Galerie war nun proppenvoll. Kunstinteressierte, Freunde von Jean-Marc Haas, Touristen und Eltern mit Kindern bummelten durch die Räume. Es war interessant zu sehen, wie gut die kurzfristige, aber intensive Werbung angeschlagen hatte. Der Workshop für die Kinder fand großen Anklang und Aleandro hatte seine Freude an den Kleinen.

Orson schob den Rollstuhl vorsichtig an eine Wand.

„Geht's?"

„Das hochgelegte Bein ist ziemlich platzraubend."

„Das muss aber sein."

11.43 Uhr

„Du kannst mich nicht ewig hier festhalten!", schimpfte Louise.

„Halt's Maul!"

„Lass uns alles aufklären. Wir gehen zur Polizei …"

„Es ist zu spät!"

„Es ist nie zu spät. Wir haben uns in etwas verrannt. Aus einem Schneeball wurde eine Lawine. Tod und Unglück reihen sich aneinander wie Perlen an einer endlosen Kette."

„Es gibt kein Zurück mehr! Kapier das doch endlich! Wenn ich über alle Berge bin, bist du frei. Aber ein paar Stunden musst du dich schon noch gedulden!"

Louises Blick glitt zu dem Buffetschrank an der gegenüberliegenden Wand. Dort lag eine Rolex und tickte friedlich vor sich hin. Um achtzehn Uhr würde sie aufhören zu ticken. Bis achtzehn Uhr hing Louises Leben an einem seidenen Faden. Bis achtzehn Uhr durfte sie keine brüske Bewegung machen. Die Sprengladung, deren Zünder über einen dünnen Zugdraht mit ihrem Bein verbunden war, würde sie sonst in Stücke reißen.

„Au, du tust mir weh!"

„Sei nicht so zimperlich. Jetzt noch den Knebel. So … Und nicht bewegen, Liebes, sonst … bumm! Alles ist aus!“ Ein eisiges Lachen erfüllte den Raum, bevor die Wohnungstür ins Schloss fiel.

Alle Rollläden waren verschlossen. Von draußen drangen Geräusche von Bauarbeiten herein. Wenn sie sich einstellten, lag eine unheimliche Stille über der Wohnung. Louise war allein. Sie wagte nicht einmal zu weinen.

11.56 Uhr

Catherine beobachtete die Frau, die Jean-Marc Haas in ein Gespräch verwickelt hatte. Ende dreißig, unsportliche Statur, viel zu jugendlicher Kurzhaarschnitt, unnatürliche Bräunung. Im Kontrast dazu stachen ihre grasgrünen Augen hervor wie die eines schwarzen Panthers. Über eine zweite Funkfrequenz verfolgte Catherine das Gespräch.

„Ich finde, es ist Ihnen gut gelungen. Dieses flirrende Farbspiel von Licht und Schatten. Wunderbar! Was stellt es dar?“ Die Frau schien sehr interessiert zu sein.

„Eine verirrte Seele.“

„Hat das Bild einen Namen?“

„*Unterwelt*.“

„Hat es auch einen Preis?“

Jean-Marc entschied sich hoch zu pokern: „Zweitausend Euro!“

„Ich nehme es.“

So entscheidungsfreudig waren seine Käufer selten.

„Wann kann ich es abholen?“

„Wenn Sie möchten, werde ich es liefern. Gleich nach der Ausstellung."

„Ich würde es lieber abholen!"

„Wie Sie wünschen. Darf ich Ihnen ein Glas Sekt anbieten, während wir den Vertrag abschließen, Frau …", bot Jean-Marc an.

Sie nickte. „Rocher."

Freudig winkte er eine Serviererin heran.

12.17 Uhr

Toms Handy klingelte. „Ja?"

„Schreiner hier. Eine Frauenleiche wurde in der Petruss gefunden. Die Beschreibung passt auf die vermisste Comtesse."

Damit hatte Tom allerdings nicht gerechnet. „Wer hat sie gefunden?"

„Ein Fahrradfahrer."

„Einzelheiten?"

„Keine. Der Chef möchte, dass du sofort hinfährst."

„Schick mir einen Wagen her. Ich nehme noch jemanden mit!"

„Kommt sofort."

Dantès hatte einige Wortfetzen des Gespräches mitbekommen. „Louise?"

Tom nickte betroffen.

„Nun reden Sie schon!", drängte er.

„Eine Frauenleiche. Kommen Sie." Mehr Dialog fand nicht statt. Fragen wurden per Telepathie ausgetauscht. Die Antwort kannte jedoch niemand.

Luc Dantès starrte vor sich hin und stammelte nur unentwegt: „Louise ...“

12.25 Uhr

Die Geräusche der Bauarbeiten waren verstummt. Die unheimliche Stille war bedrückend. Louises Mund und Rachenraum waren trocken. Durst quälte sie. Ihr Blick glitt durch das Zimmer. Sie konnte unmöglich noch fünf Stunden und fünfundzwanzig Minuten untätig herumsitzen. Und was, wenn sie husten oder niesen musste? Allein der Gedanke spornte sie zu äußerster Willenskraft an, um diesem Drang nicht nachzugeben. Das Fenster? Keine Chance. Die Rollläden waren verschlossen. Die Eingangstür? Sie war ebenfalls verschlossen. Louise dachte nach. Das Handy! Natürlich. Sie musste an ihr Handy ran. Es war in der Tasche und die lag auf dem Tisch, etwa zwei Meter von ihr entfernt. *Ich muss etwas tun, sonst werde ich noch verrückt!*

Mit ungeheurer Präzision bewegte Louise vorsichtig Muskel für Muskel, um so in zermürbender Kleinstarbeit ihrem Zielobjekt näher zu kommen. Sie fing bei den Zehen an. Rechter Fuß, eins, zwei, drei ... linker Fuß, vier ... fünf ... sechs. Ok! Die Finger! Eins ... zwei ... Nun die Muskeln in den Armen, den Beinen, Nacken, Rücken. Nur eine minimale Bewegung, um die Kontrolle zu erlangen. Es klappte. Diese Übung hatte sie aus ihrer Lethargie geführt, den Gedanken an den Schmerz, die Angst zu husten oder zu niesen verbannt. Sie schloss die Augen und konzentrierte sich auf ihre linke Körperhälfte. Sie spannte ihre Gesäßmuskeln, versteifte das linke Bein und bewegte die linke Schulter mit einer geschmeidigen, kurzen Bewegung nach vorn, sodass sich zusammen mit ihrem Gesäß der Stuhl vorwärts schob! Louise hielt die Augen geschlossen, gefoltert von der Angst, dass es nun krachen würde. Aber es krachte nicht ... Sie jubelte verhalten. Ein Zentimeter. Was war ein Zentimeter?

Für Louise war es ein vielversprechender Anfang. *Und jetzt die rechte Seite.*

12.40 Uhr

Mit zittrigen Knien steuerte Dantès neben Tom auf das Leichentuch zu. Der Fundort war abgeriegelt, aber viele Schaulustige drängten sich an die Absperrung. Sie hielten den Atem an, als Dantès sich neben das Leichentuch kniete. Es wurde still. Nur das Rascheln der Blätter der umherstehenden Bäume war zu hören. Dantès holte tief Luft, während ein Sanitäter das Tuch langsam anhob. Das Erste, was Luc sah, war der Haarschopf. *Louise!* Dann das Gesicht. Ein erlöstes Aufatmen entwich seiner Kehle. „Sie ist es nicht“, flüsterte er befreit, „sie ist es nicht!“ Tränen der Erleichterung rannen ihm über das Gesicht, obwohl er in diesem Augenblick zum ersten Mal in seinem Leben einer Leiche so nahe gewesen war.

12.40 Uhr

Jean-Marc Haas wurde von einer Kundin aufgehalten. *Ich bin gleich bei Ihnen*, winkte er Frau Rocher zu.

Sie nickte verständnisvoll und nippte an ihrem Sekt.

Sie scheint Zeit zu haben, dachte Jean-Marc.

Catherine beobachtete Frau Rocher. *Sie hat Zeit*, dachte sie und schaute dann einem Mann nach, der die Galerie verließ. Es wurde langsam still. Es war Mittagszeit. Ein Teil der Crew war zum Essen.

„Soll ich uns ein Sandwich holen?“, fragte Orson. „Ich laufe schnell rüber in den Feinkostladen.“

„Für mich Krabben.“

„Und Sie, Jeannette?“

„Eins mit Brie und viel Schnittlauch!“

„Ich komme mit“, bot sich Jean-Marc an. „Frau Rocher, darf ich Ihnen auch ein Sandwich anbieten? Vielleicht Brioche mit Krabben?“

Sie nickte und fingerte an ihrem Handy.

„Bis gleich!“ Jean-Marc und Orson verließen die Galerie.

Jeannette ging langsam durch den zweiten in den dritten Raum und sah sich die Bilder an. Nach dem hektischen Vormittag genoss sie die Ruhe. *War es die Ruhe vor dem Sturm? Hatte Tom sich geirrt? Würde der Berg nicht zum Propheten kommen? Würde nichts geschehen?*

Es geschah! Aber sie bemerkte es nicht.

Der Rollstuhl bekam einen Stoß von hinten. Ein Schal schlang sich um den Hals seiner Fahrerin und drückte ihr den Kehlkopf ein. Sie röchelte. Sie war so wachsam gewesen, und jetzt sollte es aus sein! Wo blieb Jeannette nur? Ein „Laie“ hätte nun versucht seinen Hals zu retten, an dem Gegenstand zu zerren, der ihr die Luft zum Atmen nahm. Catherine jedoch wusste, dass das nichts bringen würde. Bei ihrer ehrenamtlichen Tätigkeit im Gefängnis hatten ihr einige Insassen ihre Kniffe verraten. Mit aller Kraft rammte sie beide Arme nach hinten und bekam die Beine ihres Angreifers zu fassen. Ihrer Angreiferin. Es bestand kein Zweifel: Es war diese Rocher. Mit einem Ruck drückte sie den Rollstuhl nach hinten. Die Rocher verlor das Gleichgewicht und knallte gegen einen Stuhl. Catherine lockerte den Schal und versuchte zu atmen. Dann sprang sie aus dem Rollstuhl, der dabei umkippte. Endlich hatte Jeannette die verdächtigen Geräusche gehört. Sie kam aus dem hinteren Zimmer gerannt. Es dauerte Sekunden, bis die verdutzte Angreiferin bemerkte, dass es nicht Sarah war, die im Rollstuhl gesessen hatte, sondern eine Frau, die ihr sehr ähnlich sah. Man war ihr also auf die Schliche gekommen und hatte geahnt, dass sie heute wieder zuschlagen würde. „*Merde!*", entfuhr es ihr. Sie sprang auf, nutzte die wertvollen Sekunden, die Catherine und Jeannette benötigten, um den umgekippten Rollstuhl aus dem Weg zu räumen, und stürzte aus der Galerie. Catherine und Jeannette rannten hinterher.

„Halten Sie sie fest!", schrie Jeannette dem verdatterten Sicherheitsbeamten zu. Aber die Frau hastete bereits an ihm vorbei. Es war nicht zu übersehen, dass sie sich auskannte. Sie lief den Bürgersteig entlang und bog um die Ecke. Für Sekunden verschwand sie aus Jeannettes Blickfeld. „Catherine, lauf du in entgegengesetzter Richtung um das Gebäude rum! Wir nehmen sie in die Zange."

Catherine rannte los. Jeannette bog um die Ecke. Sie erhaschte einen Blick auf die Frau, bevor sie wieder um eine Ecke bog. Vier oder fünf Sekunden später kam Catherine aus der anderen Richtung gerannt. Verdutzt blieben die beiden stehen. „Wo ist sie hin?", entfuhr es ihnen gleichzeitig.

Frau Rocher hatte sich in Luft aufgelöst.

Catherine kam Jeannette langsam entgegen. Sie war gerannt wie beim Endspurt auf einer Zielgeraden und atmete heftig. Ihr Kehlkopf schmerzte.

„Wo ist sie?"

„Verschwunden."

„Sie ist in eines dieser Häuser geschlichen. Es gibt keine andere Erklärung!" Jeannette griff nach ihrem Handy und rief in der Einsatzzentrale an. „Ich brauche sofort alle möglichen Fahrzeuge und Einsatzkräfte. Der Umkreis um die *Galerie um Knuedler* muss großräumig abgesperrt und durchsucht werden. Bringt auch die Hundestaffel mit!“

Sie drückte die Ausschalttaste. „So. Und nun Tom!“

Während Jeannette Tom informierte, hörte sie die Sirenen der herannahenden Polizeiautos. Minuten später wimmelte es von Polizisten und Polizeiwagen.

13.00 Uhr

Schweißperlen glänzten auf Louises Stirn. Zwanzig Zentimeter war sie ihrer Handtasche schon näher gekommen. Während sie konzentriert diese nervenaufreibende Aufgabe absolvierte, drang aus der Ferne rasch näher kommendes Sirenengeheul. Es war Musik in ihren Ohren. Hoffnung keimte in ihr auf. Galt es ihr? Würde sie befreit werden? *Idiotin!,* ermahnte sie sich. Die Polizeisirenen verstummten ganz in ihrer Nähe. Für Sekunden blieb es still draußen. Dann hörte sie Gemurmel und Stimmengewirr, Autotüren wurden zugeschlagen, hektische Gespräche geführt. *Irgendetwas stimmt nicht! Ich muss mich bemerkbar machen. Nur wie?* Geknebelt und gefesselt war das unmöglich. Louise zuckte zusammen. Ein Schlüssel wurde in die Wohnungstür gesteckt. *Die Rettung?* Die Tür flog auf und wieder zu und sie war nicht mehr allein.

„Programmänderung!“ Hektisch wurden alle Spuren verwischt. Die Blumen und der Inhalt des Kühlschranks flogen in eine große Tüte und verschwanden in der Abfallklappe, die in den Keller führte.

Während ihre Fesseln an Händen und Füßen entfernt wurden, sackten Louises Schultern nach vorne. Alles umsonst! Aber wenigstens war jetzt dieser verdammte Sprengsatz nicht mehr an ihrem Fuß. Den Lauf einer Pistole im Rücken, wurde sie in das Nebenzimmer geschubst.

13.10 Uhr

Während Tom wieder zurück auf den *Knuedler* gefahren wurde, telefonierte er mit Sarah und berichtete ihr, was sich in der Galerie zugetragen hatte.

„Sie hatten also Recht, Herr Kommissar. Der Täter hat wieder zugeschlagen. Wie geht es Catherine?"

„Ihr Kehlkopf ist etwas lädiert. Trotzdem, sie hatte Glück im Unglück."

„Was ist mit dem Täter?"

„Eines steht fest: Der Täter ist eine Täterin, und sie sitzt in der Klemme. Sie hält sich in irgendeinem Gebäude um die Galerie herum versteckt. In einem Keller, einer Garage, einem Flur! Diesmal haben wir sie am Haken. Sie ist eingekesselt. Sie entwischt uns nicht."

„Und die Comtesse?"

„Ich hoffe inständig, dass diese Frau uns zu ihr führen wird."

„Ich auch, Herr Kommissar. Dieser Albtraum muss endlich ein Ende nehmen."

„Können Sie in die Galerie kommen?"

„Natürlich. Meine Eltern bringen mich unverzüglich hin."

13.13 Uhr

Tom drängelte sich durch die gaffende Menschenmenge, die sich außerhalb der Sperren befand. Feuerwehrmänner waren dabei, eine Absperrung um die Galerie herum zu spannen. Das rotweiße Plastikseil legte sich um die Umgebung der Galerie, wie eine Schlaufe um ein Geschenkpaket. Blieb nur zu hoffen, dass das Geschenk auch wirklich im Paket war. Jeannette winkte Tom zu sich.

„Hallo! Alles im Griff?“

„Wie du siehst.“ Jeannettes ausgestreckter Finger deutete auf die Menschenmenge. „Die Feuerwehr für die Absperrung und um uns die Neugierigen von der Pelle zu halten. Von uns sechs Einsatzfahrzeuge. Zwölf Mann! Was ist mit der toten Frau?“

„Es ist nicht meine Louise“, antwortete Luc, der jedes Wort mit angehört hatte. „Hoffentlich finden wir sie hier.“

„Die Jungs und Mädels warten auf dein Kommando, Tom.“

„Wie viele Gebäude sind es?“

„Sieben insgesamt, Herr Kommissar“, antwortete ein junger Polizist. „Vier an dieser Seite, eins längsseits, ein Kollege hält dort bereits die Stellung, eins vorne, plus die Galerie. Dort schließt sich der Kreis. Zwei Feuerwehrmänner bewachen die Vorderseite. Ein Beamter des Sicherheitsdienstes überwacht die Galerie.“

„Gute Arbeit. Was schlägst du vor, Jeannette?“ Tom hatte einen Plan, aber ihn interessierte auch Jeannettes Strategie.

„Wir durchforsten zuerst alle offenen Räume jedes Gebäudes: Keller, Flure, Garagen. Die Notausgänge sind zu kontrollieren, sofern sie nicht bereits bewacht werden. Wenn wir die Täterin nicht finden, klappern wir die Wohnungen ab.“

Tom hatte sich den Ablauf auch so vorgestellt. Die Zusammenstellung der Teams stand bereits fest. „Ok. Alle mal herhören!“ Er winkte die Beamten herbei. „Zwei und zwei … Zwei Teams hier, Jeannette und ich sind Team drei. Längsseits du und du. Vorne ihr beiden. Wenn ihr fertig seid, bleibt ihr vor den Eingängen der jeweiligen Gebäude stehen, bis zu neuem Auftrag. Keiner verlässt seinen Posten, bis ich es erlaube. Verstanden?“

Alle nickten und schwärmten aus.

Die Passanten fanden das Geschehen äußerst interessant. „Wird hier ein Film gedreht?“, fragte ein älterer Herr mit Hut.

„Keine Ahnung“, antwortete ein anderer.

„Nee. Nee. Da vorne ist doch der Becker. Der Kommissar. Das ist kein Film“, mischte sich eine Dame ein.

„Vielleicht doch. Eine von diesen Daily Soaps. Gibt es ja jetzt überall.“

„Nee. Nee. Ich kenn den Becker. Der würde bei sowas niemals mitmachen.“

So ging das Gespräch hin und her, und immer mehr Zuschauer mischten sich ein und warfen mit wilden Theorien um sich. Der Tatort hatte sich zu einer Kulisse entwickelt: Unterhaltung pur für alle Beteiligten.

Tom und Jeannette durchsuchten das erste Haus an der Rückseite. Die anderen Teams nahmen sich reihum die nächsten vor. Eine Garage hatte das Gebäude nicht. Die Kellertüren waren alle verschlossen. Nur eine stand offen. Tom zog sie auf, Jeannette stürzte mit gezogener Pistole hinein. Es war der Müllcontainerraum. Es stank fürchterlich. Jeannette quetschte sich hinter die Container, Tom schaute hinein und widerstand einem starken Brechreiz.

„Boaahhh! Wie das stinkt!“

„Hier alles clean!“

„Abgesehen von dem Müll hier auch!“

„Dann nichts wie raus.“

14.03 Uhr

Tom positionierte einen Feuerwehrmann vor das Haus, das er soeben durchsucht hatte, und begab sich in die Galerie.

Sarah humpelte auf Krücken in die Galerie, im Rücken das Gemurmel der Menschenmenge. Ihr Vater klebte an ihr wie ein Wachhund. Mit argwöhnischem Blick beäugte er jeden Fremden, ob Wachmann oder Polizist. Als er Orson sah, hellte sich seine Miene auf. Orson gesellte sich sofort zu ihnen und sprach von der Leiche und der Frau, die Catherine erdrosseln wollte. „Hier kocht die Suppe gehörig."

„Becker hat uns bereits informiert." Sarah stützte sich gegen den Empfangstisch. „Ich kann mir einfach nicht vorstellen, wer mich umbringen sollte. Und dann … hier … Sie muss sich gut auskennen."

Plötzlich ging Sarah ein Licht auf. Sie klatschte sich die flache Hand auf die Stirn. „Warum ist mir das nicht eher eingefallen? Ich Trottel!"

Verständnislos blickten die anderen ihr hinterher, als sie aus der Galerie humpelte. Paul Peters blieb ihr auf den Fersen. Sie drehte sich um. Ihr Blick tastete die Fassade bis zum Dachfirst ab, wieder hinunter, wieder hinauf!

Mittlerweile umringte die ganze Truppe Sarah. „Was ist los, Frau Peters?"

„Das Foto. Das Foto mit der Farbpalette."

Tom nickte nur. Jeannette, Catherine, Orson und Luc Dantès hörten gespannt zu.

„Sehen Sie nur, dort oben. Das Fenster mit den geschlossenen Rollläden, das an die nächste Fassade grenzt, es könnte passen. Ich erinnere mich nun. Ich saß einmal dort drüben auf der Bank und habe ein Brötchen gegessen. Das Fenster stand offen. Eine nackte Wand war zu sehen. Ich fragte mich noch, warum die alte Dame, die dort wohnt, kein Bild an der Wand hatte. Aber diese nackte Wand, das Fenster …"

„Sie meinen, es könnte die Wohnung auf dem Foto sein?"

Sarah nickte.

„Möglich wäre es und logisch auch. Warum habe ich nicht eher daran gedacht, die Umgebung der Galerie zu durchkämmen? Wir gehen dem Hinweis sofort nach. Jeannette, hol zwei Mann Verstärkung und los."

Weder am Briefkasten noch an der Klingel stand ein Name. Tom klingelte. Es blieb still. Dann klopfte er. Keine Reaktion von innen. „Falls jemand drinnen ist, öffnen Sie die Tür, sonst brechen wir sie auf!", brüllte Tom. Er wandte sich an einen Polizisten: „Hol mir einen Feuerwehrmann, der mir diese verdammte Tür öffnet!"

Der Polizist eilte davon. Tom legte sein Ohr gegen die Tür und lauschte angespannt. Drinnen war es mucksmäuschenstill.

„Sieh mal nach, warum das so lange dauert!", bellte er den zurückgebliebenen Beamten an.

„Zügle dein Temperament!", ermahnte ihn Jeannette. „Die Jungs machen doch einen guten Job."

Nach unendlich langen Minuten kamen die Beamten mit einem Feuerwehrmann im Schlepptau zurück. Er kniete sich vor das Schlüsselloch. „Kein Problem. Aber darf ich das überhaupt?"

„Machen Sie sich darüber keine Sorgen", raunzte Tom. „Geht auf meine Kappe. Ich vermute einen flüchtigen Mörder hinter der Tür."

Der Feuerwehrmann machte sich an die Arbeit. Tom stoppte die Zeit. Zwei Minuten sechsundzwanzig Sekunden später sprang die Tür auf. Mit gezogener Waffe trat er vorsichtig ein und fand sich in einem großen Wohnzimmer wieder. Jeannette folgte ihm. Die beiden Beamten blieben vor der Tür. Es war dunkel in der Wohnung. Tom schaltete das Licht an. Während er Raum für Raum durchging, hielt Jeannette ihm den Rücken frei.

Enttäuscht ließ er seine Waffe sinken. „Falscher Alarm."

„Alles schön gepflegt und aufgeräumt. Die Bewohner sind wahrscheinlich im Urlaub", meinte Jeannette.

„Hmmhh!" Tom rieb sich das Kinn. „Nein, Jeannette. Da irrst du dich. Hier wohnt niemand. Viel zu steril." Er öffnete die Kühlschranktür. „Ausgeschaltet und leer. Spülmaschine: leer!" Er öffnete sämtliche Schranktüren. „Leer! Kein Vorrat. Nicht mal ein Glas Marmelade. In den beiden Schlafzimmern liegen Tagesdecken und Dekor-Kissen über den Betten. Das einzig Lebendige ist die Armbanduhr, die im Wohnzimmer auf dem Buffet tickt." Tom steckte seine Pistole in den Gürtel. „Sarah Peters' Vermutung mit dem Foto könnte zutreffen. Wir werden genau prüfen, wem diese Wohnung gehört."

„Aber unsere Täterin ist scheinbar nicht hier." Jeannette wandte sich zum Gehen.

Tom hatte bereits einen Fuß über die Schwelle gesetzt, als er es sah. Es lag einfach so auf dem Teppich, neben einem Stuhl, der nicht so schön symmetrisch an den großen Esstisch gereiht war wie die restlichen sieben Stühle. Er bückte sich und hob es auf.

„Was ist?", fragte Jeannette.

„Ein, nein, zwei Stücke Seil. Und sieh dir diesen Stuhl an. Der steht nicht so pingelig genau am Tisch wie die anderen."

„Worauf willst du hinaus?"

„Setz dich! Ich zeig dir was."

Jeannette nahm Platz.

„Hände hinter den Rücken." Mit dem kleinen Seil fesselte er Jeannettes Hände. „Das hier ist länger. Wetten, es passt um die Füße." Er maß; es passte genau.

„Du meinst … die Comtesse?", flüsterte Jeannette.

Tom sah sich um und legte zwei Finger auf seinen Mund, während er Jeannette wieder befreite. Sie kniete sich auf den Boden. Gut zwanzig Zentimeter vom Stuhl entfernt fand sie, was sie suchte. „Sieh nur“, flüsterte sie, „Druckspuren von den vier Stuhlbeinen. Es ist noch nicht lange her.“

„Unsere Täterin hält also die Comtesse als Geisel?“

„Sieht danach aus.“

Sie durchsuchten die Wohnung ein zweites Mal, öffneten jede Schranktür, klopften die Schrankrücken und Wände ab. Ergebnislos. „Wenn die Frau wirklich in dieses Haus gelaufen ist und die Comtesse in ihrer Gewalt hat, muss sie noch im Haus sein.“

„Bleibt noch das Dachgeschoss“, sagte Tom nun sehr laut.

Jeannette sah ihn verwundert an. Tom deutete mit der Hand auf die Fransen des Teppichs. Dann zeigte er auf die andere Seite. Jeannette verstand. An der oberen Kante waren die Fransen gekämmt und lagen wie mit dem Lineal gezogen ordentlich nebeneinander. An der unteren Kante jedoch, also genau vor ihren Füßen, waren sie durcheinander und zerzaust. Tom winkte die beiden Beamten an der Tür zu sich und gab Anweisungen im Flüsterton. „Bereit?“

Sie nickten und stellten sich mit gezückten Waffen in Position.

Tom und Jeannette rollten den Teppich geräuschlos auf. Zentimeter für Zentimeter kam die Klappe im Boden zum Vorschein. Tom ignorierte das freudige Kribbeln, das seinen Adrenalinspiegel in die Höhe schnellen ließ. Man soll den Tag nie vor dem Abend loben. Ein Blick zu Jeannette, ein Nicken in Richtung der beiden Polizisten, ein kräftiger Ruck, und die Luke war offen. Das Erste, was Tom sah, war das wachsbleiche, verängstigte Gesicht einer Frau mit einem Knebel im Mund. *„Comtesse!“* Hinter ihr hockte eine weitere Frau. Sekunden später ertönte ein gewaltiges Poltern und sie war verschwunden.

„Verflixt! Ein Durchgang. Schnell. Hebt die Comtesse heraus! Jeannette, raus! Schnell! Das Gebäude abriegeln! Nicht mal eine Stechmücke darf hier raus, bevor sie meine Genehmigung hat!"

„Verstanden!" Jeannette stürzte davon.

Die beiden Beamten befreiten die Comtesse aus ihrem Gefängnis.

„Kümmern Sie sich um sie!", rief Tom und sprang in das Loch. Es führte in einen abwärts gehenden Schacht. Haltlos purzelte Tom einige Meter hinunter. Dann führte der Schacht geradeaus weiter. Am Ende sah Tom von unten ein Licht. Er kroch hin und sah geradewegs in die Abstellkammer der Galerie. Er ließ sich hinuntergleiten, öffnete die Tür und stand im hintersten der drei Ausstellungsräume. Verdutzt sahen Sarah, Catherine, Orson, Dantès, die Feuerwehrmänner und die Sicherheitsbeamten den zerzausten Tom an.

„Wo kommen Sie denn her, Herr Becker?"

„Wo ist die Frau?", schrie Tom.

„Hier ist niemand vorbeigekommen", antwortete Catherine.

„Aber sie muss hier sein." Er stürzte zurück in die Abstellkammer. Sie war leer. Blieb nur noch ein Raum: die Toilette.

Die anderen in der Galerie verstanden nichts. Sie schauten Tom verständnislos zu, als er die Tür zur Damentoilette öffnete. Wie eine Wildkatze sprang die Frau auf ihn und zerkratzte ihm das Gesicht. Dann nutzte sie das Überraschungsmoment und rannte an ihm vorbei. Aber ihre Rechnung ging nicht auf. Luc Dantès ergriff ihren Arm und hielt sie fest. Orson kam ihm zu Hilfe. Sie versuchte sich zu befreien und trat um sich. Nach einem ungleichen Kampf wurde sie von den Männern überwältigt. Catherine hatte sich Toms Handschellen geschnappt.

Dantès drückte die Frau auf einen Stuhl. Erst jetzt erkannte er sie: „Marie-Claire! Du?“

Marie-Claire! Jetzt erkannte Sarah sie auch: „Marie-Claire Delvaux!“

Verständnislos blickte Tom in die verblüfften Gesichter. „Wer ist diese Frau?“, fragte Tom.

„Die Vorbesitzerin dieser Galerie!“

„Und sehr wahrscheinlich auch die Mörderin von Eva May“, fügte Jeannette hinzu.

„Das ist sie“, wisperte eine Stimme von der Tür her. Die Comtesse betrat den Raum.

„Halt's Maul, du mieses Stück Dreck!“, zischte Marie-Claire wütend und stampfte mit dem Fuß auf den Boden.

Die Comtesse lächelte verzerrt. „Es ist aus, Marie. Ich lasse mir von dir nicht länger den Mund verbieten!“

„Du hängst genauso mit drin. Du hast schließlich die Kopien gemalt!“

„Du hast unsere jahrelange Freundschaft ausgenutzt, um dich zu bereichern.“

„Pah. Freundschaft! Mit einem Püppchen wie dir wäre ich keine Stunde befreundet gewesen. Aber deinen Vater hatte ich im Griff. Auf *mein* Drängen hin hat er die Klausel in sein Testament gesetzt, dass du keines seiner Werke verkaufen darfst.“

„Auf *dein* Drängen hin?“

„Oh ja, dein Vater hat mir vertraut, Louise.“

„Warst du seine … Geliebte?“ Louise war entsetzt.

„Zwei Jahre lang habe ich diesem alten Esel die Fußnägel geschnitten, seinen runzeligen Rücken massiert, den alten Mund geküsst … Und was wollte er mir vererben? Ein einziges, mickriges Bild!“

„Sein *mickrigstes* Bild ist bereits ein Vermögen wert. Du wurdest gierig!“

„Was hätte ich tun sollen? Das Geld vom Verkauf der Galerie steckt in einem schönen Anwesen in der Toskana. Aber meine Lebensversicherung war Antoine, besser gesagt sein Geld. Dieser Idiot hat mich hinters Licht geführt. Er hat mich hingehalten mit großen Versprechungen, und plötzlich wurde er krank. Mit der Krankheit kamen die Sentimentalität und die Sorge um sein ach so zartes Töchterchen. Eines Abends begriff ich, ich musste handeln, sonst würde ich zum Schluss tatsächlich leer ausgehen.“

„Deshalb hast du diesen teuflischen Plan ausgeheckt.“

„Genau. Ich habe Antoine Angst gemacht und ihn glauben lassen, Luc Dantès sei nur auf dein Geld aus. Er würde dich ausnutzen und dann wegwerfen wie ein Stück Dreck. Mit einer Unverkäuflichkeitsklausel seiner Bilder konntest du nicht lange überleben. Das wusste ich.“

„Warum hast du nicht einfach ein paar seiner Gemälde gestohlen?“

„Zu kompliziert und zu gefährlich. Auf dem Schwarzmarkt tummeln sich viele Undercoverpolizisten. Überdies hätte ich zu seinen Lebzeiten nicht mit ein paar Gemälden unterm Arm aus dem Schloss spazieren können.“

„Es hätte Jahre dauern können, bis er gestorben wäre.“

„Ich wäre halt jahrelang deine liebe Freundin geblieben. Aber wie gesagt, seine Sentimentalität kam erst, als er sterbenskrank wurde. Ich musste handeln.“

„Du gemeines Biest!“

„Der liebende Papa Antoine hatte angebissen. Und du schließlich auch. *Du* hast die Bilder bereitwillig gefälscht. Mit dem Verkauf der Fälschungen hättest du den letzten Willen deines ach so verehrten Papas respektiert und auch noch ein schönes Sümmchen Geld eingeheimst."

„Das müssen Sie erst mal beweisen, *Madame*", mischte sich Orson nun in das Streitgespräch ein.

„Was wissen Sie schon, Sie dämlicher Butler!"

„Dämlicher Butler vielleicht, aber listiger Privatdetektiv bestimmt." Er grinste.

Nun staunte nicht nur Marie-Claire, sondern auch die Comtesse.

„Ich nehme an, der Vater der Comtesse wollte Sie aus einem Grund, der mir noch nicht klar ist, nicht enttäuschen. Aber er hatte im Gegenzug für seine Tochter gesorgt und hinter Ihrem Rücken, Frau Delvaux, einen Fonds zu Gunsten der Comtesse eingerichtet. Schon bald werden ihr enorme finanzielle Mittel zur Verfügung stehen. Sie wird das Schloss halten können und sie kann sich ihren Traum erfüllen: den Reiterhof mit Unterkunft. Beauregard wird aufblühen."

„Schade nur, dass sie es vom Kittchen aus verwalten muss!"

Louise hatte erstaunt und zugleich betroffen zugehört. „Es ist alles deine Schuld, das Fälschen, der Mord! Du hast uns benutzt, um dich zu bereichern." Louise fing an zu weinen. „Hättest du mich nicht festgehalten, wäre ich zur Polizei gegangen. Ich war schon auf dem Weg."

„Tss … Tss … Mitgegangen, mitgefangen."

„Ich habe nichts mit dem Mord zu tun! Das warst du."

„Nein!"

„Aber … du … du hast es mir selbst gesagt. Und das Feuer …“

„Welches Feuer?“ Marie-Claire sah sie verständnislos an.

„Stell dich nicht so unwissend! Du hast doch die Wohnung von Sarah und Orson angezündet und die beiden sollten dabei ums Leben kommen.“

„Aber wir leben noch immer“, sagte Orson.

Tom wurde hellhörig und schlussfolgerte lautstark: „Die Comtesse war doch als vermisst gemeldet, lange vor dem Feuer. Nehmen wir mal an, was noch zu beweisen ist, dass sie bereits in Ihrer Gewalt war, Frau Delvaux. Dann kann nur eine Person ihr von dem Plan mit dem Feuer erzählt haben: Sie! Frau Delvaux, Sie sind vorläufig festgenommen. Aber Sie leider auch, Comtesse!“

„Ich Idiotin! Warum habe ich nicht eher daran gedacht?“

„An was, *Comtesse*?“ Marie-Claire hob arrogant die Augenbrauen.

„Ich kann nicht beweisen, dass du eine Mörderin bist, aber dass du Sarah und Orson umbringen *wolltest*, das kann ich sehr wohl beweisen.“

„Wie?“

„Ich habe das Gespräch mit dem Handy aufgezeichnet.“

Marie-Claire sah die Szene vor ihrem inneren Auge. Sie hatte Louise noch angeschrien, sie sollte das verdammte Handy weglegen.

*

Noch am gleichen Tag rückte wieder eine Truppe der Polizei auf Château Beauregard an. Diesmal, um die Kellergewölbe und das geheime Zimmer von Marie-Claire Delvaux zu durchsuchen. Die Farbpalette, Fälschungen von Bildern sowie ein Schlüssel zu einem Schließfach wurden in ihrem Zimmer gefunden. Damit war endgültig klar, dass Eva Mays *Applepie*-Farbpalette nichts mit den Fälschungen zu tun hatte. Die Leute von der Spurensicherung fanden jedoch keinen einzigen brauchbaren Fingerabdruck, weder von Marie-Claire noch von der Comtesse. An den gefälschten Gemälden wurden ebenfalls keine Fingerabdrücke gefunden. Der Bericht von *Commissaire en chef* Claude Soisson war klar und deutlich. In Marie-Claire Delvaux' Zimmer war ausreichend Beweismaterial gefunden worden.

Claude Soisson höchstpersönlich hatte es als Erster entdeckt.

„Das ist unmöglich!“, tobte Marie-Claire, „Louises Fingerabdrücke müssen vorhanden sein.“

„Die französische Polizei hat aber keine gefunden“, erwiderte Tom Becker.

„Ein Komplott! Ein Komplott!“, schrie Marie-Claire.

In seinem Unterbewusstsein spürte Tom, dass Marie-Claires Anschuldigungen zumindest teilweise stimmten. Soisson hätte alles getan, um den Namen De Lacroix zu schützen, Fingerabdrücke entfernen inklusive. Tom war nicht wohl bei dem Gedanken, dass der *Commissaire en chef* seinen Beruf als Polizist missbrauchen könnte. Er beschloss, seine Vermutung erst einmal für sich zu behalten. Die Ermittlungen würden zeigen, ob die Fingerabdrücke überhaupt relevant waren.

Es fiel relativ schnell viel Belastungsmaterial gegen Marie-Claire Delvaux an. Unter dem Druck verlor sie die Nerven und brach zusammen. Als Tom ihr eröffnete, man habe zu dem Schlüssel aus ihrem Zimmer das passende Schließfach am Flughafen in Luxemburg ausfindig gemacht, war es endgültig vorbei. Sie hatte dort sechs Original-Gemälde von Antoine De Lacroix gelagert, die sie in letzter Sekunde auf Beauregard entwendet hatte. Sie waren nicht bekannt und nicht groß, aber echte De Lacroix': trotz allem einen Haufen Geld wert. Nun hatte sie alles verloren, ihren Stolz sowieso und auch noch ihren wertvollsten Besitz. Endlich gab sie den Mord zu.

„Es kann nur von Vorteil für Sie sein, wenn Sie mit allen Details herausrücken."

„Ich habe sowieso nichts mehr zu verlieren."

„Sie werden also aussagen? Alles? Die ganze Wahrheit?"

„Ja."

Jeannette schaltete das Aufnahmegerät ein. „Erzählen Sie, wie es zum Mord an Eva May kam."

„Dieser Aleandro war der Auslöser. Ich war mir nämlich nicht sicher, ob ihm etwa die Fälschung der ‚Vue infernale' aufgefallen war. Er hatte bei seinem Sturz am Abend ziemlich komisch reagiert. Ich beschloss also, die Fälschungen der nicht verkauften Bilder wieder durch das Original zu ersetzen. Die Putzkolonne habe ich für sechs Uhr erwartet. Dass Eva schon früher kommen würde, damit hatte ich nicht gerechnet. Ich hatte gerade die ‚Vue infernale' wieder in ihren Rahmen eingefügt, als sie die Galerie betrat. Sie war erschrocken, schrie mich an. Ich geriet in Panik, sprang von der Leiter und stach zu."

„Womit?"

„Mit dem Messer, mit dem ich die Bilder aus dem Rahmen gelöst hatte. Es ist im Affekt geschehen. Ich wollte das nicht. Ich war wie gelähmt, als ich sah, was ich angerichtet hatte."

„Weiter."

„Ich schaltete die Alarmanlage wieder ein …"

„Woher kannten Sie den Code?"

„Sarah und Eva hatten beim Kauf der Galerie mein Alarmsystem übernommen und sich nicht mal die Mühe gemacht den Code zu ändern."

„Wie kam das Blut in Aleandros Wohnung?"

„Ich verließ die Galerie durch den Schacht. Ich hatte Panik, ins Gefängnis zu kommen. Plötzlich fiel mir Aleandro ein. Er war einige Stunden zuvor sturzbetrunken gewesen, er konnte noch nicht wieder nüchtern sein. Außerdem hatte ich am Abend gehört, wo er wohnte. Ich lief zur Rue du Nord. Ich hatte Glück, seine Wohnungstür war tatsächlich nicht verschlossen. Ich schlich hinein. Er lag nackt und schnarchend auf dem Bett. Ich wischte das Messer an seinem Pullover ab und verschwand wieder. Dann nahmen die Dinge ihren Lauf."

„Wer hat Ihnen eigentlich beigebracht, wie man Bremsen an einem Wagen manipuliert?"

„Ich bin vor Jahren mit einem Partner Rallye gefahren. Da lernt man die Technik eines Autos sehr gut kennen."

„Und wie kamen Sie an das Material, um das Feuer zu legen?" Tom Becker stützte sein Kinn auf seine Hand und sah Marie-Claire erwartungsvoll an.

Sie rutschte verlegen auf ihrem Stuhl hin und her. „Das habe ich im Krankenhaus entwendet."

„Was? Also das nehme ich Ihnen nicht ab."

„Doch! Als ich Sarah damals im Krankenhaus besuchte, bin ich an einem Zimmer vorbeigelaufen, wo Medikamente aufbewahrt werden."

„Sie sind da reinmarschiert und haben Diethylether entwendet?" Tom schüttelte ungläubig den Kopf. Sein Gesicht hatte einen spöttischen Zug. „Erzählen Sie mir doch nichts! Sie hatten einen Komplizen."

„Nein, verdammt! Unter dem Deckmantel einer Journalistin hatte ich zuvor auf einer Feuerwache Informationen eingeholt. Ein Feuerwehrmann hatte mir bereitwillig Auskunft über dieses Diethylether gegeben. Ich habe es mir dann besorgt."

„Ganz schön kaltblütig sind Sie, meine Liebe!" Tom kritzelte ein paar Worte auf ein Blatt Papier. Es war still im Zimmer. Dann blickte er wieder auf.

„Die Brandstiftung haben Sie ja bereits zugegeben." Tom Becker drückte einige Tasten am Handy der Comtesse, das Jeannette aus der Wohnung über der Galerie geholt hatte. Die Stimme der Comtesse war zu hören: *„Wie möchtest du sie denn aus dem Weg schaffen?"*

Dann die Stimme von Marie-Claire: *„Ich hätte da eine heiße Idee, eine sehr heiße!"*

„Und die wäre?"

„Ich fackele die Wohnung der Peters ab. Natürlich wenn sie gerade mit ihrem Allerliebsten im Bett liegt! Und leg jetzt dieses verdammte Handy weg! Du machst mich nervös!"

Marie-Claires Blick wurde hektisch. „Hätte ich nur niemals Louise bei dieser Ausstellung in Dijon kennengelernt und hätte sie mich nicht später Antoine vorgestellt, dann wäre dieser ganze Mist nicht passiert. Antoine ist an allem Schuld", kommentierte Marie-Claire barsch dieVorwürfe.

„Ich resümiere", unterbrach Tom sie mit einer wegwerfenden Handbewegung: „Sie machen sich an De Lacroix ran, um sich einen Teil seines Vermögens zu sichern. Die Galerie hier in Luxemburg stoßen Sie ab, unter dem Vorwand einer Hochzeit, die niemals stattgefunden hat. Stattdessen leben Sie fortan als Geliebte von Antoine De Lacroix. Als er krank wird und Sie erfahren, dass er Ihnen kein Vermögen vermacht, hecken Sie Ihren Plan aus."

Tom machte eine Pause und sah Marie-Claire erwartungsvoll an. Sie kniff verbissen die Lippen zusammen.

„Sie überreden ihn zu einem Testament mit einer Unverkäuflichkeitsklausel seiner Bilder. Nachdem Antoine De Lacroix verstorben ist, spielen Sie die Trösterin und schlagen der Comtesse vor, Fälschungen anzufertigen und diese in Ihrer alten Galerie in Luxemburg auszustellen. Ich verstehe nur nicht, wieso? Wo wäre Ihr Nutzen gewesen?“

„Louise hätte ein Vermögen kassiert für die Fälschungen.“

„Aber Ihre Rolle war doch nicht die von Mutter Teresa!“ Tom Becker ging ungeduldig im Zimmer auf und ab, bis Jeannette ihm andeutete, er solle sich setzen.

„Ach, was soll's!“ Marie-Claire winkte entnervt ab. „Jetzt ist eh alles egal. Ich hatte einen zuverlässigen Käufer auf dem Schwarzmarkt in Luxemburg für das Original der ‚Vue infernale'. Mit diesem Geld wäre mein Lebensabend abgesichert gewesen. Aber ich musste einen Weg finden, das Gemälde nach Luxemburg zu schaffen: das Original! Die Ausstellung war der ideale Weg dafür.“

„Und dann hätten Sie sich mit dem Geld und den gestohlenen Originalgemälden, die wir am Flughafen sichergestellt haben, aus dem Staub gemacht. Kein schlechter Plan!“

„Und mir hast du die mitfühlende Freundin vorgespielt.“ Louise ballte wütend beide Fäuste. „Du … du … Miststück!“, presste sie hervor.

Tom Becker fuhr unbeirrt fort. „Aber Aleandro hatte den Braten gerochen, oder besser gesagt, die frische Farbe. Sie haben es bemerkt und versuchten die Fälschung wieder gegen das Original auszutauschen. Dabei erwischte Sie Frau May. So kam es zum Mord und die Geschichte nahm ihren Lauf.“

„Trotzdem. Es ist alles Antoines Schuld.“

Tom schüttelte den Kopf, während Jeannette das Aufnahmegerät stoppte. Antoine, Aleandro, die Comtesse; alle hatten Schuld. Bei dieser Frau war Hopfen und Malz verloren.

***

Louise De Lacroix kooperierte vollständig mit der Polizei. Es stellte sich schnell heraus, dass sie das Werkzeug einer krankhaft geldgierigen Frau gewesen war.

Ihre Strafe fiel – im Gegensatz zu derjenigen Marie-Claires – auf Bewährung aus.

***

Sechs Monate später

Die Hochzeitsglocken läuteten. Tom und Catherine warfen Reiskörner, als ein strahlender Luc Dantès die Kirche verließ. An seinem Arm, in einem Traum von pastellgrün mit weißen Perlen besticktem Brautkleid, strahlte eine fröhliche Comtesse.

Hinter ihnen tauchten die Trauzeugen auf, ein nicht minder verliebtes Paar: Sarah und Orson. In Sarahs kleiner Handtasche befand sich ihr Glücksbringer: ein rotes Kästchen. Sein Inhalt schmückte ihren Ringfinger.